एलिस मनरो

2013 के नोबेल पुरस्कार से सम्मानित लेखक एलिस मनरो का जन्म 10 जुलाई, 1931 को ओन्टारियो, कनाडा में हुआ। उन्होंने द यूनिवर्सिटी ऑफ वेस्टर्न ओन्टारियो, कनाडा से शिक्षा प्राप्त की।

उनकी प्रमुख कृतियाँ हैं—'डांस ऑफ द हैप्पी शेड्स', 'लाईव्स ऑफ गर्ल्स ऐंड वीमेन', 'समिंथग आई हैव बीन मीनिंग टू टेल यू', 'हू डू यू थिंक यू आर?', 'द लव ऑफ ए गुड वूमन', 'द बेगर मंड', 'द प्रोग्रेस ऑफ लव', 'द मून्स ऑफ जुपिटर', 'टू मच हैप्पीनेस', 'डियर लाईफ' आदि।

उन्हें 2013 में नोबेल पुरस्कार, तीन बार गवर्नर जनरल लिटरेरी पुरस्कार, ट्रीलियन बुक पुरस्कार, पेन सम्मान, गिलर पुरस्कार, ओ. हेनरी पुरस्कार, 2009 के अन्तरराष्ट्रीय मैन बुकर सम्मान से सम्मानित किया गया है।

आनन्द

आनन्द ब्रॉडकास्ट तथा प्रिंट मीडिया पत्रकार रहे हैं। वे कैनेडियन साहित्य के हिन्दी में पहले अनुवादक हैं। उन्होंने यशपाल की अनेक महत्त्वपूर्ण कृतियों के अंग्रेज़ी तथा फ्रेंच में अनुवाद किए हैं।

पलायन

एलिस मनरो

अनुवाद
आनन्द

राजकमल पेपरबैक्स

Published in Original English as RUNAWAY

We acknowledge the support of the **Canada Council for the Arts** for this translation.

राजकमल पेपरबैक्स में
पहला संस्करण : 2022

राजकमल पेपरबैक्स : उत्कृष्ट साहित्य के जनसुलभ संस्करण

राजकमल प्रकाशन प्रा.लि.
1-बी, नेताजी सुभाष मार्ग, दरियागंज
नई दिल्ली-110 002
द्वारा प्रकाशित

शाखाएँ : अशोक राजपथ, साइंस कॉलेज के सामने, पटना-800 006
पहली मंजिल, दरबारी बिल्डिंग, महात्मा गांधी मार्ग, प्रयागराज-211 001
36 ए, शेक्सपियर सरणी, कोलकाता-700 017

वेबसाइट : www.rajkamalprakashan.com
ई-मेल : info@rajkamalprakashan.com

बी.के. ऑफसेट
नवीन शाहदरा, दिल्ली-110 032
द्वारा मुद्रित

मूल्य : ₹250

PALAYAN
Stories by Alice Munro
Translated by Anand

ISBN : 978-93-90971-22-0

क्रम

पलायन

इसके पहले कि गाड़ी सड़क की ढाल—जिसे यहाँ पहाड़ी कहते हैं—पर चढ़ती, कार्ला ने उसके आने की आवाज़ सुन ली थी। वही हैं, उसने सोचा। श्रीमती जेमिसन—सिल्विया—यूनान में छुट्टियाँ बिताकर वापस आ गई हैं। खलिहान के दरवाज़े से—लेकिन ध्यान रखते हुए कि वह ख़ुद आसानी से दिखाई न दे—उसने उस सड़क की ओर देखा जिस पर श्रीमती जेमिसन गुज़रने वाली थीं। उनका घर उसी सड़क पर क्लार्क और कार्ला के घर से आधा मील आगे था।

अगर कोई कार्ला के घर आ रहा था तो उसने अब तक अपनी रफ्तार धीमी कर ली होती। लेकिन उसे अभी भी आशा थी। *काश वे न हों।*

वही थीं। श्रीमती जेमिसन ने एक बार अपना सिर घुमा तुरन्त सीधा कर लिया। बारिश के बाद के कीचड़ और दूसरे वाहनों से बने खाँचों में गाड़ी सँभालने में ध्यान लगे होने से वे कार्ला को देख नहीं पाईं, न अभिवादन में अपना हाथ हिलाया। कार्ला को उनकी कन्धे तक नंगी धूप में तपी बाँह की एक झलक दिखाई दी। बालों की रंगत पहले से हल्की हो गई थी, सुनहरे बाल ज़्यादा सफ़ेद लग रहे थे। उनके चेहरे पर दृढ़ता और क्रोध के साथ अपने क्रोध पर हँसी आने का भाव था, जैसा कि श्रीमती जेमिसन को ऐसी सड़क से जूझते हुए दिखना चाहिए था। जब उन्होंने अपना सिर घुमाया था तो उनके चेहरे पर इस आशा की झलक-सी थी कि शायद कोई दिख जाए—जिसके कारण कार्ला और भी पीछे हट गई।

तो।

शायद क्लार्क को अभी पता न चला था। अगर वह कम्प्यूटर की मेज़ पर बैठा था तो उसकी पीठ खिड़की और सड़क की ओर होगी।

लेकिन श्रीमती जेमिसन दुबारा भी आ सकती थीं। हो सकता है हवाई अड्डे से घर जाते समय खाने-पीने का सामान ख़रीदने के लिए न रुकी हों—जब तक घर पहुँचकर देख न लें कि किन चीज़ों की आवश्यकता थी। तब क्लार्क उन्हें देख लेगा और वैसे भी अँधेरा होने के बाद उनके घर की रोशनी दिखाई पड़ेगी ही। लेकिन यह जुलाई थी, जब अँधेरा देर तक नहीं होता है। या वह इतनी थकी हों कि बत्तियाँ जलाएँ ही नहीं और जल्दी सो जाएँ।

यह भी हो सकता है वे टेलीफ़ोन करें। किसी भी क्षण।

इस साल गर्मियों का मौसम बारिश-ही-बारिश का था। सुबह सबसे पहले बारिश की ज़ोरदार आवाज़ मोबाइल होम (मोटर गाड़ी पर बनाया हुआ घर) की छत पर सुनाई देती थी। रास्ते कीचड़ से भरे थे, लम्बी घास पानी से सराबोर रहती, बीच-बीच में पेड़ों की पत्तियाँ उन क्षणों में भी ऊपर से पानी बरसा देतीं जब बारिश असल में रुक चुकी होती और बादल छँट रहे होते। कार्ला जब भी बाहर जाती, फ़ेल्ट की एक बड़ी-सी पुरानी ऑस्ट्रेलियन टोपी पहन लेती और अपने घने बालों की चोटी को पीछे अपनी कमीज के अन्दर खोंस लेती।

घुड़सवारी के लिए अभी तक कोई नहीं आया था, हालाँकि क्लार्क और कार्ला ने सभी कैम्पिंग स्थानों पर, रेस्त्राओं में, पर्यटन कार्यालय के सूचना-पट पर तथा और जहाँ कहीं भी सोच सकते थे इसकी सूचना लगा दी थी। केवल कुछ बच्चे घुड़सवारी सीखने आते थे पर वह नियमित प्रशिक्षण लेने वाले छात्र थे, न कि छुट्टी मना रहे स्कूली बच्चे—ग्रीष्मकालीन कैम्पों से बसों में भर के आने वाले झुंड—जिनके कारण पिछली गर्मियाँ फायदेमन्द रही थीं। और आमदनी का अच्छा स्रोत नियमित ग्राहक भी अक्सर छुट्टियाँ कर लेते थे या ख़राब मौसम के कारण अपना प्रशिक्षण रद्द कर देते थे। अगर वे न आ सकने की सूचना समय पर नहीं देते तो भी क्लार्क उनसे अपना समय ख़राब होने के पैसे ले लिया करता था। कुछ एक ने इसकी शिकायत की थी और आना ही छोड़ दिया था।

फिर भी अस्तबल में किराये पर रखे तीन घोड़ों से कुछ आय हो जाती थी। वे तीन और उनके ख़ुद के चार घोड़े इस समय बाहर मैदान में पेड़ों के नीचे घास में इधर-उधर मुँह मार रहे थे। उन्हें देखकर नहीं लगता था कि उन्हें बारिश रुकने से—जैसा कि दोपहर बाद अक्सर हो जाता था—कोई फ़र्क़ पड़ा था। बादल कुछ

हल्के होकर छँटते देख और दिन कुछ उजला होता देख दिल में कुछ आशा जगती पर धूप कभी पूरी तरह से नहीं निकलती और जो होती वह भी संध्या के भोजन के पहले ही ग़ायब हो जाती।

कार्ला ने खलिहान में उठाने-धरने और सफ़ाई का काम इत्मीनान से पूरा किया था। उसे अपने रोज़मर्रा के काम की लय, खलिहान की ऊँची छत के नीचे की खुली-खुली जगह और वहाँ की विशिष्ट गन्ध अच्छी लगती थी। फिर उसने जाकर प्रशिक्षण अहाते की ज़मीन का निरीक्षण किया कि वह सूख गई थी कि नहीं, क्या पता पाँच बजे वाले छात्र आ जाएँ।

निरन्तर पड़ती फुहार प्राय: भारी या आँधी वाली बारिश नहीं थी किन्तु पिछले सप्ताह अचानक पहले कुछ हवा के थपेड़े आए और एक झंझावात पेड़ों के ऊपर से फट पड़ी। क्षितिज के लगभग समानान्तर बारिश के झोंके इतने तेज़ थे कि कुछ भी देख पाना सम्भव नहीं था। घंटे के चौथे हिस्से में ही तूफ़ान गुज़र गया मगर सड़क के आर-पार पेड़ों की शाखाएँ टूटी पड़ी थीं, बिजली बन्द हो गई थी और अहाते की प्लास्टिक की छत का बड़ा भाग टूटकर गिर गया था। रास्ते के छोर पर पानी इकट्ठा होने से एक पोखरा-सा बन गया था और क्लार्क को देर रात तक मेहनत करके पानी निकालने के लिए नाली खोदनी पड़ी थी।

छत की मरम्मत अभी तक नहीं हो सकी थी। क्लार्क ने घोड़ों को कीचड़ से दूर रखने के लिए तार की बाड़ लगा दी थी और कार्ला ने बगल से गुज़रने की पगडंडी बना दी थी।

इस समय क्लार्क इंटरनेट पर छत की मरम्मत के लिए सामान ख़रीदने की जगह तलाश कर रहा था। पुराना इमारती सामान बेचने वाली कोई दुकान जहाँ क़ीमतें उनकी पहुँच के अन्दर हों या कोई ऐसा जो बचा-खुचा सामान सस्ते में निकालना चाहता हो। वह कस्बे में हाई और रॉबर्ट बकले की इमारती सामान की दुकान में नहीं जाना चाहता था जिन्हें वह चोर कहता था क्योंकि उस पर उनका काफ़ी उधार था और वह उनसे झगड़ा भी कर चुका था।

क्लार्क का झगड़ा केवल उनसे ही नहीं था जिनका उधार उसे चुकाना था। शुरू में लुभावना लगने वाला उसका दोस्तानापन अचानक कटुता में बदल जाता था। ऐसे कई स्थान थे जहाँ वह ख़ुद नहीं जाकर हमेशा कार्ला को जाने के लिए कहता था क्योंकि वहाँ भी उसका झगड़ा हो चुका था। घरेलू सामान की दुकान एक ऐसी ही जगह थी। एक बुढ़िया दूसरों को धकियाकर उसके

सामने आ गई थी—हुआ यह था कि वह कुछ भूल गया सामान लेने के लिए वापस आई थी और कतार में लगने की बजाय उसके सामने आकर खड़ी हो गई थी। जब क्लार्क ने शिकायत की तो कैश पर खड़े आदमी ने कहा कि वह दमे की मरीज़ थी, और क्लार्क ने कहा था, "ऐसी बात है? मुझे भी बवासीर है।" और जब मैनेजर को बुलाया गया तो उसने कहा कि क्लार्क का ऐसा कहना अनुचित था। और जब हाइवे पर कॉफ़ी की दुकान में सुबह के नाश्ते में वहाँ विज्ञापित छूट नहीं दी गई क्योंकि ग्यारह बज चुके थे तो क्लार्क ने बहस करना शुरू कर दिया था और हाथ में पकड़ा कॉफ़ी से भरा काग़ज़ का प्याला फर्श पर गिरा दिया था। लोगों ने कहा कि उसकी बगल में स्ट्रोलर में बैठा बच्चा बाल-बाल बच गया था। क्लार्क ने कहा, बच्चा तो आधा मील दूर था और पकड़ने की कोई चीज़ न लगे होने के कारण प्याला उसके हाथ से छूट गया था। मैनेजर ने कहा उसने वैसा प्याला नहीं माँगा था। क्लार्क ने कहा माँगना ज़रूरी नहीं था।

"तुम भड़क जाते हो।" कार्ला ने कहा था।

"मर्द ऐसा ही करते हैं।"

जॉय टकर से उसके झगड़े के बारे में कार्ला ने कुछ नहीं कहा था। जॉय टकर कस्बे के पुस्तकालय में काम करती थी और अपने घोड़े को उनके अस्तबल में रखती थी। उसकी लिज़ी नाम की भूरी घोड़ी कुछ तुनक मिज़ाज थी—कभी-कभी वह परिहास में उसे 'लिज़ी बोर्डेन'* भी पुकारती थी। कल जब जॉय टकर आई थी तो परिहास के मूड में नहीं थी और शिकायत करने लगी थी कि छत की मरम्मत नहीं हुई थी और लिज़ी बीमार-सी लग रही थी, जैसे उसे ठंड लग गई हो।

असल में लिज़ी को कुछ नहीं हुआ था। क्लार्क ने—अपने स्वभाव के विपरीत—उसे मनाने की कोशिश की लेकिन इस बार जॉय टकर थी जो भड़क गई और उसने कहा था कि उनका अस्तबल बिलकुल कूड़ा था, तथा लिज़ी इससे बेहतर जगह रहने के लायक थी, और क्लार्क ने कहा था, "जैसा तुम चाहो।" कार्ला ने सोचा था कि जॉय घोड़ी को ले जाएगी लेकिन उसने ऐसा नहीं

* 19वीं सदी में अपने सम्बन्धियों की कुल्हाड़ी से हत्या करने के लिए कुख्यात अमरीकन महिला

किया था—कम-से-कम अभी तक तो नहीं। क्लार्क पहले घोड़ी से बहुत दुलार करता था लेकिन अब उसने घोड़ी के पास जाना भी बन्द कर दिया। घोड़ी की भावनाओं को चोट पहुँची थी और उसके बाद से वह कसरत कराए जाते समय अड़ियल हो जाती थी। घोड़ों के खुरों को फफूँद से बचाने के लिए रोजाना साफ़ किया जाता था तो वह दुलत्ती मारने लगती थी। कार्ला को उसके काटने से भी सावधान रहना पड़ता था।

लेकिन कार्ला को सबसे अधिक मलाल था फ़्लोरा के ग़ायब हो जाने का—वह छोटी-सी सफ़ेद बकरी खलिहान तथा मैदानों में हमेशा घोड़ों के साथ रहती थी। दो दिनों से उसका कोई सुराग नहीं मिल रहा था। कार्ला को डर था कि जंगली कुत्तों या सियारों ने या किसी रीछ ने उसे शिकार न बना लिया हो।

पिछली रात और उससे पहले की रात भी उसने फ़्लोरा का सपना देखा था। पहले सपने में फ़्लोरा मुँह में एक लाल सेब लिये उसके पलंग तक आ गई थी, लेकिन दूसरे सपने में—पिछली रात—वह उसे आते देख भाग गई थी। उसकी टाँग चोटिल लग रही थी। वह कार्ला को अपने पीछे-पीछे एक कांटेदार तार की बाड़—जैसी किसी युद्धस्थल में लगी रहती है—की ओर ले गई और बकरी—चोटिल टाँग होने के बावजूद—सफ़ेद बाम मछली की तरह दाएँ-बाएँ फिसलती हुई बाड़ से निकलकर ग़ायब हो गई थी।

घोड़ों ने कार्ला को अहाते की तरफ़ जाते देख लिया था और वे बाड़ के पास चले आए कि वह लौटते समय उनकी तरफ़ ध्यान दे। न्यूज़ीलैंड के कम्बलों से ढके होने के बावजूद वे कुछ मैले-कुचैले से लग रहे थे। उसने उन्हें पुचकार कर ख़ाली हाथ आने के लिए माफी माँगी। उसने उनकी गर्दनों को थपथपाया और उनकी नाक को धीमे से सहलाया और पूछा कि क्या वे फ़्लोरा के बारे में कुछ जानते थे।

ग्रेस और जुनिपर ने फुंकार मारकर थूथनी हिलाई जैसे कि वे इस नाम को पहचानते हों और उसकी चिन्ता में भागीदार थे, लेकिन लिज़ी उनके बीच घुस आई और कार्ला के हाथों से थपथपाए जा रहे ग्रेस के सिर को एक तरफ़ धकेल दिया। उसने कार्ला के हाथ को हल्के से काट भी लिया और कार्ला को उसे कुछ डाँटना भी पड़ा।

तीन साल पहले तक कार्ला ने कभी किसी मोबाइल होम की तरफ़ ध्यान ही नहीं दिया था। वह उन्हें इस नाम से पुकारती तक नहीं थी। अपने माता-पिता की तरह उसे भी यह नाम दिखावटी लगता था। कुछ लोग ट्रेलरों में रहते थे, बस और क्या। जैसा एक ट्रेलर वैसा दूसरा ट्रेलर। क्लार्क के साथ रहने का निश्चय करके यहाँ निवास के लिये आने के बाद उसका दृष्टिकोण बदल गया था। तब उसने मोबाइल होम कहना शुरू कर दिया और ध्यान देने लगी कि लोग इनकी साज-सज्जा कैसे करते थे, कैसे परदे टाँगते थे, उसे बाहर से कैसे रँगते थे, उनमें कमरे, छोटे बरामदे या डेक (बाहर बैठने के स्थान) कैसे जोड़ते थे। वह स्वयं अपने घर में ऐसी चीज़ें जोड़कर उसे बेहतर बनाने को बेताब थी।

उसके प्रयत्नों में क्लार्क ने कुछ समय तक साथ दिया था। एक नई सीढ़ी बनाकर लगाई थी और एक ख़ास क़िस्म की लोहे की रेलिंग ढूँढ़ने की काफ़ी कोशिश की थी। रसोईघर और गुसलख़ाने की रँगाई तथा नए परदों पर हुए ख़र्च पर कोई आपत्ति नहीं की थी। रँगाई कार्ला ने बहुत कुशलता से नहीं की थी—उसे पता ही नहीं था कि आलमारी की रँगाई पल्ले उतारकर की जाती है या परदों के पीछे अस्तर न लगाने से उनका रंग उड़ जाता है।

पर कालीन बदलने की बात पर क्लार्क अड़ गया था। कालीन सभी कमरों में एक जैसा था और कार्ला सबसे ज़्यादा इसे ही बदलना चाहती थी। कालीन पर छोटे-छोटे भूरे वर्गों का डिज़ाइन था और वर्गों के बीच गहरे और हल्के भूरे रंगों में टेढ़ी-मेढ़ी रेखाएँ और आकृतियाँ बनी थीं। काफ़ी समय तक उसे लगता रहा कि यह रेखाएँ और आकृतियाँ सभी वर्गों में एक जैसी थीं। बाद में, जब उसके पास काफ़ी फुर्सत रहती थी, उसने गौर किया था कि वास्तव में चार अलग-अलग प्रकार के वर्गों को मिलाकर एक जैसे बड़े वर्ग बनाए गए थे। कभी तो उसे यह व्यवस्थापन आसानी से दिख जाता था और कभी उसे गौर करके देखना पड़ता था।

यह वह तब करती थी जब बाहर बारिश हो रही हो। क्लार्क का ख़राब मूड घर के अन्दर सब चीज़ों पर हावी हो जाता था और वह कम्प्यूटर पर बैठने के अलावा कुछ नहीं करना चाहता था। उस समय सबसे अच्छा होता था खलिहान का कोई अधूरा काम याद कर लेना या काम का बहाना बना लेना। उसके उदास होने पर घोड़े उसकी ओर ध्यान नहीं देते थे लेकिन फ़्लोरा, जो कभी बँधी नहीं

रहती थी, आकर उसका जिस्म रगड़ती और अपनी चमकती पीली-हरी आँखों में सहानुभूति तो नहीं, मित्रवत विद्रूप लिये कार्ला को देखती रहती।

फ़्लोरा अभी मेमना ही थी जब क्लार्क उसे एक फ़ार्म से ले लाया था जहाँ वह घुड़सवारी के कुछ सामान का सौदा करने गया था। फ़ार्म वाले खेती-बारी का काम बन्द कर रहे थे या कम-से-कम पशुपालन का—उन्होंने अपने घोड़े तो बेच दिए थे लेकिन बकरियाँ अभी नहीं बिकी थीं। क्लार्क कही-सुनी बात आज़माना चाहता था कि अस्तबल में घोड़ों के साथ बकरी रखने से वे शान्त रहते हैं। उनका इरादा फ़्लोरा के बच्चे पैदा करने का भी था लेकिन वह कभी गरम ही नहीं होती थी।

शुरू में फ़्लोरा पूरी तरह क्लार्क की पालतू बनकर उसके पीछे-पीछे घूमती रहती थी, हर समय उसका लाड़ चाहती थी। जब वह मेमना थी तो बिलौटी जैसी प्यारी और चंचल और नटखट थी और उसका एक भोली, प्रेमासक्त किशोरी जैसा व्यवहार देख उन्हें हँसी आती थी। किन्तु बड़ी होने पर वह कार्ला के साथ रहने लगी थी और उसका व्यवहार अचानक बदल गया था। वह कम चपल और ज़्यादा समझदार लगने लगी थी।

घोड़ों से कार्ला का व्यवहार मातृवत, नरम और सख़्त दोनों था पर फ़्लोरा से बिलकुल भिन्न—मित्रवत, फ़्लोरा उसका रोब नहीं सहती थी।

"अभी तक फ़्लोरा का कोई पता नहीं?" कार्ला ने खलिहान में काम करने वाले जूते पहनते हुए कहा। क्लार्क ने 'बकरी खो गई है' सूचना इंटरनेट पर लगा दी थी।

"अभी तक नहीं।" क्लार्क ने काम में डूबे होने पर भी सहजता से कहा। उसने सुझाया—पहली बार नहीं—कि शायद फ़्लोरा अपना जोड़ा तलाश करने चली गई थी।

श्रीमती जेमिसन की कोई ख़बर नहीं थी। कार्ला ने केतली में पानी उबलने के लिए रख दिया। क्लार्क अपने में मगन कुछ गुनगुना रहा था, जैसा कि कम्प्यूटर पर बैठे वह प्राय: करता था।

कभी-कभी वह कम्प्यूटर से बात करने लगता। बेहूदी बात, कोई चुनौतीपूर्ण प्रश्न स्क्रीन पर दिखने पर कभी कह देता या हँस पड़ता लेकिन बाद में जब कार्ला उससे पूछती तो उसे याद नहीं आता क्यों हँसा था।

कार्ला ने आवाज़ दी, "चाय पियोगे?" और उसे विस्मय हुआ जब क्लार्क उठकर रसोई घर में आ गया।

"अब।" क्लार्क ने कहा, "अब क्या करें?"

"क्या?"

"उन्होंने फ़ोन किया था।"

"किसने?"

"सिल्विया महारानी ने। वह लौट आई है।"

"मैंने गाड़ी गुज़रने की आवाज़ नहीं सुनी।"

"मैंने तुमसे वह नहीं पूछा था।"

"उसने क्यों फ़ोन किया था?"

"वह चाहती है कि तुम कल जाकर घर की सफ़ाई में उसकी मदद करो। बस यही कहा था।"

"तुमने उससे क्या कहा?"

"मैंने कहा, ठीक है। लेकिन तुम भी उसे फ़ोन कर दो।"

कार्ला ने कहा, "अगर तुमने कह दिया तो मुझे समझ नहीं आता मैं क्यों करूँ।" उसने दोनों के लिए मग्गों में चाय उँड़ेली "उसके जाने से पहले मैंने उसके घर की सफ़ाई की थी। इतनी जल्दी वहाँ करने को क्या हो सकता है?"

"क्या पता जब वह नहीं थीं तो कुछ जंगली जानवर घुस आए हों और घर गन्दा कर दिया हो।"

कार्ला ने कहा, "तुरन्त फ़ोन करने की कोई ज़रूरत नहीं। मैं पहले चाय पिऊँगी और फिर नहाऊँगी।"

"जितनी जल्दी करो अच्छा।"

कार्ला चाय का मग लेकर गुसलख़ाने में चली गई और वहाँ से कहा, "हमें लॉनडरोमैट (कपड़े धोने की दुकान) जाना होगा। तौलिए सूखने पर भी सीलन की बू लिए रहते हैं।"

"हम बात का विषय नहीं बदल रहे हैं, कार्ला?"

कार्ला के नहाना शुरू कर देने के बाद भी क्लार्क ने दरवाज़े के बाहर से कहा, "तुम्हें ऐसे छुटकारा नहीं मिलेगा, कार्ला!"

जब वह नहाकर निकली तो उसने सोचा कि शायद क्लार्क अभी वहीं खड़ा हो लेकिन वह फिर कम्प्यूटर पर बैठ गया था।

उसने कपड़े पहने मानो वह कस्बे के बाज़ार जा रही थी। उसे आशा थी कि वह घर से बाहर जाएँगे, लॉनडरोमैट तक, काप्पुचिनो कॉफ़ी की दुकान से कुछ खाने को लेंगे, शायद उनकी बातचीत का ढंग बदल जाए, थोड़ा सुकून मिल सके। वह चुस्त क़दमों से बैठक में गई और अपनी बाँहें पीछे से क्लार्क के इर्द-गिर्द डाल दीं। लेकिन जैसे ही उसने यह किया, विषाद की एक लहर उसके ऊपर से निकल गई—शायद गर्म पानी से नहाने से उसके आँसू ढीले पड़ गए थे—और वह रोते हुए झुककर क्लार्क पर गिर-सी गई।

क्लार्क ने अपने हाथ कम्प्यूटर के की-बोर्ड से हटा लिए लेकिन चुपचाप बैठा रहा।

"बस मुझसे नाराज़ न होना।" कार्ला ने कहा।

"मैं नाराज़ नहीं हूँ। बस जब तुम ऐसे व्यवहार करती हो तो मुझे खलता है।"

"मैं ऐसा तभी करती हूँ जब तुम नाराज़ होते हो।"

"मुझे मेरे बारे में मत बताओ। तुम्हारे बोझ से मेरी साँस रुक रही है। खाना बनाना शुरू करो।"

कार्ला ने यही किया। स्पष्ट था कि पाँच बजे वाला प्रशिक्षार्थी अब नहीं आएगा। उसने आलू निकालकर उन्हें छीलना शुरू किया लेकिन बहते आँसुओं के कारण कुछ देख नहीं पा रही थी। उसने पेपर टॉवल से चेहरा पोंछा, एक और टॉवल लिया और बाहर बारिश में चली गई। वह खलिहान में नहीं गई क्योंकि फ़्लोरा के बिना वहाँ बहुत सूना लगता था। वह पगडंडी से पिछले जंगल की ओर चली गई। घोड़े मैदान में दूसरी तरफ़ थे। उसे देखकर वे बाड़ के पास आ गए। सिवाय लिज़ी के, जो फुंकारकर थोड़ा उछली-कूदी लेकिन फिर उसे समझ आ गया कि कार्ला का ध्यान कहीं और था।

***

यह शुरू हुआ था जब उन्होंने मृत्यु-सूचना पढ़ी थी—जेमिसन साहब की मृत्यु-सूचना। सूचना कस्बे के अख़बार में थी और जेमिसन साहब का चेहरा संध्या टेलीविज़न समाचार पर भी दिखाई दिया था। एक साल पहले तक उन दोनों के लिए श्री और श्रीमती जेमिसन सिर्फ़ ऐसे पड़ोसी थे जो ज़्यादा मेल-मिलाप नहीं रखते थे। श्रीमती जेमिसन चालीस मील दूर एक कॉलेज में वनस्पतिशास्त्र

पढ़ाती थीं और उनका काफ़ी समय वहाँ आने-जाने में लग जाता था। जेमिसन साहब कवि थे।

इतना तो सब जानते थे। लेकिन जेमिसन साहब के और शगल भी थे। किसी ऐसे के लिए जो कवि था और ज़ईफ—श्रीमती जेमिसन से कम-से-कम बीस साल बड़ा—वे हृष्टपुष्ट और उद्यमी थे। उन्होंने अपने घर की जल निकासी की मोरियों को ठीक किया था और एक भूमिगत नाली को साफ़ करके पत्थरों से मढ़ दिया था। ज़मीन खोदकर सब्ज़ियों का बग़ीचा बनाकर उसमें बाड़ लगाई थी, आसपास के जंगल में रास्ते काटे थे और घर की मरम्मत भी की थी।

उनका घर तिकोना—अजीब से आकार का भवन था जिसे उन्होंने कई साल पहले कुछ दोस्तों के साथ एक पुराने फ़ार्म हाउस की नींव पर बनाया था। यहाँ उन लोगों को हिप्पी नाम से याद किया जाता था लेकिन शायद जेमिसन साहब उस समय भी—श्रीमती जेमिसन से भेंट के पहले—वह कहलाने की उम्र से बड़े रहे होंगे। यह भी कहा जाता था कि वे लोग जंगल में भाँग उगाते थे और उसे बेचकर मिले पैसे शीशे की बोतलों में सीलबन्द करके अपनी ज़मीन में गाड़ दिया करते थे। क्लार्क ने यह बात कस्बे में कुछ परिचितों से सुनी थी। उसका कहना था यह बकवास था।

"वरना अब तक लोग वह सब खोदकर ले जा चुके होते। या कोई उनसे किसी तरीके से यह निकलवा लेता कि यह सब कहाँ गड़ा था।"

मृत्यु-सूचना पढ़ने पर क्लार्क और कार्ला को पहली बार पता चला था कि लियोन जेमिसन को निधन से पाँच वर्ष पूर्व एक बड़ा पुरस्कार उनकी कविताओं के लिए मिला था। इस बारे में किसी ने कभी कुछ नहीं कहा था। लगता था कि लोग भाँग की कमाई से मिले पैसे को बोतलों में गाड़ने पर विश्वास कर सकते थे लेकिन कविता के पुरस्कार में पैसे मिलने की बात पर नहीं।

इसके कुछ समय बाद क्लार्क ने कहा, "हम उससे कुछ पैसा ऐंठ सकते थे।"

कार्ला उसका मतलब फ़ौरन समझ गई थी, लेकिन उसने इसे मज़ाक़ में लिया।

"बहुत देर हो गई।" कार्ला ने कहा, "मरने के बाद कोई कैसे पैसा दे सकता है।"

"वह नहीं दे सकता। वह दे सकती है।"

"वह यूनान गई हुई है।"

"वह हमेशा तो यूनान में नहीं रहेगी।"

“उसे कुछ पता नहीं था।” कार्ला ने कुछ सँभलकर कहा।

“मैंने कब कहा कि उसे पता था।”

“उसे इस बात की हवा तक नहीं थी।”

“इसका इलाज किया जा सकता है।”

कार्ला ने कहा, “नहीं, नहीं।”

क्लार्क बोलता गया मानो कार्ला ने कुछ नहीं कहा था।

“हम कह सकते हैं कि मुकदमा कर देंगे। लोग इस तरह की बातों से हमेशा पैसा ऐंठ लेते हैं।”

“यह कैसे कर सकते हैं? मरे आदमी पर मुकदमा कैसे किया जा सकता है?”

“अख़बारों में दे सकते हैं। मशहूर कवि था। अख़बार फ़ौरन छाप देंगे। हमें सिर्फ़ धमकी देनी पड़ेगी और वह हार मान लेगी।”

“तुम ख़्वाब देख रहे हो।” कार्ला ने कहा, “मज़ाक़ कर रहे हो।”

“नहीं।” क्लार्क ने कहा, “वाकई नहीं कर रहा हूँ।”

कार्ला ने कहा वह इस बारे में अब बात नहीं करना चाहती और क्लार्क ने कहा ठीक है।

पर उन्होंने अगले दिन इस बारे में बात की, उसके अगले दिन और उसके अगले दिन भी।

क्लार्क कभी-कभी ऐसी बातें सोचता था जो केवल अव्यावहारिक नहीं ग़ैरक़ानूनी भी हो सकती थीं। कुछ दिन वह उस बारे में बड़े जोश-ख़रोश से बात करता फिर—कार्ला को पता नहीं था क्यों—बात करना बन्द कर देता। अगर लगातार बारिश बन्द हो गई होती, अगर यह भी पिछले वर्षों जैसा सामान्य गर्मी का मौसम होता तो शायद क्लार्क और बातों की तरह इस बात को भी भूल जाता। लेकिन वह नहीं हुआ और पिछले महीने के दौरान क्लार्क ने उस योजना के बारे में बार-बार बात की थी, मानो वह व्यवहार्य थी तथा सम्भव भी। सवाल था कि कितने पैसे की माँग की जाए। बहुत कम तो वह महिला उनकी बात को गम्भीरता से नहीं लेगी, शायद सोचेगी कि वे झाँसा दे रहे थे। बहुत ज़्यादा माँगने से वह बिगड़ जाए और न देने की ठान ले।

कार्ला ने इस बात को मज़ाक़ कहना बन्द कर दिया था। अब वह कहती थी कि उनकी योजना सफल नहीं होगी। जब लोग कवियों से ऐसे व्यवहार की अपेक्षा करते ही हैं तो इस बात को छुपाने के लिए पैसा कौन देगा।

क्लार्क ने कहा कि सफलता ठीक से कार्यान्वित करने पर निर्भर करती थी। कार्ला फूट-फूटकर रोकर पूरी कहानी श्रीमती जेमिसन को बताएगी। फिर क्लार्क भी बातचीत में शामिल हो जाएगा, मानो यह बात उसे अभी पता चली थी। वह आग-बबूला हो उठेगा और सारी दुनिया को बताने की बात कहेगा। पैसे की बात वह पहले श्रीमती जेमिसन को करने देगा।

"तुम्हें चोट पहुँची थी। तुम्हें सताया गया था और तुम्हारा अपमान किया गया था, और मुझे भी चोट पहुँची थी और मेरा भी अपमान हुआ था क्योंकि तुम मेरी पत्नी हो। यह हमारी इज़्ज़त का सवाल है।"

वह बार-बार कार्ला से यही बात करता। कार्ला बात बदलने की कोशिश करती तो वह और ज़िद करता।

"वादा करो।" क्लार्क ने कहा, "वादा करो।"

यह उन बातों के कारण था जो उसने स्वयं क्लार्क को बताई थीं, जिन्हें न अब वह वापस ले सकती थी, न उनसे इनकार कर सकती थी।

कई बार वह मेरे नज़दीक आना चाहता है?

वह बूढ़ा?

कई बार वह मुझे कमरे में बुलाता है...जब उसकी पत्नी वहाँ नहीं रहती?

अच्छा।

जब उसकी पत्नी वहाँ नहीं रहती और नर्स भी वहाँ नहीं रहती।

कार्ला को अचानक सूझी बात क्लार्क को फ़ौरन पसन्द आ गई।

तो तुम क्या करती हो? क्या तुम अन्दर जाती हो?

कार्ला ने शर्माने का अभिनय किया।

कभी-कभी।

वह तुम्हें अपने कमरे में बुलाता है। तो? कार्ला? तब क्या?

मैं जाकर पूछती हूँ वह क्या चाहता है?

तो वह चाहता क्या है?

यह बातें फुसफुसाहट से होती थीं जब कोई और न सुन सके तब भी, जब वे बिस्तर में होते थे तब भी। सोने से पहले सविस्तार वर्णित कहानियाँ, जिनमें हर बार कुछ नया जोड़ दिया जाता था, कुछ बनावटी संकोच से कुछ झिझक

से, किलकते हुए, *छी छी गन्दी बात।* ऐसा नहीं कि क्लार्क ही उत्सुक और मज़ा लेता, नहीं, कार्ला स्वयं भी। क्लार्क को उत्तेजित और सन्तुष्ट करने को तैयार, और अपने को भी। और कार्ला को इस बात का सन्तोष कि यह चाल अभी तक कामयाब हो जाती थी।

उसके मस्तिष्क के एक कोने में यह सब सत्य था, वह उस बूढ़े को कामोत्तेजित देखती, चादर के नीचे एक सख़्त-सी चीज़ का उभार, शय्याग्रस्त हो-न-हो, बोलने में लगभग असमर्थ लेकिन इशारों से बात कहने में माहिर, अपनी कामवासना ज़ाहिर करता, उसका हाथ पकड़कर और इशारे कर राहत देने के लिए राजी करने के यत्न। (कार्ला का इनकार करना ज़रूरी था लेकिन शायद क्लार्क को इससे निराशा ही हुई थी।)

बीच-बीच में उभरती एक स्मृति को उसे जबरन दबाना पड़ता कि रंग में भंग न हो जाए। वह किराये के अस्पताली पलंग में चादर से ढँकी उसकी औषधिजन्य संज्ञाहीन और रोजाना कुछ और दुबलाती क्षीर्ण काया के बारे में सोचती, जो सिर्फ़ तभी दिखलाई पड़ती जब श्रीमती जेमिसन या नर्स दरवाज़ा बन्द करना भूल जाती थी। कार्ला इससे ज़्यादा उसके निकट नहीं गई थी।

वास्तव में उसे जेमिसन के घर जाने से घबराहट होती थी लेकिन उसे पैसे की ज़रूरत थी और उसे श्रीमती जेमिसन पर दया भी आती जो इतनी त्रस्त और खोई-खोई-सी लगती थीं कि मानो नींद में चल रही हों। एक या दो बार कार्ला अपने को रोक न पाई और माहौल को हल्का करने के लिए कुछ मज़ाक़िया बात कर बैठी थी। वह वैसा करती थी जब घुड़सवारी के नौसिखिया प्रशिक्षार्थी घबराहट में कुछ अटपटी बात करने के बाद लज्जा अनुभव करते थे। वह ऐसा उस समय भी करती थी जब क्लार्क का मूड ख़राब होता था। क्लार्क के साथ तो अब यह तरकीब काम नहीं करती थी। लेकिन यह जेमिसन साहब के बारे में बनाई कहानी निश्चित ही कामयाब हुई थी।

रास्ते में बन गए डबरों और किनारे उगी लम्बी भीगी हुई घास से बचने का कोई उपाय नहीं था, न ही हाल ही में फूली जंगली गाजर से। लेकिन हवा गुनगुनी-सी होने से ठंड महसूस नहीं हुई। उसके कपड़े उसके अपने पसीने से या चेहरे पर बारिश के पानी के साथ बहते आँसुओं से भीग चुके थे। उसका

रोना धीरे-धीरे कम हो गया। उसका पेपर टॉवल भी लिबलिबा हो गया था और नाक पोंछने के लिए कुछ नहीं था लेकिन उसने झुककर एक डबरे में नाक सुड़क दी।

उसने सिर उठाया और कुछ कोशिश से लम्बी, कम्पायमान सीटी बजाई जो उसका और क्लार्क का भी फ़्लोरा को बुलाने का संकेत था। कुछ मिनट प्रतीक्षा करने के बाद उसने फ़्लोरा का नाम लेकर आवाज़ दी। ऐसा कई बार किया, सीटी बजाई और पुकारा, सीटी बजाई और पुकारा।

फ़्लोरा का नामोनिशान न था।

पर फ़्लोरा को खो देने—शायद हमेशा के लिए खो देने—की यह एक पीड़ा श्रीमती जेमिसन के साथ हो गए झंझट की तुलना में और उसके क्लार्क के साथ बिगड़ते-सुधरते सम्बन्धों की कलख की तुलना में राहत जैसी थी। कम-से-कम फ़्लोरा का ग़ायब हो जाना उसकी—कार्ला की—ग़लती नहीं थी।

सिल्विया के लिए खिड़कियाँ खोलने के अलावा घर में करने के लिए कुछ न था, और यह सोचने के अलावा कि कितनी जल्दी वह कार्ला से मिल सकेगी। मिलने की आतुरता से उसे कुछ उलझन तो हुई पर विस्मय नहीं।

बीमारी के समय का सब साज-सामान हटा दिया गया था। वह कमरा जो सिल्विया और उसके पति का शयनकक्ष था और जहाँ उसकी मृत्यु हुई थी, साफ़ कर सामान सहेज दिया गया था कि जैसे वहाँ कभी कुछ नहीं हुआ था। शवदाह गृह और उसके यूनान जाने के बीच की हड़बड़ी भरे दिनों में यह सब करने में कार्ला ने उसकी सहायता की थी। लियोन का एक-एक कपड़ा और वे भी जो उसने कभी नहीं पहने थे, उसकी बहनों द्वारा दी गई भेंटें जो अभी तक खोली भी नहीं गई थीं, गाड़ी की पिछली सीट में लादकर एक पुरानी चीज़ों की दुकान में पहुँचा दी गई थीं। लियोन की दवाइयाँ, उसकी हजामत का सामान, पौष्टिक पेय के बिनखुले डिब्बे जिनके सहारे जितनी देर सम्भव था वह ज़िन्दा रहा था, तिल के बिस्कुट भरे गत्ते के डिब्बे जो वह किसी समय दर्जन के हिसाब से खाया करता था, उसकी पीठ में लगाने के अवलेप भरी प्लास्टिक की बोतलें, और बिस्तर में बिछाने के लिए भेड़ की खाल—यह सब कूड़े में फेंकने के लिए प्लास्टिक के थैलों में भर दिए गए थे और कार्ला ने किसी चीज़ के बारे में कभी कोई सवाल

न पूछा था। उसने कभी नहीं कहा, "यह चीज़ शायद किसी के काम आ सकती है।" या बिनखुले डिब्बों की ओर ध्यान नहीं दिलाया। जब सिल्विया ने कहा, "काश, मैं वह कपड़े बाज़ार में न दे आई होती। काश, मैं उन्हें भट्टी में जला देती।" कार्ला ने कोई विस्मय प्रकट नहीं किया था।

उन्होंने ओवन को माँजा, आलमारियों को अन्दर से साफ़ किया, दीवारों और खिड़कियों को रगड़ा-पोंछा था। एक दिन सिल्विया ने बैठक में बैठकर सब शोक-सन्देशों को पढ़ा था। छाँटने के लिए काग़ज़ों या नोटबुकों का कोई अम्बार—जैसी किसी लेखक से अपेक्षा हो सकती थी—नहीं था, कोई अधूरी पांडुलिपि नहीं, कोई हस्तलिखित मसौदे नहीं। लियोन ने सिल्विया को महीनों पहले बता दिया था कि उसने सब कुछ फेंक दिया था। और उसे कोई सन्ताप नहीं था।

घर की दक्षिणमुखी ढलुआ दीवार में बड़ी-बड़ी खिड़कियाँ थीं। सिल्विया ने एकाएक हल्की धूप आने से—सम्भव है कार्ला की छाया पड़ने से—उधर देखा। कार्ला सीढ़ी पर चढ़ी हुई थी, नंगी टाँगें, नंगी बाँहें, चेहरे पर लगन, उड़ते-बिखरे बाल जो कि चोटी बनाने के लिए बहुत छोटे थे। वह खिड़की के शीशों को पानी छिड़क और ख़ूब रगड़कर साफ़ कर रही थी। सिल्विया को ऊपर देखते देख वह रुक गई और हाथ-पाँव फैला के शीशे पर लेटकर ऊटपटाँग चेहरे बनाने लगी। दोनों ने हँसना शुरू कर दिया। सिल्विया को लगा कि इस हँसी की एक धारा उसके अन्दर बहती जा रही है। उसने फिर पत्र देखना शुरू कर दिया और कार्ला ने सफ़ाई। सिल्विया ने फैसला कर लिया कि सब पत्रों—हार्दिक हों या कर्तव्यपालन, श्रद्धांजलियाँ हों या शोक प्रदर्शन—का हश्र भेड़ की खाल और बिस्कुटों जैसा ही होगा।

जब सिल्विया ने कार्ला को सीढ़ी हटाते सुना और उसके जूतों की आवाज़ बाहर डेक पर सुनाई दी, वह अचानक संकोच से भर गई। कार्ला के अन्दर आने पर वह सिर झुकाए रही और उसके पीछे से होकर रसोईघर की नांद के नीचे बाल्टी और पोंछे-झाड़न रखने के लिए जाते समय वैसे ही बैठी रही। उसके पीछे से निकलते समय कार्ला ने लगभग रुके बिना, एक उड़ती चिड़िया की तरह, उसके सिर पर हल्का-सा चुम्बन जड़ दिया, और अपने में मगन सीटी बजाती हुई चलती चली गई।

वह चुम्बन तब से सिल्विया के ज़हन में था। उसका कोई विशेष अर्थ नहीं था। उसका अर्थ हो सकता था फिक्र मत करो। या काम लगभग ख़त्म। या दोनों

सहेलियों ने यह बखेड़े का काम मिलकर निपटा दिया था। या सिर्फ़ यह कि आसमान खुलकर धूप निकल आई थी। कि कार्ला घोड़ों के पास घर जाने की सोच रही थी। जो भी हो, उसे वह एक दीप्तिमान पुष्प-सा लगा जिसकी पंखुड़ियाँ एक प्रचंडता से रजोनिवृति के बाद कभी अनुभूत ऊष्मा जैसे उसके भीतर खुल गई थीं।

उसकी वनस्पतिशास्त्र की कक्षा में बीच-बीच में कोई एक छात्रा होती थी जिसकी ज़हानत और लगन और अनाड़ी-सा अहम भाव, या प्राकृतिक जगत में सच्ची रुचि होना उसे अपने बीते दिनों की याद दिला देती थी। कुछ छात्राएँ उसे पूजने का-सा भाव लिए उसके साथ लगी रहती थीं, दिल में शायद किसी अनजानी अन्तरंगता की आशा लिए, और उनसे उसे जल्दी ही खीज आने लगती थी।

कार्ला वैसी नहीं थी। अगर वह सिल्विया के जीवन में किसी जैसी थी तो उन लड़कियों जैसी जो उसके साथ हाई स्कूल में थीं—जो ज़हीन तो थीं लेकिन बहुत ज़्यादा नहीं, खेल-कूद में रुचि रखने वाली लेकिन जीतने के लिए पागल नहीं, ख़ुशमिज़ाज लेकिन हुल्लड़बाज़ नहीं। स्वभावतः प्रसन्नचित्त।

"वह छोटा-सा गाँव, जहाँ मैं और मेरी दो मित्र थीं, वह छोटा-सा गाँव बस वैसा था जहाँ कभी-कभी टूरिस्टों की कोई बस भटककर पहुँच जाती है। लोग उतरते हैं और चारों तरफ़ हैरानी से देखते हैं कि कहाँ पहुँच गए हैं। वहाँ ख़रीदने को भी कुछ नहीं था।"

सिल्विया यूनान के बारे में बता रही थी। कार्ला उससे कुछ फुट दूर बैठी हुई थी। वह बड़े-बड़े हाथ-पैरों वाली, कुछ अटपटी-सी मोहनी युवती, कुछ अन्यमनस्क-सी मुस्कराती और सिर हिलाती आख़िरकार उस कमरे में बैठी थी जो उसके बारे में ख़यालों से ओतप्रोत था।

"पहले तो।" सिल्विया ने कहा, "कुछ समय तो मैं परेशान रही। इतनी गर्मी थी। लेकिन खुले दिनों के सुहावने होने के बारे में ठीक कहते हैं। मैं जल्दी ही समझ गई कि क्या करना है, कि बस ऐसे ही कुछ मामूली काम थे लेकिन उन्हें करते दिन निकल जाता था। सड़क की एक तरफ़ आधा मील पैदल तेल ख़रीदने जाओ और आधा मील दूसरी तरफ़ रोटी या वाइन ख़रीदने के लिए और सुबह ख़तम, फिर पेड़ों के नीचे बैठकर लंच खाओ और लंच के बाद इतनी गर्मी कि कुछ नहीं कर सकते सिवाय इसके कि खिड़कियाँ बन्द कर बिस्तर पर लेटकर

कुछ पढ़ा-वढ़ा जाए। पहले तो कुछ पढ़ा जाता था पर बाद में वह भी नहीं। पढ़ें तो क्यों? और थोड़ी देर के बाद जब देखा कि दिन ढल रहा है तो उठे और समुद्र में नहाने चले गए।

"हाय!" वह कहते हुए रुक गई, "हाय, मैं तो भूल ही गई!"

वह उछलकर उठी तथा लाया हुआ एक उपहार लेने चली गई, लेकिन वास्तव में वह उसके बारे में भूली नहीं थी। वह उसे लौटते ही कार्ला को नहीं देना चाहती थी, वह चाहती थी कि उचित क्षण स्वाभाविक रूप से आए, और अब बात करते समय उसने पहले से समुद्र में तैरने के बारे में बताने का सोच लिया। और कहने का, जैसे उसने अब कहा, "तैरने की बात से इसकी याद आई, घोड़े के इस प्रतिरूप की जो समुद्रतल पर मिला था। काँसे का बना हुआ। हज़ारों साल बाद इसे समुद्र से निकाला गया था। ईसा पूर्व दूसरी शती का माना जाता है।"

जब कार्ला ने आकर पूछा था कि क्या काम करना था, सिल्विया ने कहा था, "अरे, एक मिनट बैठो। जब से लौटी हूँ कोई बात करने को नहीं मिला। प्लीज़।" कार्ला कुर्सी के सिरे पर टिककर बैठ गई थी, टाँगें अलग-अलग, हाथ घुटनों के बीच दबाये, कुछ खोई-खोई लगती। उसने कुछ सोचकर जैसे शिष्टाचारवश पूछा था, "यूनान कैसा रहा?"

सिल्विया इस समय खड़ी थी, टिशू पेपर में लिपटे घोड़े को पूरी तरह खोले बिना हाथ में लिए।

"इसे घुड़दौड़ के एक घोड़े का प्रतिरूप कहते हैं।" सिल्विया ने कहा, "दौड़ में आख़िरी छलाँगें, आख़िरी दम लगाते हुए। तुम घुड़सवार लड़के को घोड़े को पूरा ज़ोर लगाने के लिए हाँकते देख सकती हो।"

उसने नहीं कहा कि लड़के ने उसे कार्ला की याद दिला दी थी, और अब समझ नहीं आ रहा था क्यों। वह केवल दस या ग्यारह साल का था। शायद रास पकड़ने के लिए बढ़ी हुई सशक्त बाँह की सुडौलता, या उसके बच्चे जैसे माथे की सिलवटें, कुछ मास पहले खिड़कियाँ साफ़ करते समय देखी कार्ला की श्रम और तल्लीनता, निक्कर से झाँकती उसकी सुडौल टाँगें, मज़बूत कन्धे, शीशों पर लम्बे-लम्बे पोंछे लगाना और जैसे वह मज़ाक़ में हाथ-पाँव फैलाकर लेट गई थी, सिल्विया को हँसने के लिए निमंत्रित करते या उकसाते भी।

"वह तो दिखाई दे रहा है।" कार्ला ने हरित कांस्य के छोटे-से प्रतिरूप पर ध्यान दिलाते कहा, "बहुत, बहुत धन्यवाद।"

"कोई बात नहीं। कॉफ़ी पी जाए, क्या ख़याल है? मैंने अभी बनाई है। यूनान में कॉफ़ी मेरी पसन्द से ज़्यादा तेज़ थी लेकिन उनकी डबलरोटी बहुत स्वादिष्ट थी। और अंजीरों का तो क्या कहना। थोड़ी देर और बैठो, प्लीज़। मुझे ऐसे बकते जाने से रोक दिया करो। यहाँ क्या हाल रहा? कैसी गुज़री?"

"अधिकतर बारिश होती रही।"

"देखा, मैंने देखा कि हुई थी।" सिल्विया ने उस बड़े कमरे के कोने से—जहाँ रसोईघर था—कहा। कॉफ़ी उड़ेलते समय उसने सोच लिया कि उस दूसरे उपहार के बारे में कुछ नहीं कहेगी जिसे लेने में कुछ ख़र्च नहीं हुआ था (घोड़ा वह लड़की जितना अनुमान कर सके उससे कहीं महँगा था), सिर्फ़ एक छोटा-सा गुलाबी आभा लिए पत्थर था जो उसने सड़क के किनारे से उठा लिया था।

"यह कार्ला के लिए है।" उसने साथ चलती अपनी मित्र मेगी से कहा था, "मुझे पता है यह बेवक़ूफ़ी की बात है पर मैं सिर्फ़ उसको इस भूमि का एक टुकड़ा देना चाहती हूँ।"

वह कार्ला के बारे में मैगी को बता चुकी थी, और अपनी दूसरी साथिन सुरैया को भी, कि कार्ला का साथ उसके लिए कैसे ज़्यादा और ज़्यादा मायने रखने लगा था, कैसे उन दोनों के बीच एक अवर्णनीय नाता-सा बन गया था जिससे कुछ पहले के कठिन समय में उसे कितनी सांत्वना मिली थी।

"मैं किसी दूसरे को—किसी इतने स्वस्थ और स्फूर्तिदायक व्यक्ति को घर में देखना चाहती थी।"

मैगी और सुरैया संवेदना से पर कुछ अप्रिय ढंग से हँसी थीं।

"हमेशा कोई-न-कोई लड़की होती है।" सुरैया ने हँसी उड़ाते से अपनी धुपाई मोटी बाँहें फैलाकर कहा, और मैगी बोली, "किसी लड़की पर दिल फेंकना हम सब कभी-न-कभी भुगतते हैं।"

सिल्विया 'दिल फेंकना' जैसा दकियानूसी शब्द सुनकर कुछ भन्ना गई थी। "यह इसलिए हुआ होगा क्योंकि लियोन और मेरे कोई बच्चे नहीं थे।" उसने कहा, "यह बेवक़ूफ़ी थी। माँ का स्नेह किसी और पर थोपना।"

उसकी मित्रों ने एक ही बात साथ-साथ कही, लेकिन अलग तरीके से, जिसका अभिप्राय था कि यह बेवक़ूफ़ी हो सकती है पर था तो यह स्नेह ही।

लेकिन आज वह लड़की सिल्विया को याद पुरानी कार्ला नहीं थी, वह सरल प्रफुल्लित व्यक्तित्व वाली मस्तमौला दिलदार लड़की तो बिलकुल नहीं जिसकी छवि यूनान में उसके साथ थी।

उसने मिली भेंट में कोई रुचि नहीं दिखाई। कॉफ़ी का मग उठाते समय भी वह गुमसुम थी।

"वहाँ एक चीज़ थी जो मैंने सोचा तुमको बहुत पसन्द आती।" सिल्विया ने उत्साह से कहा, "बकरियाँ। बड़ी हो जाने पर भी उनका आकार छोटा ही रहता था। कुछ चितकबरी और कुछ सफ़ेद थीं और पत्थरों और चट्टानों पर ऐसे उछल-कूद कर रही थीं जैसे वहाँ की रानी हों।" वह बनावटी हँसी हँसने से अपने को रोक नहीं पाई, "अगर उनके सींगों पर मालाएँ लिपटी होतीं तो मुझे कोई विस्मय न होता। तुम्हारी वह छोटी-सी बकरी कैसी है? मैं नाम भूल गई।"

कार्ला ने कहा, "फ़्लोरा।"

"फ़्लोरा।"

"वह हमारे पास नहीं है।"

"नहीं है? क्या तुमने उसे बेच दिया?"

"ग़ायब हो गई। हमें पता नहीं उसका क्या हुआ।"

"अरे, मुझे अफ़सोस है। बहुत अफ़सोस है। पर क्या उसके लौट आने की कोई सम्भावना नहीं?"

कोई उत्तर नहीं। सिल्विया ने सीधा लड़की के चेहरे की तरफ़ देखा, जो वह अब तक नहीं कर पाई थी, और गौर किया कि उसकी आँखों में आँसू भरे थे, चेहरे पर लाल धब्बे-से ही न थे बल्कि त्वचा भी मलिन थी, और वह अवसाद से भरी लग रही थी।

उसने सिल्विया से आँखें चुराने की कोई कोशिश नहीं की। उसने होंठ कसकर दबा आँखें बन्द कर लीं और कुछ आगे-पीछे डोली, मानो कि उसके अन्दर से एक निशब्द चीख़ निकल रही थी और फिर, अचानक, चीख़ भी पड़ी। वह दहाड़ मारकर रोई, उसकी हिचकियाँ बँध गईं, आँसू गालों पर बहे और नाक बहने लगी, और कोई पोंछने की चीज़ ढूँढ़ने के लिये इधर-उधर देखने लगी। सिल्विया दौड़कर गई और थोड़े से काग़ज़ी रूमाल ले आई।

"घबराओ मत, तुम यहाँ मेरे साथ हो, सब ठीक हो जाएगा।" सिल्विया ने कहा। साथ ही वह सोच रही थी कि क्या लड़की को आलिंगन में ले लेना चाहिए।

पर वह ऐसा करना भी न चाहती थी, शायद उससे मामला और बिगड़ जाता। शायद उसकी हिचकिचाहट को लड़की अनुभव कर लेती, और यह कि उसके बिलखने से सिल्विया को कितनी घबराहट हुई थी।

कार्ला ने कुछ कहा, और फिर वही कहा।

"बुरी बात।" उसने कहा, "बुरी बात।"

"नहीं, ऐसी बात नहीं। हम सभी को कभी रोना आ जाता है। कोई बात नहीं, परेशान मत हो।"

"बहुत बुरी बात।"

बिसूरने के इस प्रदर्शन के दौरान सिल्विया अपने को यह सोचने से न रोक पाई कि हर क्षण इस लड़की का व्यवहार उसके ऑफ़सि में आकर आँसू बहाने वाली लड़कियों जैसा ही होता जा रहा था। कुछ छात्राएँ परीक्षा में मिले अंकों के बारे में कलपती थीं, पर वह दिखावटी रूँ-रूँ सुनियोजित होती थी। यदाकदा घटित धाराप्रवाह आँसुओं का प्रदर्शन प्रेम सम्बन्धों या माता-पिता से अनबन या गर्भवती हो जाने के बारे में होता था।

"कहीं तुम बकरी के बारे में तो परेशान नहीं हो?"

"नहीं। नहीं।"

"तुम्हें थोड़ा पानी पीना चाहिए।" सिल्विया ने कहा।

उसने ठंडा पानी आने के लिए नल कुछ क्षण खुला छोड़ दिया और सोचती रही कि अब क्या कहना या करना चाहिए, और जब वह लौटी तो कार्ला काफ़ी सँभल गई थी।

"लो।" कार्ला पानी पी रही थी तो सिल्विया ने कहा, "जी कुछ सँभला न?"

"हाँ।"

"बकरी के बारे में नहीं तो क्या बात है?"

कार्ला ने कहा, "बर्दाश्त के बाहर हो गया है।"

"क्या बर्दाश्त के बाहर हो गया है?"

मालूम चला कि बर्दाश्त से बाहर होने का सम्बन्ध उसके पति से था।

वह हर समय उससे बिगड़ा रहता था। उसका व्यवहार ऐसा था जैसे उससे घृणा करता हो। वह न कुछ ठीक से कर सकती थी, न ठीक से कह सकती थी। लगता था उसके साथ रहते-रहते वह पागल हो जाएगी। कभी-कभी लगता था कि वह पागल हो चुकी थी। कई बार वह सोचती थी कि वह पगला गया था।

"तुम्हें उसने मारा-पीटा तो नहीं, कार्ला?"

नहीं। उसने मारपीट नहीं की थी। लेकिन वह उससे घृणा करता था। उससे अतीव घृणा करता था। उसके रोने के कारण वह नाराज़ रहता था, और उसके हर समय नाराज़ रहने के कारण वह अपना रोना रोक नहीं पाती थी।

उसे समझ नहीं आ रहा था कि क्या करे।

"शायद तुम्हें पता है कि क्या करना चाहिए।" सिल्विया ने कहा।

"कहीं चली जाऊँ? अगर जा सकती तो ज़रूर चली जाती।" कार्ला ने फिर सुबकना शुरू कर दिया, "यहाँ से चले जाने के लिए मैं कुछ भी करने को तैयार हूँ। लेकिन क्या करूँ। मेरे पास एक फूटी कौड़ी भी नहीं है। मेरे लिए इस दुनिया में कोई जगह नहीं।"

"अच्छा। सोचो। क्या वाकई यह सच है?" सिल्विया ने सीख देने का यत्न किया। "तुम्हारे माता-पिता नहीं हैं? तुमने बताया नहीं था कि तुम किंग्सटन में पली-बढ़ी थी? तुम्हारा परिवार वहाँ नहीं है?"

कार्ला के माता-पिता ब्रिटिश कोलम्बिया में रहने चले गए थे। वे क्लार्क से नफरत करते थे। उन्हें कोई परवाह नहीं थी कि कार्ला जिए या मरे।

भाई या बहनें?

नौ साल बड़ा एक शादीशुदा भाई टोरंटो में रहता था। उसे भी कोई परवाह नहीं थी। उसे क्लार्क नापसन्द था। उसकी बीवी बड़ी नकचढ़ी थी।

"तुमने कभी महिला शरण गृह की सोची?"

"वहाँ तभी जा सकते हैं जब किसी के साथ मारपीट हुई हो। पर बात फैल जाएगी जिससे हमारे काम को नुकसान होगा।"

सिल्विया हल्के से मुस्कुराई।

"क्या यह समय उस बारे में सोचने का है?"

इस पर कार्ला हँस पड़ी। "मैं जानती हूँ।" उसने कहा, "पागलपन है।"

"सुनो।" सिल्विया ने कहा, "मेरी बात सुनो। अगर तुम्हारे पास जाने के लिए पैसे हों तो तुम जाओगी? कहाँ जाओगी? क्या करोगी?"

"मैं टोरंटो चली जाऊँगी।" कार्ला ने तुरन्त कहा, "लेकिन अपने भाई के पास नहीं। मैं किसी मोटेल-वोटेल में रह लूँगी और किसी घुड़सवारी के स्कूल में नौकरी कर लूँगी।"

"तुम समझती हो तुम यह कर पाओगी?"

"जिस वर्ष मेरी क्लार्क से मुलाकात हुई थी मैं घुड़सवारी के स्कूल में काम कर रही थी। उसके बाद से मैं और बहुत कुछ सीख चुकी हूँ। काफ़ी कुछ।"

सिल्विया ने कुछ सोचकर कहा, "लगता है इस बारे में तुम पहले से सोच चुकी हो।"

कार्ला ने कहा, "अब सोच लिया है।"

"अगर जा सको तो कब जाओगी?"

"अभी। आज। इसी क्षण।"

"सिर्फ़ पैसों का न होना तुम्हें रोक रहा है?"

कार्ला ने एक लम्बी साँस खींची, "सिर्फ़ यही रोक रहा है।" उसने कहा।

"अच्छा।" सिल्विया ने कहा, "अब मेरी बात सुनो। तुम्हें मोटेल में नहीं रहना चाहिए। मेरे ख़याल से तुम्हें बस लेकर टोरंटो जाना चाहिए और मेरी एक मित्र के साथ रहना चाहिए। उसका नाम रूथ स्टाइल्स है। उसका बड़ा-सा घर है और वह अकेली रहती है और उसे किसी के वहाँ रहने से एतराज़ नहीं होगा। जब तक नौकरी न मिले तुम वहाँ रहो। मैं पैसों से तुम्हारी मदद करूँगी। टोरंटो के आस-पास बहुत से घुड़सवारी के स्कूल होने चाहिए।"

"हाँ हैं।"

"तो अब तुम्हारा क्या ख़याल है? तुम चाहती हो कि मैं फ़ोन कर पता लगाऊँ कि बस कितने बजे जाती है?"

कार्ला ने कहा, हाँ। वह काँप-सी रही थी। उसने हाथों से अपनी टाँगों को रगड़ा और सिर दाएँ-बाएँ झटका।

"विश्वास नहीं होता।" उसने कहा, "मैं आपके पैसे वापस कर दूँगी। मेरा मतलब है, धन्यवाद। मैं पैसे वापस कर दूँगी। समझ नहीं आ रहा और क्या कहूँ।"

सिल्विया ने बस स्टैंड फ़ोन करना शुरू कर दिया था।

"शी-शी, मैं समय पता लगा रही हूँ।" उसने कहा। उसने कुछ देर सुना और फ़ोन रख दिया। "मैं जानती हूँ तुम कर दोगी। रुथ वाली बात ठीक है न? मैं उसे बता देती हूँ। लेकिन एक और समस्या है।" उसने कार्ला की निक्कर और टी-शर्ट की तरफ़ गौर से देखा। "तुम इन कपड़ों में नहीं जा सकती।"

"मैं कपड़े लेने घर नहीं जा सकती हूँ।" कार्ला ने घबराकर कहा, "मैं ठीक हूँ।"

"बस एयर-कंडीशंड होगी। तुम ठंड से जम जाओगी। मेरे पास ज़रूर कुछ होगा जो तुम पहन सको। हमारा कद बराबर है न?"

"आप मुझसे दस गुना दुबली हैं।"

"पहले इतनी नहीं थी।"

आख़िर में उन्होंने एक लिनन की भूरी जैकेट, जिसे स्टाइल पसन्द न आने के कारण सिल्विया ने मुश्किल से एक-दो बार पहना था, नाप देकर सिलाई पीली-भूरी पतलून तथा दूधिया सिल्क का ब्लाउज़ चुना। कार्ला के पाँव सिल्विया से दो साइज बड़े थे, इसलिए उसे इन कपड़ों के साथ अपने स्नीकर्स ही पहनने पड़ेंगे।

कार्ला नहाने चली गई—अपनी मानसिक स्थिति के कारण इस सुबह वह नहाने की बात सोच न पाई थी—और सिल्विया रूथ को फ़ोन करने लगी। रूथ को उस दिन संध्या किसी सभा में जाना था, लेकिन वह चाबी ऊपर के किरायेदारों के पास छोड़ जाएगी और कार्ला को आकर सिर्फ़ उनकी घंटी बजानी पड़ेगी।

"पर बस स्टैंड से उसे टैक्सी लेकर आना पड़ेगा। इस हालत में वह यह कर पाएगी?" रूथ ने पूछा।

सिल्विया हँसी, "चिन्ता मत करो, वह बिलकुल गधी नहीं है। सिर्फ़ परेशान है, और ऐसा हो जाता है।"

"चलो अच्छा है। मेरा मतलब अच्छा है कि वह जगह छोड़ रही है।"

"बिलकुल गधी नहीं है।" सिल्विया ने कहा, कार्ला के पतलून और जैकेट पहनने की बात सोचते हुए। नौजवान कितनी जल्दी निराशा से छुटकारा पा लेते हैं और वह लड़की नए कपड़ों में कितनी सुन्दर लग रही थी।

बस दो बजकर बीस मिनट पर छूटने वाली थी। सिल्विया ने लंच के लिए ऑमलेट बनाने का फैसला किया, गाढ़े हरे रंग का मेज़पोश बिछा दिया और बढ़िया गिलास निकालकर और वाइन की बोतल खोल ली।

"आशा है तुम्हें कुछ खाने की भूख होगी।" कार्ला के माँगे के कपड़ों में साफ़-सुथरी और बनी-ठनी लगते हुए आने पर उसने कहा। नहाने से उसकी हल्की चित्तीदार त्वचा पर लाली की झलक आ गई थी, बाल भीगे हुए कुछ काले लग रहे थे, चोटी के बाहर घुँघराले बाल सीधे हो गए थे। उसने कहा उसे भूख लगी थी, लेकिन वह हाथ काँपने की वजह से काँटे से ऑमलेट का टुकड़ा मुँह में नहीं डाल पाई।

“पता नहीं इस तरह क्यों काँप रही हूँ।” उसने कहा, “कुछ उत्तेजित ज़रूर हूँ। मुझे पता नहीं था यह इतना आसान होगा।”

“इसके इतने अचानक होने से।” सिल्विया ने कहा, “सम्भव है लग न पा रहा हो कि वास्तव में हो गया है।”

“नहीं, लग रहा है। सब कुछ वास्तव में वास्तविक लग रहा है। इसके पहले तो शायद मैं किसी सदमे में थी।”

“शायद जब हम कुछ करने का फैसला कर लें, जब हम वाकई में कुछ करने का फैसला कर लें तो ऐसा ही लगता है। या ऐसा लगना चाहिए।”

“यदि किसी का मित्र हो।” कार्ला ने कुछ संकोच से कहा, लालिमा उसके माथे तक फैल गई थी, “यदि किसी का मित्र हो, मेरा मतलब आप जैसा।” उसने छुरी-काँटा नीचे रख वाइन के गिलास को दोनों हाथों में अटपटे-से पकड़ लिया, “एक सच्चे मित्र के नाम जाम पिएँ।” उसने फिर कुछ संकोच से कहा, “मुझे एक घूँट भी न पीना चाहिए, लेकिन मैं पिऊँगी।”

“मैं भी।” सिल्विया ने उल्लसित होने का दिखावा किया। उसने कुछ पिया लेकिन फिर कहने की ग़लती कर बैठी, “क्या उसे फ़ोन करोगी? या क्या करोगी? कम-से-कम उस समय तक तो उसे बताना ज़रूरी होगा जब वह तुम्हारे घर पहुँचने की प्रतीक्षा कर रहा होगा।”

“फ़ोन नहीं।” कार्ला ने कुछ घबराकर कहा, “मैं नहीं कर पाऊँगी। अगर आप...।”

“नहीं।” सिल्विया ने कहा, “नहीं।”

“नहीं, वह ग़लत होगा। मुझे कहना ही नहीं चाहिए था। सीधे दिमाग़ से सोच नहीं पा रही हूँ। शायद यह कर सकती हूँ कि लेटर बॉक्स में एक पर्ची लिखकर डाल दूँ। लेकिन नहीं चाहती कि उसे यह फ़ौरन मिल जाए। कस्बे की ओर जाते समय अपने घर के सामने से नहीं बल्कि किसी दूसरे रास्ते से जाना चाहती हूँ। तो मैं लिख दूँ...अगर मैं लिख दूँ तो क्या आप लौटते समय लेटर बॉक्स में डाल सकती हैं?”

कोई विकल्प न देखकर सिल्विया मान गई।

वह काग़ज़ और कलम ले आई। थोड़ी-सी वाइन गिलासों में और डाली। कार्ला बैठी सोचती रही, फिर कुछ शब्द लिख दिए।

मैं कहीं जा रही हूँ। परेशानी न होना।

बस स्टैंड से लौटते समय पर्चे की तह खोलने पर सिल्विया ने यह शब्द पढ़े। उसे विश्वास था कि कार्ला को *परेशान* तथा *परेशानी* में अन्तर मालूम था। वह *परेशान न होने* की बात कह रही थी और इस समय उसके दिमाग़ पर बहुत बोझ था; जितना सिल्विया अनुमान कर सके उससे अधिक बोझ। वाइन पीने के बाद कार्ला की ज़बान कुछ खुल गई थी, पर उसने कोई दुःख या खेद नहीं प्रकट किया था। वह उस घुड़साल के बारे में बताती रही जहाँ हाई स्कूल पास करते ही अठारह साल की उम्र में काम करते समय उसकी क्लार्क से भेंट हुई थी। उसके माता-पिता चाहते थे वह आगे पढ़े, और यदि पशु-चिकित्सक बन सके तो वे उसके लिए राज़ी थे। जो वह चाहती थी और जो उसने सारी ज़िन्दगी चाहा था, वह था पशुओं के साथ काम करना तथा देहात में रहना। हाई स्कूल में अन्य छात्र उसके व्यवहार के कारण उसकी खिल्ली उड़ाते थे, पर उसने कभी परवाह न की थी।

घुड़साल में सबसे अच्छा प्रशिक्षक क्लार्क था। दर्जनों महिलाएँ उसकी दीवानी थीं, कई केवल उसके साथ के लिए घुड़सवारी सीखने आती थीं। कार्ला के इन महिलाओं के बारे में उसकी खिंचाई करने पर पहले तो वह हँसा, फिर झुंझलाने लगा था। कार्ला ने माफी माँगकर उसे ख़ुश करने को उसके उस स्वप्न—या योजना कहिए—के बारे पूछना शुरू कर दिया था जिसमें वह आबादी से दूर कहीं एक घुड़साल और घुड़सवारी का स्कूल खोलना चाहता था। एक दिन अस्तबल में आने पर उसने क्लार्क को अपने घोड़े की जीन टाँगते देखा और पाया कि उसे क्लार्क से प्रेम हो गया था।

अब उसके विचार में वह यौनाकर्षण था। शायद सेक्स के अतिरिक्त और कुछ न था।

जब शरद में उसके नौकरी छोड़कर गुएल्फ़ नगर में कॉलेज जाने का समय आया, उसने जाने से इनकार कर दिया, कहा कि पढ़ने से एक साल की छुट्टी चाहिए थी।

क्लार्क था तो बुद्धिमान पर उसने हाई स्कूल तक न किया था। अपने परिवार से उसका कोई सम्बन्ध न था। उसका कहना था कि किसी का परिवार उसके

ख़ून में ज़हर की तरह होता है। वह एक मानसिक अस्पताल में परिचारक, अल्बर्टा के लेदब्रिज नगर के रेडियो स्टेशन में डीजे, थंडरबे के पास सड़क बनाने वाला कर्मचारी, एक नाई का सहायक, सेना के फ़ालतू सामान की दुकान में कर्मचारी रह चुका था। ये केवल वे नौकरियाँ थीं जिनके बारे में क्लार्क ने उसे बताया था।

उसने एक पुराने गाने पर, जो उसकी माँ कभी गाया करती थी, क्लार्क का नाम 'जिप्सी रोवर' रख दिया। जब वह इस गाने को घर में हर समय हर जगह गाने लगी तो उसकी माँ के कान खड़े हो गए।

"पिछली रात वह मुलायम गद्दे के बिस्तर में सोई थी
रेशमी रजाई ओढ़कर
आज रात वह ठंडी कठोर धरती पर सोएगी।
अपने जिप्सी प्रेमी की बगल में।"

उसकी माँ ने कहा, "वह तुम्हारा दिल तोड़ देगा, इसमें कोई शक नहीं।" उसके सौतेले बाप ने, जो इंजनियर था, क्लार्क को इतनी तवज्जो भी न दी। "बेकार नाकारा।" उसने कहा, "उन आवारागर्दों में से एक।" मानो क्लार्क कोई भुनगा था जिसे वह अपने कपड़ों से झाड़ देगा।

तब कार्ला ने कहा, "क्या कोई आवारागर्द कमाए पैसों से एक फ़ार्म ख़रीद सकता है? जो, आपको मालूम होना चाहिए, उसने किया है।" और बाप ने सिर्फ़ इतना कहा, "मैं तुमसे बहस नहीं करना चाहता।" और आख़िरी दलील जैसे कह दिया, वैसे भी वह उसकी बेटी नहीं थी।

तो होनी के अनुसार कार्ला को क्लार्क के साथ भाग जाना पड़ा। उसके माता-पिता ने जैसा व्यवहार किया था, इस बात की गारंटी हो गई थी।

"कोई ठिकाना बन गया तो तुम अपने माता-पिता से सम्पर्क करोगी?" सिल्विया ने कहा, "टोरंटो में?"

कार्ला ने भवें उठा ढिठाई के अन्दाज़ में मुँह सिकोड़ा। उसने कहा, "न-हीं।"

निश्चय ही उसे चढ़ गई थी।

लेटर बॉक्स में पर्ची डालने के बाद घर लौटकर सिल्विया ने मेज़ पर पड़ी प्लेटें उठाईं, ऑमलेट बनाने का तसला धोकर पोंछा, मेज़पोश तथा नैपकिनों को धुलाई की टोकरी में डाला, और खिड़कियाँ खोल दीं। उसे पश्चाताप तथा खीज दोनों

अनुभव हो रहे थे। उसने लड़की के लिए स्नानगृह में सेब की गन्ध वाला नया साबुन रख दिया था और उसकी ख़ुशबू घर में वैसे ही फैली थी जैसी कि गाड़ी में।

पिछले घंटे में किसी समय वर्षा बन्द हो गई थी। स्थिर बैठ न पाने के कारण वह लियोन द्वारा जंगल में काटे एक रास्ते पर टहलने चली गई। कीचड़ वाले स्थानों पर डाली बजरी प्राय: बह गई थी। वसन्त में वे दोनों जंगली आर्किड बटोरने के लिए टहलने जाया करते थे। उसने लियोन को सब जंगली फूलों के नाम सिखाए थे—ट्रिलियम के अतिरिक्त वह सब नाम भूल गया था। वह उसे डोरोथी वड्र्सवर्थ नाम से बुलाया करता था।

पिछले वसन्त वह जंगल से उसके लिए डॉग्स-टूथ वॉयलेट फूलों का छोटा-सा गुच्छा तोड़ लाई थी, लेकिन उसने उन्हें उसी पस्त, खोई निगाह से देखा जिससे कभी-कभी उसे देखता था।

कार्ला लगातार उसकी आँखों के सामने थी, बस में चढ़ती कार्ला।

घर आकर लगभग छह बजे उसने रुथ को टोरंटो फ़ोन किया, यह सोचकर कि कार्ला अभी वहाँ नहीं पहुँची होगी। फ़ोन का जवाब मशीन ने दिया।

"रुथ!" सिल्विया ने कहा, "सिल्विया। तुम्हारे पास भेजी लड़की के बारे में बताना है। आशा है उसके आने से कोई झंझट न होगा, तुम्हें कठिनाई न होगी। शायद वह तुम्हें कुछ आत्मकेन्द्रित लगे। यह जवानी के कारण हो सकता है। मुझे बताना। ठीक है?"

सोने से पहले उसने फिर फ़ोन किया, लेकिन मशीन लगी होने पर कहा, "फिर से सिल्विया। सिर्फ़ चेक कर रही हूँ।" और बन्द कर दिया। नौ या दस के बीच था, अभी पूरा अँधेरा नहीं हुआ था। रुथ अभी लौटी न होगी तथा लड़की दूसरे के घर में फ़ोन नहीं उठाना चाहेगी। उसने रुथ के ऊपर के किरायेदार का नाम याद करने का यत्न किया। वे तो अभी सोने नहीं गए होंगे। लेवि,न याद न आया। पर ऐसे ही ठीक था। उन्हें फ़ोन करना तथा इतनी व्यग्रता दिखाना तिल का ताड़ बनाना होगा।

बिस्तर में लेटे रहना असम्भव था, इसलिए वह एक हल्की रजाई ले बैठक में जाकर एक सोफ़े पर लेट गई, जहाँ लियोन के जीवन के अन्तिम मास वह सोया करती थी। उसे लगा कि उसे वहाँ भी नींद न आएगी—खिड़कियों की कतार पर पर्दे नहीं थे तथा बाहर देखने से पता चल जाता था कि चाँद निकल आया था यद्यपि दिखाई न दे रहा था।

कुछ ही देर में उसने अपने को कहीं—यूनान में?—एक बस पर बहुत से अजनबियों के साथ पाया, तथा बस का इंजन ज़ोर से खटखट की आवाज़ कर रहा था। वह जाग गई और देखा कि खटखट उसके घर के सामने के दरवाज़े पर थी।

कार्ला?

बस कस्बे के बाहर निकल जाने तक कार्ला अपना सिर नीचे किए रही थी। हल्के रंगीन शीशों के कारण बाहर दिखाई न पड़ता था पर उसे अपने को बाहर देखने से रोकना था। कहीं क्लार्क न दिख जाए। किसी दुकान से निकलता हुआ या सड़क पार करता हुआ, उसके घर छोड़कर जाने से अनभिज्ञ, सोचते कि यह दोपहर भी दूसरे दिनों जैसी थी। नहीं, सोचते कि यह वह दोपहर थी जब उनकी योजना—उसकी योजना—को कार्यान्वित करना था, जानने को उत्सुक कि कार्ला सफल हुई कि नहीं।

कस्बे के बाहर आ जाने पर उसने निगाहें उठाईं, लम्बी साँस खींची, बाहर देखा जहाँ शीशों के रंग के कारण सब कुछ हलका बैंगनी लग रहा था। श्रीमती जेमिसन का साथ उसे सुरक्षा तथा विवेकशीलता का कवच जैसा लगता था, तथा आज अपना पलायन सबसे युक्तिसंगत, बल्कि कहिए सबसे आत्म-सम्मानित काम जो कोई कार्ला की स्थिति में होने पर कर सकता। कार्ला को एक आत्मविश्वास, जिसकी वह आदी नहीं थी, जागृत होता अनुभव हुआ तथा हास्य की परिपक्व समझ भी। श्रीमती जेमिसन को अपनी जीवन कथा ऐसे बताने की दक्षता कि उनकी सहानुभूति जागृत हो पर उसकी विडम्बना तथा सच्चाई न छुपे। तथा श्रीमती जेमिसन—सिल्विया—की, जहाँ तक वह समझ पाई, उससे अपेक्षित बातों से मेल खाए। उसे पहले लगा था कि श्रीमती जेमिसन—जो कि उसे अत्यंत संवेदनशील तथा विचारशील लगी थीं—उससे निराश हो सकती थीं, पर फिर सोचा कि ऐसा होने का कोई भय नहीं था।

यदि उसे बहुत समय उनके साथ न रहना पड़े।

पिछले कुछ घंटों से धूप निकली हुई थी। लंच खाते समय उनके वाइन के गिलास धूप में जगमगा रहे थे। दिन खुलने के बाद से वर्षा नहीं हुई थी। हवा इतनी तेज़ थी कि सड़क किनारे की जंगली घास के फूल भीगे गुच्छों से अलग होकर लहलहा रहे थे। ग्रीष्मकालीन—वर्षा के नहीं—बादल आकाश में तेज़ी से उड़ते जा

रहे थे। दूर-दूर तक फैला देहात का इलाक़ा रंग बदलकर जुलाई मास के खुले दिन की जगमगाहट से भरा था। और तेज़ चलती बस से कार्ला को निकट अतीत के कोई चिन्ह न दिखाई दे रहे थे—न पानी भरे खेत, न वर्षा के वेग से दबे अनाज के पौधे, न बिना दानों की बालियाँ, न मुरझाई मकई के ठूंठ।

उसे ख़याल आया कि क्लार्क को इस बारे में बताना चाहिए—कि पता नहीं किस ऊलजुलूल कारण से उन्होंने देश का यह वर्षा से भरा और निर्जन क्षेत्र चुना था, कि दूसरे स्थान थे जहाँ वे सफल हो सकते थे।

या अभी भी हो सकते हैं?

फिर यह ख़याल आना ही था कि वह क्लार्क को कुछ न बताएगी। कभी नहीं। उसका कोई वास्ता न होगा कि क्लार्क का क्या हुआ, या ग्रेस या माइक या जुनिपर या ब्लैकबेरी या लिज़ी बोर्डेन का। यदि फ़्लोरा संयोगवश लौट भी आए, उसे कुछ पता न चलेगा।

वह दूसरी बार सब कुछ छोड़कर जा रही थी। पहली बार बीटल्स के उस पुराने गाने की तरह हुआ था—मेज़ पर पर्चा छोड़कर सुबह पाँच बजे चुपचाप घर से खिसक जाना, उसी सड़क पर कुछ दूर गिरजे के पार्किंग क्षेत्र में क्लार्क से मिलना। वह उस पुरानी-सी गाड़ी में जाते समय वही गाना गुनगुना भी रही थी। *वह घर छोड़कर जा रही है, अलविदा।* उसे याद आया उस सुबह पीठ पीछे सूर्योदय होना, स्टीयरिंग पकड़े क्लार्क के हाथ, उसकी सुदृढ़ बाँहों के बाल, पिक-अप गाड़ी में भरी पेट्रोल और लोहे, औज़ारों और घुड़साल की गंध। पौ फटते शरद की ठंडी हवा गाड़ी की दरारों से आ रही थी। इस तरह की गाड़ी में उसके परिवार का कोई कभी नहीं बैठता था, जो शायद कभी ही उनके मोहल्ले में दिखाई देती थी।

उस सुबह क्लार्क का ध्यान घने ट्रैफ़िक में लगा होना (वे हाइवे 401 पहुँच गए थे), गाड़ी की हालत के बारे में उसकी चिन्ता, संक्षिप्त-से उत्तर तथा ध्यान में सिकुड़ी आँखें, कार्ला की पुलक पर उसका झुँझलाना—सब कार्ला को रोमांचित कर रहे थे। वैसे ही क्लार्क के कहीं टिक न पाने, उसकी अकेले रहने की ज़िद, उसका घोड़ों के—और कार्ला के भी—प्रति कोमलता दिखने की क्षमता भी। उसकी निगाह में क्लार्क उसके भावी जीवन का निर्माता था और वह उसकी दासी, उसके प्रति समर्पण उचित भी तथा अनुपम भी।

एक पत्र में, जिसका उसने कभी उत्तर नहीं दिया, उसकी माँ ने लिखा था, "तुम नहीं जानती क्या छोड़कर जा रही हो।" किन्तु उस कँपकँपाती सुबह घर छोड़ते

समय उसे मालूम था कि वह पीछे क्या छोड़कर जा रही थी, चाहे यह स्पष्ट न था कि कहाँ जा रही थी। उसे अपने माता-पिता से, उनके मकान से, मकान के पीछे के बाड़े से, उनके फ़ोटो अलबमों से, उनकी पर्यटन यात्राओं से, उनकी रसोई के उपकरणों से, अतिथियों के लिये बैठक से सटे छोटे टायलेट से, उनकी कमरेनुमा कपड़ों की आलमारियों से, उनके बग़ीचे में पानी देने के स्वचालित सरंजाम से नफरत थी। अपने संक्षिप्त से उत्तर में उसने 'सच्चा' शब्द का उपयोग किया था।

मैंने सदा एक अधिक सच्चा जीवन जीने की आवश्यकता अनुभव की है। जानती हूँ, आपसे यह बात समझने की आशा नहीं कर सकती हूँ।

बस राह के पहले कस्बे में रुकी। बस स्टैंड एक पेट्रोल पम्प था। यह वही पम्प था जहाँ वह और क्लार्क अपने शुरुआती दिनों में सस्ता पेट्रोल ख़रीदने आया करते थे। उन दिनों वे प्राय: आस-पास के ऐसे कस्बों में जाते थे तथा कभी-कभी होटलों के फटीचर बार में वहाँ के ख़ास पकवान खाते थे। सूअर के पाए, खट्टी बन्दगोभी, आलू की टिकिया, बियर। घर लौटते समय सारे रास्ते मदमस्त देहातियों की तरह गाने गाते थे।

लेकिन कुछ समय पश्चात इस तरह की घुमाई पैसे और समय की बर्बादी समझी जाने लगी। यह सब था जो लोग जीवन की वास्तविकता समझने से पहले करते थे।

अनजाने ही उसकी आँखों में आँसू भर आए और वह रोने लगी। उसने सोचना शुरू किया कि टोरोंटो पहुँचकर क्या करना था। टैक्सी, अनजाना घर, अनजाना बिस्तर जिसमें वह अकेली सोयेगी। कल टेलीफ़ोन निर्देशिका में घुड़सालों के पते ढूँढ़ना और जहाँ भी हों, नौकरी की तलाश में जाना।

वह अपने को यह सब करती देख न पा रही थी। मेट्रो या बस लेते, नए घोड़ों की देखभाल करते, नए लोगों से बात करते, प्रतिदिन ऐसे लोगों के साथ रहते जो क्लार्क नहीं थे।

एक जीवन, एक स्थान इसी कारण चुनना कि वहाँ क्लार्क न हो।

अपनी कल्पना के भविष्य के इस संसार के विषय में एक उलझनभरी तथा विचलित करने वाली बात उसे समझ आ रही थी, कि वहाँ उसका स्वयं का कोई अस्तित्व न होगा। वह केवल चलेगी-फिरेगी, मुँह खोल बातें करेगी, यह करेगी या वह परन्तु वास्तव में स्वयं वहाँ न होगी। और अजीब बात यह थी कि वह यह सब कर रही थी, इस बस में जा रही थी स्वयं को खोजने के लिए। जैसा

कि श्रीमती जेमिसन कहेंगी—और जैसा वह ख़ुद ख़ुशी से कहना चाहेगी—*अपने जीवन की दिशा स्वयं निश्चित करने के लिये।* किसी के आँखें तरेरकर देखने से, किसी की मनोस्थिति से कलुषित होने से बचने के लिए।

किन्तु किसकी मुरव्वत में? उसे स्वयं कैसे पता चलेगा कि वह—कार्ला—जीवित है?

अब जब वह उसे छोड़कर जा रही थी—इस क्षण भी—क्लार्क का उसके जीवन में वही स्थान था। परन्तु इस पलायन के समाप्त होने पर, उसके बाद के समय में, वह उसका स्थान कैसे भरेगी? क्या चीज़—कौन दूसरा—उसका स्थान ले सकेगा?

उसने रोना वश में कर लिया, लेकिन कँपकँपी आनी शुरू हो गई थी। उसका हाल अच्छा न था, और उसे स्थिति पर अपनी पकड़ बनाए रखनी पड़ेगी, अपने को सँभालना पड़ेगा।

"अपने को सँभालो।" क्लार्क उस कमरे से आते-जाते कहा करता था जहाँ वह रोना दबाती दुबकी पड़ी होती थी, और अब उसे यही करना चाहिए।

बस एक दूसरे कस्बे में रुकी थी। जिस जगह से वह बस में बैठी थी, यह उसके बाद तीसरा कस्बा था, जिसका मतलब था कि दूसरे कस्बे से गुज़रना उसे पता न चला था। बस रुकी होगी, ड्राइवर ने कस्बे का नाम पुकारा होगा, और उसने अपनी भयाक्रान्त मनोदशा में न कुछ देखा, न कुछ सुन पाई थी। शीघ्र ही वे मुख्य हाइवे पर पहुँच जाएँगे, सरपट टोरंटो की ओर बढ़ते हुए।

और अकेली वह खो जाएगी।

अकेली वह खो जाएगी। टैक्सी लेना और उसे नया पता बताना, सुबह उठना तथा दाँत माँजना और बाहर काम पर जाना, इन सब से क्या होगा? वह क्यों नौकरी ढूँढ़े, खाने का इन्तज़ाम करे, बस और मेट्रो लेकर यहाँ-वहाँ जाए?

उसे लग रहा था कि उसके पाँव बाकी शरीर से बहुत दूर थे। किसी दूसरे की पतलून पहने टाँगे बेड़ियों से जकड़ी थीं। वह एक घायल घोड़े की तरह धरती पर गिर रही थी जो कभी उठ न पाएगा।

बस इस कस्बे में प्रतीक्षा कर रहे यात्रियों तथा डाक से लदी खड़ी थी। एक महिला और उसके साथ स्ट्रोलर में बच्चा किसी को हाथ हिला अलविदा कह रहे थे। पीछे छूटता जाता रेस्तराँ, जो बस स्टॉप भी था, गतिमान प्रतीत हो रहा था। एक लहर-सी आई और रेस्तराँ की ईंटें और खिड़कियों का दृश्य धुँधला गया मानो

गल रहा था। जीवन-मरण का प्रश्न जानकर कार्ला ने अपना लम्बतड़ंग शरीर, जकड़ी टाँगें उठाईं। वह कुछ लड़खड़ाई और ज़ोर से पुकारा, "मुझे उतार दो।"

ड्राइवर ने ब्रेक लगाते हुए झुँझलाकर कहा, "मेरा ख़याल था आप टोरंटो जा रही थीं?" यात्रियों ने उसे सरसरी उत्सुक निगाहों से देखा, कोई उसकी यंत्रणा समझ न पाया।

"मुझे यहाँ उतरना है।"

"बस में पीछे टॉयलेट है।"

"नहीं। नहीं। मुझे उतरना है।"

"मैं प्रतीक्षा नहीं करूँगा। समझ गईं आप? नीचे कोई सामान है?"

"नहीं। हाँ। नहीं।"

"कोई सामान नहीं?"

बस में से एक आवाज़ आई, "बन्द जगह में घुटन लग रही है। इसे यही परेशानी है।"

"आपकी तबीयत ख़राब है?" ड्राइवर ने पूछा।

"नहीं। नहीं। मैं बस से उतर जाना चाहती हूँ।"

"ठीक है। ठीक है। कोई समस्या नहीं।"

"आओ और मुझे ले जाओ। प्लीज़। आओ और मुझे ले जाओ।"

"मैं आता हूँ।"

***

सिल्विया दरवाज़े पर अन्दर से सिटकनी लगाना भूल गई थी। खोलने की जगह सिटकनी लगा देनी चाहिए, उसने सोचा पर देर हो गई थी, वह दरवाज़ा खोल चुकी थी।

वहाँ कोई न था।

फिर भी उसे पूरा विश्वास था कि उसने वास्तव में खटखटाहट सुनी थी।

उसने दरवाज़ा बन्द किया और अब सिटकनी लगा दी।

बड़ी खिड़कियों की तरफ़ से एक टनटन मिली टकटक सुनाई दी, जैसे कोई शरारत में आवाज़ कर रहा था। उसने बत्ती जलाई, पर कुछ न दिखाई देने पर बत्ती

बुझा दी। कोई जानवर था—शायद गिलहरी? खिड़कियों के बीच, बाहर के चबूतरे पर खुलने वाले शीशे मढ़े दरवाज़ों पर भी सिटकनियाँ नहीं लगी थीं। वे लगभग एक इंच खुले छोड़ दिए गए थे ताकि घर में हवा फिर जाए। वह जैसे उन्हें बन्द करने लगी कोई हँसा, बिलकुल बगल में, इतने पास कि मानो कमरे में ही हो।

"मैं हूँ।" एक मर्दानी आवाज़ ने कहा, "क्या आपको डरा दिया?"

वह शीशे से चिपका खड़ा था, सिल्विया के बहुत नज़दीक।

"मैं क्लार्क हूँ।" उसने कहा, "इसी सड़क पर रहने वाला क्लार्क।"

वह उसे अन्दर नहीं बुलाना चाहती थी, पर फटाक से दरवाज़ा बन्द करने से भी डर रही थी। उसके यह कर सकने के पहले वह उसे दबोच सकता था। वह बत्ती भी नहीं जलाना चाहती थी। वह एक लम्बी टी-शर्ट पहनकर सोती थी। वह सोफ़े पर पड़ी दुलाई उठाकर ओढ़ सकती थी पर देर हो चुकी थी।

"आप कपड़े बदलना चाहती हैं?" क्लार्क ने कहा, "शायद जिस चीज़ की आपको आवश्यकता है वह इसमें हो।"

उसके हाथ में एक शॉपिंग बैग था। उसने वह सिल्विया की ओर बढ़ाया परन्तु अन्दर आने की कोशिश नहीं की।

"क्या?" सिल्विया ने कुछ लरज़ती आवाज़ में पूछा।

"खोलकर देखिए। इसमें कोई बम नहीं है। ये लीजिए।"

सिल्विया ने बैग में झाँके बिना हाथ डालकर टटोला। कुछ मुलायम रेशमी-सा था। तब उसने जाकेट के बटन, कमीज का सिल्क तथा पतलून पर लगी पेटी पहचान लिए।

"सोचा कि आपको वापिस कर दूँ।" क्लार्क ने कहा, "यह आपके हैं न?"

सिल्विया ने जबड़े कस लिए कि दाँत न कटकटा पड़ें। भय से उसका मुँह और गला सूख गया था।

"मेरा ख़याल है ये आपके हैं।" क्लार्क ने धीमे से कहा।

सिल्विया की ज़बान को जैसे लकवा मार गया था। उसने यत्न करके कहा, "कार्ला कहाँ है?"

"आपका मतलब है मेरी पत्नी कार्ला?"

अब उसको क्लार्क का चेहरा स्पष्ट दिखाई दे रहा था। वह देख सकती थी कि क्लार्क को इसमें कितना मज़ा आ रहा था।

"मेरी पत्नी घर में है। अपने बिस्तर में सो रही है। जहाँ उसे होना चाहिए।"

वह देखने में आकर्षक और कुछ बेवक़ूफ़-सा भी लगता था। कद्दावर, तगड़ा, धमकाने के अन्दाज़ में कन्धे झुकाए हुए। माथे पर काली अलक, पतली दिखावटी मूँछ, आँखों में आशा और मखौल का भाव, मुस्कान लड़कपन और ढिठाईभरी।

सिल्विया को वह कभी न भाया था—उसने अपनी नापसन्दगी लियोन को बताई थी, जिसने कहा था कि वह आदमी बस व्यवहार-कुशल न था, कुछ ज़्यादा ही मित्रता दिखाने वाला।

क्लार्क के व्यवहार-कुशल न होने से सिल्विया को उससे ख़तरा कम नहीं था।

"बिलकुल पस्त हो गई थी।" क्लार्क ने कहा, "अपने साहसिक कारनामे के बाद। आपको अपना चेहरा देखना चाहिए—इन कपड़ों को पहचानने के बाद अपने चेहरे की रंगत देखनी चाहिए। आपने क्या सोचा? आपने सोचा कि मैंने उसकी हत्या कर दी थी?"

"मुझे विस्मय हुआ था।" सिल्विया ने कहा।

"बिलाशक हुआ होगा। आपने उसके भागने में इतनी सहायता की थी।"

"मैंने सहायता की थी—" सिल्विया ने काफ़ी कोशिश के बाद कहा, "मैंने सहायता की थी क्योंकि वह बहुत परेशान लग रही थी।"

"परेशान।" क्लार्क ने जैसे उस शब्द को तौलते हुए कहा, "शायद थी। उस बस से उतरकर और मुझे ले जाने के लिए फ़ोन करने के समय वह बहुत परेशान थी। वह इतना रो रही थी कि मैं उसकी बात कठिनता से समझ पाया।"

"वह वापिस आना चाहती थी?"

"जी हाँ। शर्तिया आना चाहती थी। वह तो लौटने को तड़प रही थी। उसका दिमाग़ बहुत जल्दी ठंडा या गर्म हो जाता है। लेकिन शायद आप उसे उतना नहीं जानतीं जितना मैं।"

"जाते समय तो काफ़ी ख़ुश दिख रही थी।"

"वाकई? ख़ैर, आपकी बात मान लेता हूँ। मैं यहाँ आपसे बहस करने नहीं आया हूँ।"

सिल्विया ने उत्तर न दिया।

"मैं यह कहने आया था कि हमारे घरेलू मामलों में आपकी दख़लन्दाज़ी मुझे पसन्द नहीं।"

"आपकी पत्नी होने के साथ।" सिल्विया ने कहा, हालाँकि उसे पता था कि चुप रहना बेहतर था, "वह एक इनसान भी है।"

"अच्छा, ऐसी बात है? मेरी पत्नी एक इनसान है? सच में? यह बताने के लिए धन्यवाद। लेकिन मुझे पट्टी पढ़ाने की कोशिश न करना *सिल्विया*।"

"मैं पट्टी नहीं पढ़ा रही हूँ।"

"ठीक है। नहीं किया तो सही किया। मैं फिज़ूल बवाल नहीं करना चाहता। मैं बस आपको एक-दो ज़रूरी बातें बता देना चाहता हूँ। पहली बात, मैं नहीं चाहता कि आप हमारे घरेलू मामलों में कभी नाक घुसेड़ें। दूसरा, वह आपके यहाँ आए-जाए, मैं यह भी नहीं चाहूँगा। और मुझे पूरा यक़ीन है वह ख़ुद ही नहीं आना चाहेगी।"

"फिलहाल तो आपके बारे में उसकी राय बहुत अच्छी नहीं है। वैसे भी आपको अपना घर ख़ुद साफ़ करना सीखना चाहिए।"

"ख़ैर।" उसने कहा, "चलिए। समझ आया आपको?"

"पूरी तरह से।"

"मुझे आशा है, पूरी आशा है कि आ गया होगा।"

सिल्विया ने कहा, "जी।"

"और पता है मैं और क्या सोचता हूँ?"

"क्या?"

"मेरे ख़याल में आपको एक बात और करनी चाहिए।"

"क्या?"

"मेरे ख़याल में आपको—शायद—आपको मुझसे माफी माँगनी चाहिए।"

सिल्विया ने कहा, "ठीक है। अगर आप कहते हैं तो। मुझे खेद है।"

वह कुछ आगे हुआ, शायद मिलाने के लिए हाथ बढ़ाने को, और उसके हिलते ही वह धीमे से चीख़ पड़ी।

वह हँसा। उसने अपना हाथ दरवाज़े की चौखट पर रख दिया कि सिल्विया बन्द न कर सके।

"वह क्या है?"

"कहाँ क्या है?" क्लार्क ने पूछा, मानो सिल्विया कुछ चालबाज़ी करना चाहती थी और वह उसके झाँसे में नहीं आया था। किन्तु उसी समय खिड़की के शीशे में किसी चीज़ की झलक पा वह देखने को तेज़ी से पीछे मुड़ गया।

घर के नज़दीक एक खुली जगह थी जो वर्ष के इस समय प्राय: रात्रि में कोहरे से भर जाती थी। आज रात भी वहाँ कुछ समय से कोहरा जमा हुआ था।

किसी समय एक परिवर्तन आया था। कोहरे ने कुछ घना होकर एक आकार ले लिया था, नुकीले चमकदार पिंड का। पहले एक कुकरौंधे के फूल-सा जीवन्त गोला लुढ़कता हुआ, जो सिकुड़कर बिलकुल श्वेत अलौकिक जीव-सा, एक विशालकाय यूनिकॉर्न जैसा बन, सीधे उनकी ओर तेज़ी से आ रहा था।

"यीशु मसीह!" क्लार्क ने धीमे से श्रद्धापूर्वक कहा। उसने सिल्विया का कन्धा पकड़ लिया। सिल्विया को उसकी हरकत से आशंका न हुई—वह समझ गई थी कि क्लार्क ने यह उसकी रक्षा में या अपने स्वयं को सांत्वना देने के लिए किया था।

फिर यह नज़ारा फूट-सा गया। कोहरे में से चमक के एक विस्फोट से—जो पीछे सड़क पर पार्किंग ढूँढ़ती किसी गाड़ी की हेडलाईट हो सकती थी—एक सफ़ेद बकरी प्रकट हुई। एक छोटी नाचती हुई बकरी, मध्यम आकार के कुत्ते के बराबर।

क्लार्क ने अपना हाथ हटा लिया। उसने कहा, "किस जहन्नम से आई तू?"

"ये आपकी बकरी है।" सिल्विया ने कहा, "आपकी बकरी है कि नहीं?"

"फ़्लोरा।" क्लार्क ने कहा।

"फ़्लोरा।"

बकरी उनसे लगभग गज़ भर दूर रूक गई थी, कुछ संकुचित-सी सिर झुकाए खड़ी थी।

"फ़्लोरा।" क्लार्क ने कहा, "तू किस जहन्नम से आ पहुँची? तूने हम लोगों की रूह कब्ज़ कर दी।"

फ़्लोरा कुछ पास आ गई पर सिर नहीं उठाया। उसने क्लार्क की टाँगों पर सिर मारा।

"साली कमबख़्त बकरी।" क्लार्क ने कुछ लरज़ती आवाज़ में कहा, "तू कहाँ से आ पहुँची?"

"खो गई होगी।" सिल्विया ने कहा।

"हाँ। खो गई थी। असल में हमें लगा कि कभी नहीं मिलेगी।"

फ़्लोरा ने ऊपर देखा। चाँदनी उसकी आँखों में झिलमिलाई।

"डर से हमारी रूह कब्ज़ कर दी।" क्लार्क ने उससे कहा, "तू कोई बॉयफ्रेंड ढूँढ़ने चली गई थी? रूह कब्ज़ कर दी तूने, करी कि नहीं? हम समझे कोई भूत आ रहा था।"

"यह कोहरे से हुआ था।" सिल्विया ने कहा। वह दरवाज़े से बाहर चबूतरे पर आ गई। अब कोई भय नहीं था।

"हाँ।"

"गाड़ी की हेडलाइट भी एक कारण थी।"

"किसी प्रेतछाया की तरह।" क्लार्क ने अपने को सँभालकर कहा। वह यह शब्द सोच पाने से कुछ प्रसन्न लग रहा था।

"जी।"

"अन्तरिक्ष से टपकी बकरी है तू। बस यही है तू। अन्तरिक्ष से आ टपकी साली बकरी।" क्लार्क ने फ़्लोरा का सिर थपथपाते हुए कहा। किन्तु जब सिल्विया ने वही करने के लिए अपना ख़ाली हाथ बढ़ाया—उसका दूसरा हाथ अभी तक कार्ला के कपड़ों का थैला पकड़े था—फ़्लोरा ने फ़ौरन अपना सिर नीचे झुकाया मानो टक्कर मारने को तैयार थी।

"बकरियों का कुछ पता नहीं।" क्लार्क ने कहा, "कई बार पालतू लगती हैं पर होती नहीं। ख़ासकर बड़ी होने के बाद।"

"क्या ये बड़ी हो चुकी है? देखने में तो छोटी ही है।"

"जितना बढ़ना था बढ़ चुकी है।"

वे दोनों बकरी को देखते खड़े थे, मानो वह उन्हें आगे बात करने का विषय दे देगी। लेकिन यह नहीं होने वाला था। इस क्षण के बाद न वे आगे जा सकते थे, न पीछे। सिल्विया का विश्वास था कि शायद उसने क्लार्क के चेहरे पर खेद की छाया देखी थी कि ऐसा क्यों हो गया।

क्लार्क ने उसका अनुमोदन कर दिया, "देर हो गई है।"

"मेरा भी ख़याल है कि हो गई है।" सिल्विया ने कहा जैसे यह कोई साधारण घटना थी।

"चलो, फ़्लोरा। घर चलने का समय हो गया।"

"अगर आवश्यकता हुई तो मैं किसी दूसरी सहायक का प्रबन्ध कर लूँगी।" सिल्विया ने कहा, "वैसे भी सम्भवत: अब उसकी आवश्यकता ही न पड़े।" उसने जैसे हँसकर जोड़ दिया, "मैं आप लोगों को फिज़ूल परेशान नहीं करूँगी।"

"ठीक है।" क्लार्क ने कहा, "आप अन्दर चली जाइए। ठंड लग जाएगी।"

"लोग सोचते थे रात के कोहरे ख़तरनाक होते हैं।"

"मैंने पहली बार सुना।"

"तो गुड नाइट।" सिल्विया ने कहा, "गुड नाइट, फ़्लोरा।"

तभी फ़ोन की घंटी बजी।

"क्षमा कीजिए।"

वह हाथ हिलाकर जाने के लिए मुड़ गया, "गुड नाइट।"

रुथ का फ़ोन था।

"ओ हो!" सिल्विया ने कहा, "कार्यक्रम में परिवर्तन हो गया।"

वह सोई नहीं, बकरी के बारे में सोचती रही, जिसका कोहरे से प्रकट होना मायावी प्रतीत हो रहा था। उसने यहाँ तक सोचा शायद इसमें लियोन का हाथ हो। यदि वह कवि होती तो इस बात पर कविता लिख देती। किन्तु उसका अनुभव था कि उसके विचार में कविता लिखने योग्य विषय लियोन को नहीं भाते थे।

कार्ला ने क्लार्क को बाहर जाते नहीं सुना था पर उसके अन्दर आने पर वह जग गई। क्लार्क ने उसे बताया कि वह केवल खलिहान में कुछ देखभाल कर रहा था।

"कुछ देर पहले यहाँ से एक गाड़ी गुज़री तो मैंने सोचा कौन हो सकता है। जब तक मैंने जाकर देख नहीं लिया कि सब कुछ ठीक था मैं सो नहीं पा रहा था।"

"सब कुछ ठीक था?"

"जहाँ तक मुझे लगा।"

"और जब मैं उठ गया था।" क्लार्क ने कहा, "तो मैंने सोचा कि क्यों न उससे मिल आऊँ। मैंने कपड़े वापिस कर दिए।"

कार्ला उठकर बिस्तर में बैठ गई।

"तुमने उसे सोते से नहीं जगा दिया?"

"कोई बात नहीं, वह जग गई थी। हमने थोड़ी बातचीत की।"

"ओह!"

"सब ठीक है।"

"तुमने उस सब के बारे में तो कुछ नहीं बताया, क्यों?"

"कुछ नहीं बताया।"

"असल में वह सब मनगढ़ंत था। वाकई था। तुम मेरा विश्वास करो। सब झूठ था।"

"अच्छा।"

"मुझ पर विश्वास करो।"

"ठीक है, करता हूँ।"

"वह सब मनगढ़ंत था।"

"अच्छा।"

वह भी बिस्तर में आ गया।

"तुम्हारे पाँव ठंडे हैं।" कार्ला ने कहा, "जैसे भीग गए हों।"

"बहुत ओस थी।"

"यहाँ आओ।" क्लार्क ने कहा, "जब मैंने तुम्हारा परचा पढ़ा, मुझे लगा मैं भीतर से बिलकुल खोखला हो गया हूँ। सच कह रहा हूँ। अगर कभी तुम मुझे छोड़ जाओगी, मुझे लगेगा मुझमें कुछ भी न बचा है।"

मौसम लगातार साफ़ चल रहा था। सड़कों पर, दुकानों में, पोस्ट ऑफ़सि में लोगों ने अभिवादन में दूसरों से कहा कि गर्मियाँ आख़िरकार आ ही गईं। चरागाह की घास और पस्त हो गई लगती फसल तक ने फिर सिर उठा लिया। डबरे सूख गए और कीचड़ धूल बन गया। हल्की गर्म बयार बहने लगी और लोगों में फिर कुछ करने की इच्छा जागृत हो गई। फ़ोन बजने लगा। घोड़ों पर घुमाई तथा घुड़सवारी के प्रशिक्षण के बारे में सूचना माँगी जाने लगी। म्यूज़ियम जाना रद्द कर ग्रीष्मकालीन कैम्प भी घुड़सवारी में रुचि दिखाने लगे। चंचल बच्चों से भरी मिनी वैनें आने लगीं। कम्बलों से निजात पाकर घोड़े बाड़ के साथ-साथ दौड़ते रहते।

क्लार्क को छत की मरम्मत का सामान अच्छे दाम पर मिल गया था। 'पलायन वाले दिन' (कार्ला की बस यात्रा को उन्होंने यह नाम दिया था) के अगले दिन क्लार्क ने पूरे दिन लगकर प्रशिक्षण बाड़े की छत की मरम्मत कर डाली थी।

अगले कुछ दिन, यहाँ-वहाँ काम करते हुए, वह और कार्ला एक-दूसरे को हाथ हिलाकर अभिवादन करते रहे। यदि कार्ला उसके पास से गुज़रे, और आस-पास कोई न हो, तो वह कभी-कभी क्लार्क का कन्धा उसकी गर्मियों की हल्के कपड़े की कमीज के ऊपर से ही चूम लेती थी।

"अगर तुम कभी मुझे छोड़कर भागोगी तो मैं तुम्हारी ख़ासी धुनाई करूँगा।" उसने कार्ला से कहा, और कार्ला ने कहा, "तुम *करोगे?*"

"क्या?"

"मेरी धुनाई?"

"शर्तिया करूँगा।" वह वैसा ही ख़ुशमिज़ाज और प्यारा हो गया था जैसे कार्ला से परिचय होने के समय था।

हर तरफ़ पक्षी दिखाई देते थे। लाल पंखों वाले श्यामापक्षी, रॉबिन, फाख़्ता का जोड़ा जो भोर में गाता था। कौओं के झुण्ड, झील से आए खाने की तलाश में मँडराते गल पक्षी, और बड़े-बड़े गिद्ध जो आधा मील दूर वन के किनारे एक सूख गए बलूत के पेड़ की शाखाओं पर बैठे रहते थे। शुरू में वे केवल अपने विशालकाय पंख सुखाते बैठे रहते थे, बीच-बीच में पंख फड़फड़ाते और थोड़ी दूर उड़कर देखते, फिर बैठ जाते कि धूप और गर्म हवा अपना काम कर सके। एक-दो दिन के बाद शरीर गर्म हो जाने पर ऊँची उड़ानें भर आकाश में चक्कर लगा धरती की डुबकी लगाते और उसी सूखे पेड़ पर बैठ जाते।

एक दिन लिज़ी की मालकिन—जॉय टकर—धुपाया बदन और पुराना मैत्रीपूर्ण अन्दाज़ लिए आ पहुँची। वह वर्षा से तंग आकर रॉकी पर्वतों में छुट्टियाँ मनाने चली गई थी और अभी लौटी थी।

"मौसम के हिसाब से बिलकुल ठीक समय।" क्लार्क ने कहा। वह और जॉय शीघ्र ही ऐसे मज़ाक़ कर रहे थे मानो कभी कुछ हुआ ही नहीं था।

"लिज़ी ठीक-ठाक लग रही है।" जॉय ने कहा, "लेकिन उसकी वो छुटकी दोस्त कहाँ है? क्या नाम है उसका—फ़्लोरा।"

"कहीं चली गई।" क्लार्क ने कहा, "शायद वह भी रॉकी पर्वत चली गई।"

"वहाँ बहुत-सी जंगली बकरियाँ हैं। बड़े-बड़े सींगों वाली।"

"मैंने भी यही सुना।"

तीन-चार दिन वे दोनों इतने व्यस्त थे कि सड़क के पास लगे अपने लेटर बॉक्स तक न जा पाए। जब कार्ला ने बॉक्स खोला तो उसमें फ़ोन का बिल निकला, एक सूचना कि यदि वे फलानी पत्रिका के ग्राहक बनें तो दस लाख डॉलर जीत सकते हैं, और श्रीमती जेमिसन का पत्र।

प्रिय कार्ला, मैं पिछले कुछ दिनों की (थोड़ी-बहुत नाटकीय) घटनाओं के बारे में सोचती रही हूँ और क्योंकि प्राय: अपने को ख़ुद से किन्तु वास्तव में तुमसे बात करती पाती हूँ, इसलिए सोचा कि तुम्हें यह बताना चाहिए, लेकिन—यही

तरीका सबसे ठीक लगता है—पत्र लिखकर। और चिन्ता मत करो, उत्तर देने की कोई आवश्यकता नहीं।

श्रीमती जेमिसन ने आगे लिखा था कि उन्हें लगता था कि वे कार्ला के जीवन में कुछ अधिक ही उलझ गईं थीं और यह सोचने की ग़लती कर बैठी थीं कि शायद कार्ला की ख़ुशी और स्वतंत्रता एक ही बात थी। वे केवल कार्ला की ख़ुशी चाहती थीं और अब उनका ख़याल था कि वह कार्ला को अपने विवाहित जीवन में ही ढूँढ़ना चाहिए। वे केवल इतनी आशा कर सकती थीं शायद कार्ला के पलायन और उसकी भावात्मक उथल-पुथल से उसकी दबी हुई सच्ची भावनाएँ उजागर हो गई थीं, शायद उसके पति की सच्ची भावनाएँ भी।

उन्होंने लिखा कि यदि कार्ला भविष्य में उनसे न मिलना चाहे तो यह बात उनकी समझ में आ जाएगी और उनके जीवन के उस कठिन समय में कार्ला के साथ के लिए वे उसकी सदा अनुग्रहित रहेंगी।

इन सब घटनाओं में सबसे अजीब और अद्भुत बात मुझे लगी फ़्लोरा का पुन: प्रकट होना। वह वास्तव में चमत्कार ही प्रतीत होता है। इस पूरे समय वह कहाँ थी और उसने पुन: प्रकट होने के लिए वही क्षण क्यों चुना? निश्चय ही तुम्हारे पति ने तुमें सब बता दिया है। हम चबूतरे के दरवाज़े पर खड़े बात कर रहे थे और पहले मैंने ही क्लार्क की पीठ पीछे उस सफ़ेद-सी वस्तु को अँधेरे से हमारी ओर आते देखा। निश्चय ही यह मैदान पर जमे कोहरे के कारण था, किन्तु अत्यंत भयावह। मेरा ख़याल है मैं ज़ोर से चीख़ पड़ी थी। मुझे अपने जीवन में कभी ऐसा मायावी अनुभव नहीं हुआ था। मैं समझती हूँ इसे ईमानदारी से डर लगना कहना कहिए। वहाँ हम दो वयस्क बिलकुल जड़ीभूत खड़े थे और कोहरे से प्रकट हुई हमारी खो गई फ़्लोरा रानी।

इस सब में कोई ख़ास बात रही होगी। मैं जानती हूँ कि फ़्लोरा सिर्फ़ एक बकरी ही है और इस सारे समय वह बकरा ढूँढ़ने के चक्कर में थी। एक तरह से उसके लौटने का हम मनुष्यों के जीवन से कोई सम्बन्ध नहीं है। फिर भी उस क्षण उसके प्रकट होने का तुम्हारे पति और मुझ पर गहरा प्रभाव पड़ा। जब वही एक प्रेतछाया दो व्यक्तियों को, जिनके बीच द्वेष की खाई हो, एक साथ हैरान—नहीं भयभीत—कर देती है तो वे दोनों अपने को एक अप्रत्याशित रिश्ते में पाते हैं।

एक मानवता के रिश्ते में—मैं उसे इन्हीं शब्दों में कह सकती हूँ। क्लार्क के जाने से पहले हम मित्रों जैसे हो गए थे। अतएव फ़्लोरा मेरे लिए एक देवदूत बन गई है और शायद तुम्हारे और तुम्हारे पति के जीवन में भी।

मेरी बहुत-सी शुभकामनाओं सहित,

सिल्विया जेमिसन

यह पत्र पढ़ते ही कार्ला ने इसे मरोड़ दिया। फिर वॉश बेसिन में डालकर आग लगा दी। लपटें ज़ोर से उठने पर उसने टोंटी से पानी बहाया, फिर गन्दे काले अवशेष को बटोरकर टॉयलेट में डालकर बहा दिया, जैसा उसे पहले करना चाहिए था।

बाकी दिन वह काफ़ी व्यस्त रही, अगले दिन और उसके अगले दिन भी। उन दिनों उसे पर्यटकों के दो दलों को घुड़सवारी कराने ले जाना पड़ा, बच्चों को अकेले-अकेले तथा एक दल में भी प्रशिक्षण देना पड़ा। रात में जब क्लार्क उसे अपनी बाँहों में ले लेता—व्यस्त रहने के बावजूद वह न थक के चूर होता, न ही नाराज़ रहता—कार्ला को उसकी ज़रूरत पूरी करने में कठिनाई न होती।

उसके सीने में जैसे कहीं एक कातिलाना क़िस्म का काँटा था, और सावधानी से साँस लेने पर उसकी चुभन अनुभव न होती थी। फिर भी बीच-बीच में गहरी साँस लेने पर उसका होना पता चल जाता।

सिल्विया जिस कॉलेज में पढ़ाती थी, उसी नगर में अपार्टमेंट लेकर रहने लगी थी। उसका घर बिकाऊ नहीं था—कम-से-कम घर के सामने बिक्री के लिए होने की सूचना नहीं लगी थी। लियोन जेमिसन को मरणोपरान्त कोई पुरस्कार मिला था—इसकी सूचना समाचार-पत्रों में छपी थी। पुरस्कार राशि का कोई उल्लेख नहीं था।

पतझड़ के सुनहरे खुले दिन आने तक—उनके लिए व्यस्त और अच्छी आमदनी का समय—कार्ला ने पाया कि वह उस पुरानी कँटीली अनुभूति की अभ्यस्त हो गई थी। वह उतनी पीड़ाजनक नहीं रही थी—वास्तव में वह बात याद आने पर

उसे आश्चर्य भी नहीं होता था। अब उसके मस्तिष्क में एक प्रलोभित-सा विचार घर कर गया था, एक दबी-दबी लालसा बनी रहती थी।

उसे केवल अपनी आँखें उठानी पड़तीं, उसे केवल एक दिशा में देखना पड़ता कि वह कहाँ जा सकती थी। संध्या समय टहलने के लिए, रोज़मर्रा के काम निबटा देने के बाद। वन के किनारे, पेड़ के उस ठूंठ तक जहाँ गिद्धों ने कभी दावत की थी।

वहाँ घास में फैली हड्डियों के टुकड़े। खोपड़ी जिसमें शायद ख़ून से सनी खाल की चिन्दियाँ अभी तक चिपकी थीं। खोपड़ी जिसे प्याले की तरह एक हाथ में ले सकती थी। किसी बात का बोध एक हाथ में।

पर शायद नहीं हुआ था। वैसा कुछ नहीं हुआ था।

कुछ दूसरी बातें सम्भव थीं। हो सकता था कि क्लार्क ने फ़्लोरा को खदेड़ दिया हो। या बाँधकर पिकअप गाड़ी के पीछे डाल कुछ मील दूर ले जाकर खुला छोड़ दिया हो। जिनसे लाये थे, उन्हीं को वापिस दे आया हो। अगर सामने न होगी तो वे बातें याद न आएँगी।

शायद फ़्लोरा आज़ाद थी।

दिन बीतते गए और कार्ला उस स्थान के पास न गई। उसने उस लालसा को दबाए रखा।

संयोग

1965 में जून के मध्य तक टोरेंस हाउस का शैक्षिक सत्र समाप्त हो गया। जूलियट को स्थायी सेवा की पेशकश नहीं की गई—जिस अध्यापिका का स्थान उसने लिया था वह स्वस्थ हो गई है—और जूलियट अपने घर वापस जा सकती थी। लेकिन वह—उसके अपने शब्दों में 'चक्कर काटकर'—कनाडा के पश्चिमी समुद्र तट पर रहने वाले एक मित्र से मिलकर घर जा रही है।

लगभग एक माह पहले वह एक अन्य अध्यापिका वानिता—जो अध्यापक वर्ग में केवल उसकी उम्र के लगभग बराबर और उसकी एकमात्र सहेली थी—के साथ *हिरोशिमा मौन आमूर* नामक फ़िल्म देखने गई थी। वानिता ने बाद में स्वीकार किया था कि वह स्वयं उस फ़िल्म की नायिका के समान एक विवाहित पुरुष से प्यार करती थी जो उसके ही एक छात्र का पिता था। तब जूलियट ने बताया कि कभी उसने भी अपने को ऐसी ही स्थिति में पाया था किन्तु मामले को उस पुरुष की पत्नी की दुःखद स्थिति के कारण आगे बढ़ने नहीं दिया था। पत्नी पूरी तरह अपंग थी—कमोबेश दिमाग़ी तौर से मृत। वानिता ने कहा कि उसकी कामना थी कि उसके प्रेमी की पत्नी मृत-मस्तिष्क हो जाए किन्तु वैसा नहीं हुआ। वह महिला स्वस्थ तथा दबंग थो और वानिता को नौकरी से निकलवा सकती थी।

और उसके कुछ ही समय बाद मानो ऐसे असत्यों या अर्धसत्यों का षड्यंत्र हो, एक पत्र आया। लिफ़ाफ़ा मैला दिख रहा था जैसे कि वह किसी की जेब में कुछ समय के लिए पड़ा रहा हो और केवल "जूलियट (अध्यापिका), टोरेंस हाउस, 1482, मार्क स्ट्रीट, वैंकूवर, बी.सी." को सम्बोधित था। प्रधान अध्यापिका ने यह कहते हुए वह पत्र जूलियट को दिया, "मेरा अनुमान है कि यह तुम्हारे लिए है। अजीब बात है कि इसमें कोई कुल-नाम नहीं है लेकिन पता सही लिखा है। लगता है किसी ने सही पता ढूँढ़ लिया था।"

"प्रिय जूलियट,

मैं भूल गया था कि वह कौन-सा स्कूल था जहाँ तुम पढ़ा रही थीं, किन्तु हाल ही में मुझे उसके बारे में एकाएक याद आया, तो यह मुझे एक संकेत लगा कि तुम्हें पत्र लिखना चाहिए। आशा है कि तुम अभी भी वहीं होगी। साल पूरा होने से पहले विद्यालय छोड़ने का अर्थ होता कि काम काफ़ी अरुचिकर था किन्तु तुम मुझे काम बीच में छोड़ देने वाली नहीं लगती हो।

तुम्हें हमारे पश्चिमी तट का मौसम कैसा लगा? यदि तुम्हें लगता है कि वैंकूवर में काफ़ी बारिश होती है तो उससे दोगुने के बारे में कल्पना करो और यही हम लोगों के यहाँ होता है।

अक्सर मैं सोचता हूँ कि तुम जगी हुई आसमान में देखती बैठी होगी। देखो मैंने 'सितारे' शब्द लिखने में ग़लती कर दी। रात काफ़ी हो चुकी है और मुझे बिस्तर में होना चाहिए था।

एन लगभग वैसी ही है। जब मैं अपनी यात्रा से लौटा तो लगा कि उसकी हालत काफ़ी ख़राब हो गई थी। लेकिन ऐसा इसलिए था क्योंकि उसके स्वास्थ्य में हुए ह्रास को मैंने पिछले दो या तीन वर्षों बाद देखा था। जब उसे रोज़ देखता था तो इस ह्रास की ओर ध्यान नहीं जाता था।

मेरा ख़याल है मैंने तुम्हें बताया था कि मैं अपने बेटे से मिलने के लिए रेजाइना में रुका था, जो अब ग्यारह वर्ष का हो गया है। वहाँ वह अपनी माँ के साथ रहता है। मैंने उसमें भी एक बड़ा परिवर्तन देखा।

मुझे प्रसन्नता है कि आख़िरकार मुझे स्कूल का नाम याद आ गया लेकिन मुझे अधिक खेद इस बात का है कि तुम्हारा कुल-नाम याद नहीं कर पा रहा हूँ। जो कुछ भी हो मैं यह लिफ़ाफ़ा बन्द करूँगा और आशा करूँगा कि वह नाम मुझे याद आ जाए।

मैं अक्सर तुम्हारे बारे में सोचता हूँ
मैं अक्सर तुम्हारे बारे में सोचता हूँ
मैं अक्सर तुम्हारे बारे में सोचता हूँ

*ज़-ज़-ज़-ज़**

---

* नींद आने का संकेत–अनु०

वैंकूवर नगर के केन्द्र से बस जूलियट को हार्स-शू खाड़ी तक ले जाती है और फिर आगे एक नाव तक। फिर एक प्रायद्वीप की मुख्य-भूमि के पार एक और नाव तक और फिर मुख्य-भूमि होकर उस शहर में, जहाँ वह आदमी रहता है जिसने पत्र लिखा था। यह व्हेल खाड़ी है। इससे पहले हार्स-शू खाड़ी आए, आप कितनी जल्दी शहर से निकलकर बियाबान में पहुँच जाते हैं। पूरे शैक्षिक सत्र में वह केरिस्डेल की लॉन और बग़ीचों से भरी बस्ती में रही थी। जब भी कभी मौसम साफ़ होता था उत्तरी तट के पहाड़ एक मंच पर लगे परदे के समान नज़र आते थे। विद्यालय के मैदान साफ़-सुथरे, करीने से काटे-सँवारे तथा पत्थर की दीवार से घिरे हुए थे और वर्ष के हर मौसम में फूलों से भरे रहते थे। इसके आस-पास के घरों के मैदान भी वैसे ही थे। बुरूँश, शूलपर्णी, जयपत्र और विस्टेरिया से भरी सुव्यवस्थित क्यारियाँ। किन्तु इसके पहले कि आप हार्स-शू खाड़ी तक पहुँचें, वास्तविक वन, न कि पार्क के रूप में लगाया वन, आपको घेर लेता है। और फिर वहाँ से—पानी और चट्टानें, घने पेड़, लटकती हुई सिवार। कभी-कभार किसी सीलन भरे तथा जीर्ण-शीर्ण दिखने वाले छोटे से घर से निकलने वाले धुएँ की लकीर—जलाऊ लकड़ी से भरा आँगन, शहतीरें तथा टायर, गाड़ियाँ एवं गाड़ियों के पुर्जे, टूटी हुई या उपयोग में न आने वाली साइकिलें, खिलौने—वे सब चीज़ें जिन्हें तब घर से बाहर रखा जाता है जब लोगों के पास ग़ैराज या बेसमेंट न हों।

जहाँ बस रुकती है, वे स्थान किसी भी तरह सुव्यवस्थित शहर नहीं दिखते हैं। कुछ स्थानों पर कम्पनियों के कर्मचारियों के लिए पास-पास बनाए गए एक जैसे मकान हैं, किन्तु ज़्यादातर कबाड़ से भरे अहातों वाले मकान जंगलों में बने हुए मकानों के समान हैं—जैसे कि वे एक-दूसरे के नज़दीक संयोगवश ही बना दिए गए हों। कोई पक्की सड़कें नहीं, सिवाय बीच से गुज़रते हाइवे के, कोई फ़ुटपाथ नहीं। डाकघर या नगरनिगम के कार्यालय खोलने योग्य बड़े भवन नहीं, आकर्षक लगने के लिए विशेष रूप से बनाई दुकानों की कतारें नहीं। युद्ध-स्मारक, पानी पीने के फव्वारे, फूलों से भरे हुए छोटे-छोटे पार्क नहीं। कभी-कभार एक होटल, जो ऐसा दिखता है जैसे कि वह केवल मदिरालय हो। कभी-कभी एक स्कूल या अस्पताल का आधुनिक भवन—साफ़-सुथरा, लेकिन एक सायबान की तरह नीचा और सादा।

और एक समय—दूसरी नाव तक पहुँचते तो स्पष्ट रूप से—जूलियट को इस यात्रा पर आने के बारे में पेट में खलबली मचा देनेवाला शंका होने लगती है।

मैं अक्सर तुम्हारे बारे में सोचता हूँ
मैं अक्सर तुम्हारे बारे में सोचता हूँ

यह बात लोग-बाग प्राय: दिलासा देने के लिए या किसी से सम्बन्ध बनाए रखने का दिखावा करने के लिये कहते हैं।

लेकिन व्हेल खाड़ी में कम-से-कम कोई होटल या पर्यटकों के लिए कुटियाँ तो होनी चाहिए। पहले वह उधर ही जाएगी। उसने अपना बड़ा सूटकेस स्कूल में ही छोड़ दिया था कि बाद में आकर ले जाएगी। उसके पास केवल कन्धे पर लटका हुआ यात्रा में ले जाने वाला एक थैला है, किसी का ध्यान उसकी ओर नहीं जाएगा। वह वहाँ एक ही रात ठहरेगी। हो सकता है वह उसे फ़ोन करे।

और तब वह उससे क्या कहेगी?

यह कि वह यहाँ तक अपनी किसी सहेली से मिलने आई है। स्कूल वाली उसकी सहेली वानिता, जिसका ग्रीष्म ऋतु में यहाँ पर रहने का एक ठिकाना है—पर कहाँ? वानिता के पास जंगल में लकड़ी की बनी एक कुटिया है, वह अकेले में रहने वाली एक निडर महिला है। (असली वानिता से काफ़ी भिन्न, जो ऊँची एड़ी के सैंडलों के अतिरिक्त शायद ही कुछ और पहनती है।) और वह कुटिया व्हेल खाड़ी के दक्षिण में दूर नहीं है। वानिता की कुटिया में रहने के बाद जूलियट ने सोचा—चूँकि वह लगभग यहाँ पहुँच गई थी—उसने सोचा कि वह उससे भी...

चट्टानें, पेड़, पानी, बर्फ़। छह माह पहले क्रिसमस और नए वर्ष के बीच की एक सुबह ये चीज़ें रेलगाड़ी की खिड़की के बाहर लगातार बदलते हुए दृश्य बना रही थीं।

चट्टानें बड़ी-बड़ी थीं, कभी नुकीली और ऊबड़-खाबड़, कभी गोल और चिकनी, हलकी काली या बिलकुल काली। ज़्यादातर पेड़ सदाबहार चीड़ या स्प्रूस या देवदार के थे। स्प्रूस के पेड़ों में—काले स्प्रूस में—पेड़ का लघु रूप जैसा आकार ठीक शीर्ष पर उगा था। जो पेड़ सदाबहार नहीं थे उनके नंगे कंकाल चिनार, टेमारेक या एडलर हो सकते थे। कुछ के तने धब्बेदार थे। चट्टानों के ऊपर बर्फ़ मोटे रूप में जम गई थी और पेड़ों पर हवा के बहने वाले रुख़ की

तरफ़ चिपक गई थी। बहुत-सी बड़ी या छोटी, जमी हुई झीलों की सतह पर बर्फ़ एक नर्म सपाट आवरण की तरह पड़ी थी। तेज़ी से बहने वाली सँकरी धारा का पानी ही कभी-कभार बर्फ़ से मुक्त था।

जूलियट ने अपनी गोद में एक किताब खोलकर रखी थी, लेकिन वह उसे पढ़ नहीं रही थी। बाहर के दृश्य से उसने आँखें नहीं हटाई थीं। दो लोगों की सीट में वह अकेले ही बैठी थी और उसके सामने वैसी एक कुर्सी ख़ाली पड़ी थी। उसका बिस्तर रात में यहीं बना था। परिचारक शयन यान में अन्य रात्रि-कालीन बिस्तरों को समेट रहा था। कुछ स्थानों पर ज़िप लगे हुए आवरण अभी भी फर्श तक लटक रहे थे। उस कपड़े की गन्ध तम्बू के कपड़े के समान थी और उसके साथ सोते समय पहने कपड़ों तथा शायद शौचालय की हलकी गन्ध भी आ रही थी। जब भी कभी कोई डिब्बे के किसी भी सिरे पर दरवाज़ों को खोलता, ताज़ी ठंडी हवा का झोंका आता था। बचे-खुचे यात्री अब नाश्ते के लिए जा रहे थे, नाश्ता कर चुके लोग वापस आ रहे थे।

बर्फ़ में निशान बने हुए थे—छोटे जानवरों के निशान। मनकों की लड़ियों के समान, छल्ले बनाते हुए, लुप्त होते हुए।

जूलियट इक्कीस वर्ष की थी और इस उम्र में ही प्राचीन ग्रीक एवं रोमन वांग्मय में बी.ए. तथा एम.ए. कर चुकी थी। पीएच.डी. के शोध-प्रबन्ध की तैयारी कर रही थी, लेकिन बीच में वैंकूवर में लड़कियों के प्राइवेट स्कूल में लैटिन भाषा पढ़ाने के लिए समय निकाल लिया था। अध्यापिका के तौर पर कोई प्रशिक्षण नहीं लिया था किन्तु एक अप्रत्याशित रिक्ति के कारण उसे अर्धसत्र में स्कूल में नौकरी मिल गई थी। शायद किसी और ने उस विज्ञापन का उत्तर नहीं दिया था। यह वेतन जो कोई प्रशिक्षित अध्यापक स्वीकार करने को तैयार होता,उससे कम था। एक अल्प छात्रवृत्ति पर कई वर्ष बिताने के बाद जूलियट कुछ भी कमा सकने में ख़ुश थी।

उसका कद लम्बा, रंग साफ़ तथा शरीर का गठन अच्छा था। उसके हलके भूरे बाल हेयर स्प्रे लगाने के बाद भी बूफाँ शैली में नहीं सज पाते थे। उसके हाव-भाव स्कूल की सतर्क छात्रा की तरह थे। सिर ऊँचा, सुघड़ गोल ठोड़ी, पतले होंठ, छोटी नाक, चमकती आँखें और माथा जो प्राय: सतर्क रहने के कारण लालिमा लिये रहता था। उसके प्राध्यापक उससे बहुत ख़ुश थे—वे इन दिनों

हर उस व्यक्ति के आभारी थे जो प्राचीन भाषाएँ सीखता था और ख़ास तौर पर कोई ऐसा जो इतना प्रतिभाशाली हो—लेकिन साथ ही उसके लिये चिन्तित भी रहते थे।

समस्या यह थी कि वह लड़की थी। क्योंकि वह प्राय: छात्रवृत्ति पाने वाली लड़कियों से कहीं अधिक सुन्दर थी, इसलिये उसका विवाह कभी भी हो सकता था। ऐसा होने पर उसका और उसके प्राध्यापकों का परिश्रम व्यर्थ हो जाता।

यदि उसका विवाह नहीं हो पाएगा तो शायद उसका स्वभाव रूखा हो जाएगा तथा वह अवसाद-ग्रस्त हो पुरुष अध्यापकों के लिए तरक़्क़ी के रास्ते खोल देगी। (जिन्हें इसकी अधिक ज़रूरत थी क्योंकि उन्हें अपने परिवारों का भरण-पोषण करना था।) वह प्राचीन ग्रीक एवं रोमन वांग्मय के अध्ययन के अपने निर्णय की नवीनता का औचित्य दूसरों को समझाने में समर्थ नहीं हो पाएगी और आम लोगों की तरह इसकी अप्रासंगिकता या नीरसता को स्वीकार कर लेगी। पुरुषों के लिए ऐसा करना आसान था। वे जो भी करें अधिकांश महिलाएँ उनसे विवाह करने को ख़ुशी से तैयार रहती थीं। लड़कियों के लिए इसका विपरीत सत्य था।

जब वैंकूवर में अध्यापन का प्रस्ताव आया था तो प्राध्यापकों ने उसे वह स्वीकार करने को कहा था। तुम्हारे लिए अच्छा है। कुछ दुनिया देखो। कुछ वास्तविक जीवन देखो।

जूलियट इस तरह की सलाह की आदी थी, हालाँकि ऐसे पुरुषों से यह सलाह पाकर निराश थी जिन्हें लगता नहीं था कि वास्तविक जीवन का कोई विशेष अनुभव था। जिस कस्बे में वह बड़ी हुई थी, वहाँ उसकी प्रतिभा जैसी चीज़ प्राय: विसंगतियों की उसी श्रेणी में रखी जाती थी जिसमें लँगड़ापन या अतिरिक्त अँगूठा होना और लोग-बाग ऐसी योग्यता से जुड़ी अपेक्षित खामियों की ओर इशारा करने में नहीं चूकते थे—जैसे सिलाई मशीन चलाने में या एक साफ़-सुथरा बंडल बाँधने का तरीका न आना या उसकी परवाह न करना कि उसको साया दिख रहा था। उसका भविष्य क्या होगा—बस यही प्रश्न था।

उसकी उपलब्धियों से गौरवान्वित उसके माता-पिता ने भी कुछ ऐसा ही सोचा था। उसकी माँ उसे अपने समव्यस्कों में लोकप्रिय बनाना चाहती थी और उसे स्केटिंग करना तथा प्यानो बजाना सीखने के लिए प्रेरित करती रहती थी। जूलियट ने सीखा लेकिन न ख़ुशी से, न ठीक से। उसके पिता चाहते थे कि वह समाज में घुल-मिलकर रहे। तुम्हें सबके साथ मिल-जुलकर रहना होगा, उन्होंने कहा, अन्यथा लोग तुम्हारा जीना दुश्वार कर देंगे। (यह उस तथ्य को नकारता था कि

वह, और ख़ास तौर पर जूलियट की माँ, समाज में घुल-मिलकर कम ही रहते थे और फिर भी दुखी नहीं थे। शायद उन्हें सन्देह था कि जूलियट इतनी तकदीर वाली नहीं हो सकेगी)।

पर मैं घुल-मिलकर रहती हूँ। जूलियट ने कहा, जब वह कॉलेज जाने लगी थी। प्राचीन ग्रीक एवं रोमन साहित्य के विभाग में। मैं वहाँ बिलकुल ठीक रहती हूँ।

किन्तु यहाँ पर भी वही सन्देश उसके प्राध्यापकों से मिला जो उसकी योग्यता का आदर करते थे और उसके महत्त्व को समझते थे। उनकी सद्भावना जूलियट के लिए उनकी चिन्ता छिपा नहीं पाती थी। उन लोगों ने भी कहा था, कुछ दुनिया देखो। जैसे कि जहाँ वह अभी तक रह रही थी वह दुनिया नहीं थी।

ऐसा होने पर भी, रेलगाड़ी में यात्रा करते वह ख़ुश थी।

टैगा, उसने सोचा। वह नहीं जानती थी बाहर दिखाई देते दृश्य के लिए यह शब्द सही था। किसी सीमा तक उसके दिल में किसी रूसी उपन्यास में एक युवा महिला के रूप में स्वयं के होने का चित्र हो सकता था, जो अपरिचित, भयानक और रोमांचक स्थान की ओर जा रही है जहाँ रात में भेड़िये हुआँ-हुआँ करेंगे और उसका अपनी नियति से सामना होगा।

उसे इस बात की चिन्ता नहीं थी कि यह नियति—रूसी उपन्यास में—नीरस या दुःखद या दोनों हो सकती थी।

नियति वैसे भी मुद्दा नहीं थी। वास्तव में जिसने पहले-पहल उसे आकर्षित किया था और बाद में उसका ध्यान बाँधे रखा था—वह प्रिकेम्ब्रियन शील्ड वाले क्षेत्रों की आबादी में पायी जाने वाली उदासीनता, पुनरावर्तन, लापरवाही और अनुकूलता की अवहेलना की भावना थी।

उसे पास से एक छाया-सी गुज़रती लगी। फिर एक पैंट पहने टाँग दिखाई दी।

"क्या यहाँ कोई बैठा है?"

कोई नहीं बैठा था। वह और क्या कह सकती थी?

फुँदने वाले जूते, कत्थई पतलून, भूरी-लाल पतली रेखाओं वाली गहरी नीली कमीज के साथ ताम्बई तथा भूरे चारख़ाने वाली जैकेट, नीले तथा सुनहरे बिन्दुओं वाली करोंदिया रंग की टाई। सिवाय जूतों के सब एकदम नए और सभी थोड़े बड़े लगते, जैसे कि पहनने वाले का शरीर इनकी ख़रीद से लेकर अब तक कुछ सिकुड़ गया हो।

वह व्यक्ति शायद अपनी उम्र के पचास वर्ष पूरे कर चुका था। उसके गिने-चुने सुनहरे भूरे बाल सिर पर छितराकर सँवारे हुए थे। बाल रँगे नहीं गए थे। बालों की इतनी कम पैदावार को कौन रँगेगा? उसकी गहरी लाल भौंहें कुछ उभरी हुई और घनी थीं। चेहरे की त्वचा काफ़ी थलथल थी, फट गए दूध की सतह जैसी रंगत।

क्या वह कुरूप था? निश्चित रूप से, हाँ। वह कुरूप था, लेकिन जूलियट की राय में इस व्यक्ति की आयु के बहुत से पुरुष ऐसे ही लगते थे। हालाँकि बाद में जूलियट को याद न रहेगा कि वह कुछ ज़्यादा ही कुरूप था।

भौंहें ऊपर उठा, अपनी हलकी पनियल आँखें मिलनसारिता दिखाने को कुछ-कुछ फैला वह उसके सामने बैठ गया। उस आदमी ने कहा, "बाहर देखने को कुछ ख़ास नहीं है।"

"नहीं।" जूलियट ने अपनी आँखें अपनी पुस्तक पर झुका दीं।

"अच्छा।" आदमी ने कहा मानो यह बातचीत की अच्छी शुरुआत थी, "आप कहाँ तक जा रही हैं?"

"वैंकूवर।"

"मैं भी देश के इस छोर से उस छोर तक। जब अवसर है तो क्यों न सब देख लिया जाए। ठीक कहा कि नहीं?"

"हूँ।"

किन्तु वह डटा रहा।

"क्या आप टोरंटो से चढ़ी थीं?"

"हाँ।"

"टोरंटो मेरा घर है। मैं वहाँ अपने पूरे जीवन भर रहा हूँ। क्या आपका भी घर वहाँ है?"

जूलियट ने फिर आँखें पुस्तक पर जमा लीं और जितनी चुप कर सकी, चुप रहने के बाद कहा, "नहीं।" परन्तु किसी कारण से, चाहे माता-पिता से मिली शिक्षा हो, या झेंप या भगवान जाने तरस आने पर चुप न रह सकी और अपने कस्बे का नाम बता दिया। फिर उसकी भौगोलिक स्थिति समझाने के लिए ह्यूरान झील और जार्जियन खाड़ी के अनेक बड़े नगरों से उसकी दूरी भी बता दी।

"कॉलिंगवुड में मेरी एक चचेरी बहन रहती है। अच्छी जगह है वह। मैं कई बार उसे और उसके परिवार से मिलने गया हूँ। क्या आप अकेले ही यात्रा कर रही हैं? मेरे समान?"

बात करते वह अपने हाथ एक के ऊपर एक रख रहा था।

हाँ। बस और बात नहीं करूँगी, जूलियट सोचती है।

"पहली बार इतनी लम्बी यात्रा पर निकला हूँ। किसी अकेले के लिए ख़ासी लम्बी यात्रा है।"

जूलियट ने कुछ नहीं कहा।

"मैंने अभी आपको अकेले बैठे अपनी पुस्तक पढ़ते देखा और सोचा, हो सकता है आपको और काफ़ी दूर जाना है तो शायद हम लोग थोड़ी चकल्लस कर सकेंगे?"

'चकल्लस' शब्द सुनकर जूलियट के मन में कुछ उखड़ा, फिर वह समझ गई थी कि वह उसे पटाने की कोशिश नहीं कर रहा था। एक बात जूलियट को हतोत्साहित करती थी कि कभी-कभी बेढँगे और अकेले तथा अनाकर्षक पुरुष यह सोचकर उसे पटाने का यत्न करते थे कि वह भी उन्हीं की जैसी स्थिति में थी। परन्तु यह आदमी ऐसा नहीं कर रहा था। उसे एक मित्र की तलाश थी, इससे अधिक कुछ और नहीं। सिर्फ़ चकल्लस करना चाहता था।

जूलियट जानती थी कि कई लोगों को वह कुछ अलग-सी और एकान्तप्रिय दिखाई पड़ती थी—और एक तरह से वह ऐसी थी भी। लेकिन उसे अपने अधिकांश जीवन में ऐसे लोगों के बीच रहने का भी अनुभव था जो उसका ध्यान तथा उसका समय और उसकी आत्मा को क्षीण कर देना चाहते थे। और प्राय: वह उन्हें ऐसा करने देती थी।

मेलजोल रखो, कोई बुलाए तो अस्वीकार न करो (विशेष रूप से यदि आप लोकप्रिय न हों तो)। यही था जो आप छोटे कस्बे में या लड़कियों के छात्रावास में भी सीखते थे। हर उस व्यक्ति से सौजन्य से बात करो जो आपका समय नष्ट करना चाहता हो, भले ही वे आपके बारे में कुछ भी न जानते हों।

उसने बिना मुस्कराये सीधे इस आदमी की ओर देखा। जूलियट का संकल्प देख वह कुछ सावधान हो गया।

"आप कोई अच्छी पुस्तक पढ़ रही हैं? यह किस बारे में है?"

वह यह नहीं बताने वाली थी कि पुस्तक प्राचीन यूनान और यूनानियों के अतार्किक दृष्टिकोण के प्रति विशेष अनुराग के बारे में थी। वह यूनानी भाषा नहीं, यूनानी चिन्तन पढ़ाने जा रही थी। और इसीलिए डॉड की पुस्तक को यह देखने को फिर से पढ़ रही थी कि क्या नया सीख सकती थी। उसने कहा, "मैं पढ़ना चाहती हूँ। मेरा ख़याल है कि मुझे प्रेक्षणयान में जाना होगा।"

वह उठकर चल पड़ी, यह सोचते हुए कि उसे बताना नहीं चाहिए था कि वह कहाँ जा रही थी, कि यह सम्भव था कि वह आदमी उठे और किसी बहाने से उसके पीछे-पीछे आ जाए। इसके अलावा प्रेक्षणयान में ठंडक होगी और वह सोचेगी कि काश, अपना स्वेटर ले आई होती। अब उसे लाने के लिए वापस जाना असम्भव था।

रेलगाड़ी के पिछले भाग में प्रेक्षणयान से दिखता विहंगम दृश्य उसे शयनयान की खिड़की से बाहर दिखने वाले दृश्य की तुलना में कम अच्छा लगा। प्रेक्षणयान से दिखाई देते दृश्य में सामने रेलगाड़ी आड़े आती थी।

समस्या शायद यह थी कि उसे ठंड लग रही थी, जैसा उसने सोचा था। वह कुछ क्षुब्ध भी थी पर उसे अपने व्यवहार का अफ़सोस नहीं था। थोड़ा ही समय और बीतने पर वह अपना पसीजा हुआ हाथ मिलाने को बढ़ा देता—उसने सोचा कि हाथ चिपचिपा होता या सूखा और झुर्रीदार—नामों की अदला-बदली हो जाती, और वह बातचीत करने के लिए मजबूर हो जाती। ऐसी परिस्थिति में यह उसकी पहली विजय थी, पर कैसे दयनीय और कमज़ोर प्रतिद्वन्द्वी पर। वह अब अपनी कल्पना में उसे *चकल्लस* शब्द बार-बार दुहराते हुए सुन रही थी। एक याचक और ढीठ का व्यवहार। याचना उसकी आदत और अपने सूने जीवन और अकेलेपन से निजात पाने की किसी आशा या निश्चय के कारण ढिठाई का प्रदर्शन।

यह करना आवश्यक था किन्तु आसान नहीं था, बिलकुल भी आसान नहीं था। यह विजय किसी से—जो ऐसी हालत में हो—सामना करने से अधिक कुछ और थी। यदि वह पुरुष बातचीत में दक्ष और आत्मविश्वास वाला होता तो यह विजय उतनी बड़ी न लगती। लेकिन कुछ समय के लिए उसे बुरा लगता रहा।

प्रेक्षणयान में केवल दो और लोग बैठे थे। दो वृद्ध महिलाएँ, दोनों ही अकेले बैठी हुई थीं। जब जूलियट ने एक छोटी-सी झील की जमी हुई बेदाग़ सतह पर एक बड़े से भेड़िये को उस पार जाते देखा तो उसने सोचा कि वे भी उसे देख लेंगी। किन्तु दोनों में से किसी ने भी चुप्पी नहीं तोड़ी, और यह बात उसे अच्छी लगी। भेड़िये ने रेलगाड़ी की ओर कोई ध्यान नहीं दिया, वह न तो ठिठका, और न ही उसने चाल तेज़ की। उसकी खाल के रोयें लम्बे और चाँदी की चमक लिए सफ़ेद थे। क्या वह सोचता था कि यह उसे अदृश्य बना देंगे?

जिस समय वह भेड़िये को देख रही थी, एक और यात्री का आगमन हुआ। एक पुरुष, जो बीच के रास्ते के पार वाली सीट पर उसके सामने बैठ गया था। उसके हाथ में एक पुस्तक थी। एक बुज़ुर्ग दम्पत्ति भी उसके पीछे-पीछे आए

थे—पत्नी छोटे कद की तथा चपल, बड़े कद का बेडौल पति नापसन्दगी की फुंकारें छोड़ता हुआ।

"यहाँ ठंडा है।" वह बोला, जब वे बैठ गए।

"तुम चाहते हो कि मैं तुम्हारी जैकेट ले आऊँ?"

"परेशान मत हो।"

"कोई परेशानी नहीं।"

"मैं ठीक हूँ।"

कुछ समय बाद पत्नी ने कहा, "यहाँ से दृश्य निश्चित रूप से बेहतर दिखता है।" पति ने कोई उत्तर नहीं दिया और पत्नी ने फिर कोशिश की। "यहाँ से आप चारों ओर देख सकते हैं।"

"देखने के लिए क्या है यहाँ।"

"इन्तज़ार करो जब हम लोग पहाड़ों से गुज़रें। तब देखने लायक चीज़ें होंगी। क्या आपको नाश्ता पसन्द आया?"

"अंडे ठीक नहीं बने थे।"

"मुझे पता है।" महिला ने सहानुभूति व्यक्त की, "मैं सोच रही थी, मुझे किचेन में घुस जाना चाहिए था और स्वयं उन्हें पकाना चाहिए था।"

"किचेन नहीं, गैली। वे उसे गैली कहते हैं।"

"मैं सोचती थी कि वह नाव में होती थी।"

जूलियट और उस पार बैठे आदमी ने एक ही साथ अपनी पुस्तकों पर से आँखें उठाईं। उनकी नज़रें मिलीं पर चेहरे भावशून्य रहे। और इसी क्षण या दो क्षण में रेलगाड़ी धीमी हुई, फिर रुक गई, और दोनों कहीं और देखने लगे।

वे लोग जंगल में एक छोटी बस्ती तक आ गए थे। एक तरफ़ गहरा लाल रँगा हुआ स्टेशन था और दूसरी ओर वैसे ही रँगे हुए कुछ मकान थे। रेलवे के कर्मचारियों के लिए घर या बैरक। घोषणा की गई थी कि यहाँ पर दस मिनट के लिए रेलगाड़ी रुकेगी।

स्टेशन के प्लेटफ़ॉर्म पर से बर्फ़ हटा दी गई थी। जूलियट ने बाहर झाँका तो कुछ लोगों को रेलगाड़ी से उतरकर चलते-फिरते हुए देखा। वह यह स्वयं करना चाहती थी लेकिन कोट पहने बिना नहीं।

सामने वाला पुरुष उठ खड़ा हुआ और इधर या उधर देखे बिना नीचे उतर गया। कहीं दरवाज़ा खुलने से ठंडी हवा का झोंका आया। वृद्ध पति ने पूछा कि

वे वहाँ क्यों रुके थे और उस स्थान का नाम क्या था। उसकी पत्नी नाम देखने की कोशिश करने के लिए डिब्बे के अगले हिस्से तक गई लेकिन उसे सफलता नहीं मिली।

जूलियट मैनेडवाद के बारे में पढ़ रही थी। डॉड का कहना था कि धार्मिक अनुष्ठान सर्दियों के मध्य में रात में किए जाते थे। इसके लिए पारनासस पहाड़ी के शिखर पर महिलाएँ जाती थीं। एक समय वे वहाँ बर्फ़ीले तूफ़ान में फँस गईं तो उन्हें लाने के लिए एक बचाव दल भेजा गया था। उन्मादग्रस्त भावी मैनेड्स (मय के ग्रीक देवता दिओनोसस की अनुयायी महिलाएँ) नीचे लाई गईं तो उनके वस्त्र ठंड से जमकर तख़्तों के समान अकड़े हुए थे। जूलियट को यह किंचित समकालिक आचरण के समान लगा, एक तरह से कर्मकांडियों के कामुक आचरण को आधुनिक सन्दर्भ में देखना। क्या छात्र इसे इसी तरह से समझेंगे? वे शायद पहले से इसका कोई मनोरंजक अर्थ न निकालने या ऐसी व्याख्या न करने को तैयार होंगे। और जो ऐसा नहीं सोचते होंगे, दर्शाना नहीं चाहेंगे।

रेलगाड़ी में वापस आने का संकेत हुआ, ताज़ी हवा आनी बन्द हो गई। इंजन ने धीरे-धीरे शंटिंग की। जूलियट ने आँखें उठा बाहर देखा। आगे कुछ दूरी पर इंजन एक मोड़ पर ओझल हो रहा था।

और फिर, एक झटका या एक थरथराहट, थरथराहट जो पूरी रेलगाड़ी को हिला गई। पूरा डिब्बा धचकोला खा गया। एक आकस्मिक ठहराव।

रेलगाड़ी के फिर से चलने के इन्तज़ार में सभी लोग बैठे रहे और कोई भी कुछ नहीं बोला। यहाँ तक कि शिकायती पति भी ख़ामोश था। कुछ समय बीता। दरवाज़े खुल तथा बन्द हो रहे थे। पुरुषों की आवाज़ें आ रही थीं। आशंका तथा घबराहट की फैलती हुई भावना। रेस्तराँयान में, जो ठीक नीचे था, एक अधिकारिक आवाज़—हो सकता है कंडक्टर की हो। लेकिन यह समझना सम्भव नहीं था कि वह क्या कह रहा था।

जूलियट उठी और आगे के सभी डिब्बों के ऊपर से देखते हुए यान के अगले हिस्से तक गई। उसने बर्फ़ में कुछ आकृतियों को दौड़ते हुए देखा।

उन दो अकेली महिलाओं में से एक आई और उसके पास खड़ी हो गई। "मुझे लगा कि कुछ होने वाला था।" उस महिला ने कहा, "मुझे तभी लगा था जब हम पीछे रुके थे। मैं नहीं चाहती थी कि रेलगाड़ी दुबारा चले। मैंने सोचा था कुछ होने वाला है।"

उसके साथ की दूसरी महिला उनके पीछे आकर खड़ी हो गई थी।

"कुछ नहीं हुआ।" उसने कहा, "पटरी पर कोई शाखा गिर सकती है।"

"एक चीज़ रेलगाड़ी में आगे लगी होती है।" पहली महिला ने उसको बताया। "वह पटरियों के ऊपर पड़ी हुई शाखा जैसी चीज़ों को हटाने के काम आती है।"

"हो सकता है वह अभी ही गिरी हो।"

दोनों महिलाएँ इंग्लैंड के उत्तरी हिस्से वाले लहजे में बोल रही थीं, और अजनबियों या केवल जान-पहचान वाली नम्रता के बग़ैर। अब जब जूलियट ने उन दोनों को अच्छी तरह से देखा, उसे लगा कि शायद बहनें थीं। हालाँकि एक का चेहरा कुछ युवा तथा चौड़ा था। शायद वे एक साथ यात्रा कर रही थीं, परन्तु अलग-अलग बैठी थीं। या शायद उन लोगों में कुछ झगड़ा हुआ था।

कंडक्टर प्रेक्षणयान की सीढ़ियों पर चढ़ रहा था। आधे रास्ते में वह बोलने के लिए घूमा।

"चिन्ता की कोई बात नहीं, देविओं और सज्जनों, ऐसा लगता है हम लोगों ने पटरी पर पड़ी किसी चीज़ को टक्कर मारी है। विलम्ब के लिए खेद है और जितना जल्दी हो सकेगा हम लोग चल पड़ेंगे, किन्तु यहाँ कुछ समय के लिए रुकेंगे। परिचालक ने मुझे बताया है कि कुछ ही समय में सबको मुफ़्त कॉफ़ी दी जाएगी।"

जूलियट उसके पीछे-पीछे सीढ़ी से उतर गई। जैसे ही वह उठी, उसे मालूम पड़ गया था कि उसकी स्वयं की एक समस्या थी जो उसका अपनी सीट और थैले तक जाना ज़रूरी बना देगी, भले ही वह आदमी, जिससे उसने रुख़ा बर्ताव किया था, वहाँ हो या नहीं हो। जब वह अन्दर के गलियारे से होकर जा रही थी, उसे दूसरे लोग आते-जाते मिले। लोग रेलगाड़ी की एक तरफ़ की खिड़कियों से झाँक रहे थे, या वे डिब्बों के बीच रुक गए थे, मानो उन्हें दरवाज़ों के खुलने की आशा थी। जूलियट के पास प्रश्न पूछने का समय नहीं था, किन्तु उनके पास से निकली तो, उसने सुना कि पटरी पर कोई भालू या बारहसिंघा या गाय हो सकती थी। लोग अटकलें लगा रहे थे कि इस बियाबान में गाय कैसे आ गई होगी, या भालू शीतनिद्रा में क्यों नहीं थे या शायद कोई नशे में धुत्त पटरियों पर सो गया होगा।

रेस्तराँयान में लोग मेज़ों पर बैठे थे जिनसे सफ़ेद मेज़पोश हटा दिए गए थे। वे निःशुल्क कॉफ़ी पी रहे थे।

जूलियट की सीट में, या उसके सामने की सीट में कोई नहीं था। उसने अपना थैला उठाया और तेज़ी से महिला-प्रसाधन की तरफ़ चल दी। मासिक स्राव उसके

जीवन का शाप था। कई अवसरों पर इसने तीन घंटे वाली महत्त्वपूर्ण परीक्षा में उत्तर लिखने में भी कठिनाई पैदा की थी क्योंकि आप सेनिटरी पैड बदलने के लिए कमरा नहीं छोड़ सकते थे।

तमतमाते चेहरे, ऐंठन, सिर घूमने और जी मिचलाने की अनुभूति के साथ वह शौचालय में बैठ गई, अपना तर-बतर पैड हटाया और उसे टॉयलेट पेपर में लपेटा तथा वहाँ बनाए गए डिब्बे में रख दिया। खड़ी होकर उसने अपने बैग में से एक नया पैड लेकर लगा लिया। उसने देखा कि कमोड में उसके रक्त के कारण पानी तथा मूत्र का रंग लाल हो गया था। उसने अपना हाथ फ़्लश करनेवाले बटन पर रखा, तभी सामने लिखी चेतावनी पर उसका ध्यान गया कि जब रेलगाड़ी खड़ी हो तब फ़्लश नहीं चलाना चाहिए। तात्पर्य स्पष्ट था कि जब रेलगाड़ी स्टेशन के पास खड़ी हो, गन्दा बहाव ठीक वहाँ गिरेगा जहाँ लोग उसे देख सकते थे। यहाँ वह जोखिम ले सकती थी।

किन्तु जैसे ही उसने उस बटन को फिर से छुआ, उसने पास ही में आवाज़ें सुनीं, रेलगाड़ी में नहीं बल्कि शौचालय की दानेदार शीशे वाली खिड़की के बाहर से आती। शायद रेलगाड़ी के कर्मचारी आ या जा रहे थे।

वह तब तक रुक सकती थी जब तक रेलगाड़ी चल न दे, किन्तु उसमें कितना समय लगेगा? और यदि इस बीच किसी को अन्दर आने की जल्दी हो? उसने निश्चय किया कि वह यही कर सकती थी कि कमोड का ढक्कन बन्द कर बाहर निकल जाए।

वह अपनी सीट पर वापस लौट गई। पास की सीट पर चार या पाँच साल का एक बच्चा रंग भरने वाली किताब के पृष्ठों पर रंगीन पेंसिल चला रहा था। उसकी माँ ने जूलियट को मुफ़्त कॉफ़ी के बारे में बताया।

"यह मुफ़्त तो है लेकिन लगता है कि स्वयं जाकर ही लेनी पड़ेगी।" उसने कहा, "मैं जाऊँ तो क्या आप इसका ध्यान रखेंगी?"

बच्चे ने बग़ैर ऊपर देखे कहा, "मैं तो इनके साथ नहीं रहना चाहता।"

जूलियट ने कहा, "मैं चली जाती हूँ।" उसी समय कॉफ़ी की ट्राली के साथ एक वेटर ने डिब्बे में प्रवेश किया।

"लो, मुझे इतनी जल्दी शिकायत नहीं करनी चाहिए थी।" माँ ने कहा, "क्या आपने सुना कि पटरी पर कोई इ-न-सा-न था?"

जूलियट ने अपना सिर इनकार में हिलाया।

"वह ओवर कोट भी नहीं पहने था। किसी ने उसे उतरते तथा आगे जाते तो देखा था लेकिन किसी ने यह कभी नहीं सोचा कि वह क्या करने जा रहा था। ज़रूर वह मोड़ के आगे चला गया होगा ताकि ड्राइवर उसे पहले देख न सके।"

जिस तरफ़ माँ बैठी थी, उससे कुछ सीट आगे से एक पुरुष बोला, "वे लोग वापस आ रहे हैं।" और जूलियट की तरफ़ बैठे कुछ लोग उठ खड़े हुए और बाहर देखने के लिए झुक गए। बच्चा भी उठ खड़ा हुआ और अपना चेहरा शीशे से चिपका दिया। उसकी माँ ने उसे बैठने के लिए कहा।

"तुम रंग भरो। देखो रेखाओं के बाहर तुमने कितना रंग फैला दिया है।"

"मैं नहीं देख सकती।" उसने जूलियट से कहा, "मैं किसी ऐसी चीज़ को देखना सहन नहीं कर सकती हूँ।"

जूलियट उठी और उसने पुरुषों के छोटे से समूह को बर्फ़ में कदम जमाते स्टेशन की तरफ़ वापस आते देखा। कुछ लोगों ने अपने बड़े कोट उतारकर उस स्ट्रेचर के ऊपर डाल दिए थे जिसे दो लोग उठाकर ला रहे थे।

"कुछ नहीं दिखाई पड़ा।" जूलियट के पीछे एक पुरुष ने दूसरी महिला से कहा जो उठी नहीं थी, "उन्होंने उसे पूरी तरह से ढाँक रखा है।"

सिर झुकाए चल रहे सभी आदमी रेलवे के कर्मचारी नहीं थे। जूलियट ने उस पुरुष को पहचान लिया जो प्रेक्षणयान में उसके सामने बैठा था।

दस या पन्द्रह मिनट के बाद रेलगाड़ी ने चलना आरम्भ किया। मोड़ के पार किसी भी ओर ख़ून नहीं दिखाई पड़ रहा था। लेकिन वहाँ एक पैरों से कुचला हुआ क्षेत्र था, बेलचे से हटाया हुआ बर्फ़ का ढेर। जूलियट के पीछे बैठा पुरुष फिर उठ खड़ा हुआ। उसने कहा, "मेरा अनुमान है कि यही जगह है जहाँ वह घटित हुआ था।" और कुछ समय तक खड़ा रहा कि शायद वहाँ देखने को और भी कुछ हो, फिर वह घूमा और बैठ गया।

गँवाये समय को पूरा करने के लिए गति बढ़ाने के बजाय रेलगाड़ी पहले की अपेक्षा धीमी गति से चलती हुई लगी। शायद मृत के प्रति आदर के कारण या आशंका के कारण कि अगले मोड़ के पार पता नहीं क्या हो। दोपहर के खाने की पहली घोषणा करते हुए मुख्य वेटर डिब्बे से गुज़रा और माँ तथा बेटा तत्काल उठ खड़े हुए और उसके पीछे-पीछे चले गए। एक जुलूस जैसा चलना आरम्भ हुआ और जूलियट ने पास से जाती एक महिला को कहते हुए सुना, "वाकई में?"

उससे बातें कर रही महिला ने धीरे से कहा, "उसने यही कहा था, ख़ून से भरा हुआ। ये छींटें उड़े होंगे जब रेलगाड़ी उसके ऊपर..."

"आगे मत कहो।"

थोड़ी देर बाद, जब जुलूस ख़तम हो गया था और रेस्तराँ में पहुँच गए लोग खाना खा रहे थे, एक आदमी अन्दर आया—प्रेक्षणयान वाला आदमी जिसे बाहर बर्फ़ में चलते हुए देखा गया था।

जूलियट उठी और तेज़ी से उसके पीछे गई। डिब्बों के बीच के अँधेरे ठंडे स्थान में, जब वह पुरुष सामने का भारी दरवाज़ा धकेल रहा था, उसने कहा, "माफ कीजिएगा, मुझे आपसे कुछ पूछना है।"

वह स्थान पटरी पर भारी पहियों की खड़खड़ाहट की आवाज़ से भरा हुआ था।

"क्या है?"

"क्या आप डॉक्टर हैं? क्या आपने उस व्यक्ति को देखा था जो...।"

"मैं डॉक्टर नहीं हूँ। इस रेलगाड़ी में कोई डॉक्टर नहीं है। लेकिन मुझे चिकित्सा का कुछ अनुभव है।"

"उसकी उम्र क्या थी?"

उस पुरुष ने सब्र की साँस ले कुछ नाख़ुशी से उसे देखा।

"कहना मुश्किल है। युवा नहीं था।"

"क्या वह नीली कमीज पहने था? क्या उसके बाल भूरे-सुनहरे थे?"

उसने अपना सिर हिलाया, जूलियट को उत्तर में नहीं, बल्कि बताने से इनकार में।

"क्या वह कोई था जिसे आप जानती थीं?" उसने पूछा, "यदि था तो आपको कंडक्टर को बताना चाहिए।"

"मैं उसे नहीं जानती थी।"

"तब क्षमा कीजिए।" उसने दरवाज़ा धकेला और उसे वहीं छोड़कर चला गया।

क्यों नहीं। उसने सोचा होगा कि वह भी दूसरे लोगों के समान कुत्सुकता से भरी हुई थी।

ख़ून से भरा हुआ। *घृणित बात तो वह थी।*

कैसी विडम्बना कि वह उस भूल के बारे में किसी को भी नहीं बता सकती थी। यदि उसे इसके बारे में कभी बताना पड़ा तो लोग उसे कुछ ज़्यादा ही अशिष्ट या हृदयहीन मानेंगे। और इस ग़लतफ़हमी की तह में क्या होगा—आत्महत्या वाला छितरा पड़ा शरीर। उसके वर्णन में उसके स्वयं के मासिक स्राव के ख़ून जैसा गन्दा और बदबूदार।

इस बारे में किसी को कभी नहीं बताऊँगी। (हक़ीक़त में, उसने कुछ वर्षों बाद, क्रिस्टा नाम की एक महिला को, जिसका नाम वह अभी नहीं जानती थी, बता दिया था।)

किन्तु वह किसी को कुछ बता देने की ज़रूर इच्छुक थी। उसने अपनी नोटबुक निकाली और उसके रेखादार पृष्ठों में से एक पर अपने माता-पिता को पत्र लिखना आरम्भ किया।

> *"अभी तक हम लोग मैनिटोबा की सीमा तक नहीं पहुँचे हैं और बहुत से लोग शिकायत कर रहे हैं कि बाहर के दृश्य काफ़ी नीरस हैं, लेकिन वे यह नहीं कह सकते हैं कि इस यात्रा में किसी नाटकीय घटना की कमी रही है। आज सुबह हम लोग उत्तरी वनों में किसी छोटी-सी वीरान बस्ती में रुके थे जो उसी पुराने रेलवई लाल रंग से रँगी थी। मैं रेलगाड़ी के पिछले भाग वाले प्रेक्षणयान में बैठी हुई थी और ठंड से जम रही थी क्योंकि उसे गर्म रखने में कंजूसी की जाती है (इसके पीछे यह विचार होगा कि सुन्दर दृश्यों का आनन्द आपकी परेशानी से आपका ध्यान हटाएगा) और वापस जाने तथा स्वेटर लाने में मुझे बहुत आलस आ रहा था। हम लोग वहाँ दस या पन्द्रह मिनट के लिए रुके और चल दिए और मैं इंजन को आगे मोड़ से घूमते हुए देख सकती थी, और तब अचानक एक भयावह धमाके की तरह आवाज़ हुई थी..."*

उसने और उसके पिता और उसकी माँ ने दिलचस्प कहानियों और घटनाओं को घर में सुनाने की आदत बना ली थी। इसके लिए कभी-कभी तथ्यों में हेर-फेर और घटना में अपनी भागीदारी बताने का ध्यान रखना पड़ता था। कम-से-कम जूलियट के अपने स्कूल का अनुभव ऐसा ही था। वह अपने को दूसरों से इक्कीस पर तटस्थ दर्शक के रूप में प्रस्तुत करती थी। और अब जब वह घर से दूर रहती

थी, यह आदत पहले से भी अधिक आवश्यक बन गई थी।

किन्तु जैसे ही उसने भयावह धमाका शब्द को लिखे, उसने स्वयं को आगे लिखने में असमर्थ पाया।

उसने खिड़की से बाहर देखने की कोशिश की, परन्तु उन्हीं तत्त्वों से मिलकर बना हुआ दृश्य बदल गया था। सौ मील आगे जाने के भी पहले ऐसा लगा जैसे कि मौसम कुछ गरम हो रहा था। झीलों में बर्फ़ केवल किनारों पर थी, वे बर्फ़ से ढँकी हुई नहीं थीं। शीतकालीन बादलों के नीचे काले पानी, काली चट्टानों ने फिज़ा को अन्धेरेपन से भर दिया था। वह यह सब देखते-देखते थक गई तो उसने डॉड की किताब उठा उसे कहीं से भी खोल लिया क्योंकि, आख़िरकार, वह इसे पहले भी पढ़ चुकी थी। पहले पढ़ते समय जैसे उस पर बीच-बीच में कुछ प्रसंगों को रेखांकित करने का भूत सवार हो गया था। तब उसे इनमें कुछ विशेष लगा था, जो दुबारा पढ़ते समय उतना सार्थक न हो दूरुह और अबोधगम्य लग रहा था।

> *"...जीवित व्यक्ति के सीमित दृष्टिकोण में जो कृत्य पैशाचिक प्रतीत होता है, वह मृतक की व्यापक अन्तर्दृष्टि द्वारा ब्रह्मांड सम्बन्धी न्याय का एक पहलू अनुभूत होता है।..."*

उसके हाथों से किताब फिसल गई, उसकी आँखें बन्द हो गईं और अब वह एक झील की सतह पर कुछ बच्चों (छात्रों?) के साथ चल रही थी। सभी के कदम जहाँ कहीं भी पड़ते, वहाँ पँचभुजी दरार दिखाई पड़ती, सब-की-सब समान तथा समतल, जिससे कि बर्फ़ एक टाइल लगे हुए फर्श के समान बन गई थी। बच्चों ने उससे उन बर्फ़ की टाइलों का नाम पूछा, और उसने बड़े विश्वास से जवाब दिया, पंचवदी पद्य। लेकिन वे हँस पड़े और इसी हँसी के साथ वे दरारें चौड़ी हो गईं। तब उसने अपनी भूल को समझा और वह जानती थी कि केवल सही शब्द ही स्थिति को बचा सकेगा, परन्तु वह शब्द याद नहीं आया।

वह जाग गई और उसने उसी आदमी को देखा, वही आदमी जिसके पीछे जाकर उसने डिब्बों के बीच के स्थान में प्रश्न किए थे। वह उसके सामने की सीट पर बैठा हुआ था।

"आप सो रही थीं।" वह अपनी बात पर हलके से मुसकराया, "स्पष्ट रूप से।"

वह एक वृद्ध महिला के समान अपना सिर आगे लटकाए हुए सो रही थी और उसके मुँह के कोने से लार टपक गई थी। इसके अलावा, वह जानती थी कि

उसे यह आशा करते हुए तुरन्त महिला-शौचालय जाना चाहिए कि उसके कपड़ों पर कोई दाग़ नहीं होगा। उसने कहा, "क्षमा कीजिए" (ठीक वही शब्द जो उस आदमी ने पिछली बार उससे कहे थे।) और अपना बैग लिया और जितना हो सका उतनी कम शीघ्रता दिखा वहाँ से चली गई।

जब वह पैड बदलकर तथा हाथ-मुँह धोकर वापस आई, तो वह अब भी वहीं था।

जूलियट के लौटते ही उसने कहा कि वह माफी माँगना चाहता था।

"मुझे लगा कि मैंने आपसे अशिष्टता से बात की थी। जब आपने मुझसे पूछा...।"

"जी।" जूलियट ने कहा।

"आप सही थीं।" उस पुरुष ने कहा, "आपने उसका जैसा वर्णन किया था।"

लगा कि वह किसी विशेष संयोजन के बिना यूँ ही बातचीत करना चाहता था। यदि वह बातचीत न करना चाहती तो वह शायद बुरा माने बिना उठकर चला जाता।

लज्जा की बात कि जूलियट की आँखें छलछला आईं। यह इतना अप्रत्याशित था कि उसे मुँह घुमाने का समय नहीं मिला।

"कोई बात नहीं।" उस पुरुष ने कहा, "कोई बात नहीं।"

जूलियट ने ज़ोर से नाक सुड़की, सहमति में सिर हिलाया और अपने बैग से ढूँढ़कर एक टिशू निकाला और नाक साफ़ की।

"मैं ठीक हूँ।" जूलियट ने कहा और बिना लागलपेट के बताया कि क्या हुआ था। कैसे वह आदमी झुका और कैसे उसने पूछा कि क्या वह सीट ख़ाली थी, कैसे वह वहाँ बैठ गया और कैसे वह खिड़की के बाहर देखने लगी और कैसे वह ज़्यादा देर तक ऐसा नहीं कर सकी, इसीलिए उसने अपनी किताब को पढ़ने की कोशिश की या पढ़ने का बहाना बनाया, कैसे उसने पूछा कि कहाँ से वह रेलगाड़ी में चढ़ी थी, और जान लिया कि वह कहाँ रहती थी। और कैसे वह वार्तालाप को आगे बढ़ाने की कोशिश कर रहा था, जब उसने अपना बैग उठाया और उसे वहीं बैठा छोड़कर चल दी थी।

केवल एक चीज़ जिसका उसने खुलासा नहीं किया था, वह था उस पुरुष का चकल्लस कहना। उसका ख़याल था कि यदि उसे वह कहना पड़ता तो वह फिर से रोने लगती।

"लोग पहले महिलाओं से ही बातचीत आरम्भ करते हैं।" उस पुरुष ने कहा, "पुरुषों की तुलना में आसान लगता है।"

"हाँ, वे ऐसा करते हैं।"

"उनका सोचना है कि महिलाएँ मिलनसार दिखना चाहती हैं।"

"लेकिन वह सिर्फ़ किसी से बात करना चाहता था।" जूलियट ने बात बदलते हुए कहा, "उसका किसी का साथ चाहना मेरे किसी का साथ न चाहने से ज़्यादा मायने रखता था। मुझे अब समझ आया। और मैं स्वार्थी नहीं लगती। मैं निर्दयी नहीं दिखती। लेकिन मैं थी।"

उनकी बातचीत में एक ठहराव आया और जूलियट ने फिर अपनी बहती नाक और आँसू पोंछे।

उस पुरुष ने कहा, "क्या आपने किसी के साथ पहले ऐसा नहीं करना चाहा?"

"हाँ। लेकिन मैंने कभी नहीं किया। इस हद तक नहीं। और मैंने यह क्यों किया—यह इसलिए कि वह इतना विनीत था। और उसने एकदम नए कपड़े पहन रखे थे जो सम्भवत: उसने यात्रा के लिए ख़रीदे थे। शायद वह हताश हो गया था और उसने सोचा कि वह एक यात्रा पर जाएगा और यह लोगों से मिलने तथा मित्र बनाने का सम्भवत: एक अच्छा तरीका था।"

"यदि वह सिर्फ़ थोड़ी ही दूर जा रहा होता—" जूलियट ने कहा, "लेकिन उसने कहा था वह वैंकूवर तक जा रहा था और मुझे उसका साथ सहना पड़ता। कई दिनों के लिए।"

"हाँ।"

"ऐसा वाकई हो सकता था।"

"हाँ।"

"तो।"

"बुरा संयोग।" वह बिना मुसकराये बोला, "पहली बार आपमें किसी को सही करने की हिम्मत आती है और वह ख़ुद को रेलगाड़ी के नीचे झोंक देता है।"

"यह अंतिम त्रासदी उसके बर्दाश्त के बाहर हो सकती थी।" जूलियट ने कुछ अपराध-बोध की भावना से कहा, "ऐसा हो सकता है।"

"मेरा ख़याल है आपको भविष्य में ज़रा ध्यान रखना होगा।"

जूलियट अपनी ठोड़ी उठाकर उसकी ओर देखती रही।

"आपका मतलब है कि मैं बढ़ा-चढ़ाकर कह रही हूँ।"

जैसे उसके आँसू अपने आप निकल आए थे, वैसा ही कुछ अचानक उसके साथ हुआ। उसके होंठ फड़कने लगे। बेमौक़े की हँसी उमड़ने लगी।

"मुझे लगता है थोड़ी अतिरंजना हो गई।"

वह बोला, "थोड़ी-सी।"

"आप सोचते हैं कि मैं इसे नाटकीय बना रही हूँ।"

"यह स्वाभाविक है।"

"लेकिन आप सोचते हैं कि कुछ ग़लत हुआ।" जूलियट ने हँसी को काबू में करके कहा, "आप सोचते हैं कि अपराध-बोध की अनुभूति केवल एक बहाना है?"

"मैं क्या सोचता हूँ—" उसने कहा, "मैं सोचता हूँ कि कोई बड़ी बात नहीं। आपके जीवन में दूसरी घटनाएँ होंगी—आपके जीवन में सम्भवत: और घटनाएँ होंगी—जिन्हें देखते हुए यह बात बड़ी नहीं लगेगी। आप अन्य बातों के बारे में भी अपराध-बोध अनुभव करेंगी।"

"क्या लोग हमेशा ऐसा नहीं कहते? उनसे जो अभी युवा हैं? वे कहते हैं, अरे, तुम किसी दिन इस तरह से नहीं सोचोगे। कुछ समय बाद देखना। जैसे कि आपको किसी गहरी अनुभूति का अधिकार नहीं। जैसे कि आप इस लायक नहीं हैं।"

"अनुभूति।" पुरुष ने कहा, "मैं अनुभव के बारे में बात कर रहा था।"

"लेकिन आप एक प्रकार से कह रहे हैं कि अपराध-बोध का कोई लाभ नहीं। लोग ऐसा ही कहते हैं। क्या यह सच है?"

"आप क्या कहती हैं।"

वे लोग काफ़ी देर तक बातें करते रहे, धीमी आवाज़ में लेकिन इतने जोश से कि गुज़रने वाले लोग कभी-कभी चकित या अप्रसन्न भी दिखते थे, जैसे कि लोग दिखेंगे जब वे संयोग से ऐसे वाद-विवाद को सुन लेते हैं जो अनावश्यक रूप से अव्यावहारिक लगता हो। कुछ समय बाद जूलियट को लगा कि यद्यपि वह व्यक्तिगत तथा सार्वजनिक जीवन में अपराध-बोध की अनुभूति की आवश्यकता के लिए काफ़ी अच्छे तर्क कर रही थी, फिलहाल उसे ऐसा कुछ नहीं अनुभूत हो रहा था। आप यह भी कह सकते हैं कि उसे मज़ा आ रहा था।

उस पुरुष ने सुझाव दिया कि विश्रामकक्ष में बैठें, जहाँ वे कॉफ़ी पी सकते थे। वहाँ जाने पर जूलियट को लगा कि वह बहुत भूखी थी, हालाँकि दोपहर

के खाने का समय बहुत पहले बीत चुका था। वहाँ प्रेत्जल्स और मूँगफलियाँ ही थीं, और उसने उनको ऐसे जल्दी-जल्दी खाया कि पहले जैसा विचारपूर्ण, थोड़ा-सा प्रतिस्पर्धात्मक वार्तालाप पुनः आरम्भ न हो सका। इसलिए वे अपने बारे में बातें करने लगे। उसका नाम एरिक पोर्टस था और वह पश्चिमी समुद्र तट में वैंकूवर के उत्तरी भाग में कहीं व्हेल खाड़ी नामक स्थान में रहता था। किन्तु वह सीधे वहाँ नहीं जा रहा था। वह कुछ लोगों से मिलने के लिए, जिनसे वह बहुत समय से नहीं मिला था, रेजाईना में रुक रहा था। वह मछुआरा था, वह झींगा मछली पकड़ता था। जूलियट ने उसके चिकित्सा-सम्बन्धी अनुभव के बारे में पूछा जिसका उल्लेख उसने किया था, और उसने कहा, "अरे, कुछ ज़्यादा नहीं! मैंने चिकित्सा की कुछ पढ़ाई की थी। जब आप बाहर जंगलों में या नाव पर काम करें, तो कुछ भी हो सकता है। साथी कर्मचारियों के साथ या अपने ख़ुद के साथ।"

वह विवाहित था। उसकी पत्नी का नाम एन था।

आठ वर्ष पहले, उसने बताया, एक दुर्घटना में एन घायल हो गई थी। कई हफ़्तों तक अचेत रही। चेतना आने पर भी वह अभी लकवाग्रस्त थी, चलने में असमर्थ तथा स्वयं खाना खाने में भी। एन उसे पहचान लेती थी और उस स्त्री को भी जो उसकी देखभाल करती थी—इसी स्त्री की सहायता से वह पत्नी को घर में ही रखकर उसकी देखभाल करने में समर्थ हुआ था—लेकिन एन के बात करने के और उसके आसपास क्या हो रहा है, इसे समझने की क्षमता शीघ्र ही क्षीण हो गई थी।

वे एक दावत में गए थे। एन का जाने को मन नहीं था लेकिन वह जाना चाहता था। दावत में कुछ बातें पसन्द न आने के कारण एन ने घर तक अकेले पैदल जाने का निश्चय किया था।

किसी दूसरी दावत से लौटते नशे में चूर किशोरों से भरी एक गाड़ी सड़क पर डगमगा गई और किनारे पर जाती एन को कुचल दिया।

भाग्यवश, उसके और एन के कोई बच्चे नहीं थे। हाँ, भाग्यवश।

"दूसरों को इसके बारे में बताइए तो उन्हें लगता है कि उन्हें कहना चाहिए, बहुत बुरा हुआ। कितने दु:ख की बात है। वग़ैरह, वग़ैरह।"

"उन्हें दोष दे सकते हैं?" जूलियट ने कहा, जो स्वयं ही वैसी बात कहने जा रही थी।

पुरुष ने कहा, नहीं। परन्तु पूरी बात अधिक जटिल थी। क्या एन ने अनुभव किया कि वह एक त्रासदी थी? शायद नहीं। क्या स्वयं उसने? बस यह कुछ ऐसा था जिसके, एक नए जीवन के, आप आदी हो जाते हैं। बस इतनी ही बात।

पुरुषों की संगति के सभी अनुभव और कुछ अच्छे अभिनेता जूलियट की फंतासी में थे। एक या दो फ़िल्मी अभिनेता, डॉन जिओवानी ओपेरा की एक पुरानी रिकॉर्डिंग का वह टेनर गायक—न कि उसका हृदयहीन पौरुषेय नायक। हेनरी पंचम, जैसा उसने शेक्सपियर के नाटक में पढ़ा और जैसे लारेंस ऑलिवर ने फ़िल्म में उसका किरदार निभाया।

यह मूर्खतापूर्ण तथा हास्यास्पद बात थी, लेकिन किसी को बताने की क्या ज़रूरत थी। जीवन में उसे अनेक निराशा तथा अपमानजनक अनुभव हुए थे, जिनको उसने यथासम्भव शीघ्र भुला देने की कोशिश की थी।

हाई स्कूल के नृत्य कार्यक्रमों में उन लड़कियों के साथ एक ओर खड़े रहने का अनुभव जिनकी संगति कोई लड़का नहीं चाहता था। फिर कॉलेज में लड़कों के साथ रात में घूमने जाने पर दिलचस्प बातें करने की उतावली कोशिशें—उनके साथ जिन्हें न वह सुहाती थी और जो न उसे सुहाते थे। पिछले वर्ष अपने शोध-प्रबन्ध के सलाहकार के घर आए भतीजे के साथ घूमने जाने पर विलिस पार्क में देर रात उसका जूलियट से मैथुन करना। आप उसे बलात्कार नहीं कह सकते थे क्योंकि वह भी चाहती थी।

घर लौटते समय भतीजे ने कहा था कि उसे वैसे जूलियट जैसी लड़कियाँ विशेष नहीं लुभाती थीं। उसके मन में किसी एक सजीव पुरुष के लिए फंतासी नहीं थी—अपने किन्हीं अध्यापकों के लिए तो कम-से-कम नहीं। वास्तव में बड़ी आयु के पुरुष उसे थोड़े से अप्रिय लगते थे।

इस आदमी की आयु क्या थी? वह कम-से-कम आठ वर्ष से विवाहित था—और शायद दो वर्ष, दो या तीन वर्ष, इससे पहले से। इसलिए वह शायद पैंतीस या छत्तीस वर्ष का होगा। उसके बाल कनपटी पर सफ़ेदी लिये हुए काले तथा घुँघराले थे, चौड़े माथे पर समय का प्रभाव। बलिष्ठ और थोड़े लटके कन्धे। उसका कद जूलियट से अधिक ऊँचा न था। काली आँखों में उत्सुकता लेकिन सर्तकता भी थी। गोलाई लिये ठोड़ी में गर्तिका, हठी प्रवृत्ति जताती।

जूलियट ने अपनी नौकरी के बारे में उसे बताया, स्कूल का नाम टोरेंस हाउस ("क्या आप शर्त लगाना चाहेंगे कि यह टोरमेंट्स (वेदना पहुँचाने वाला) कहलाता है?") उसने बताया कि वह स्थायी अध्यापिका नहीं थी लेकिन वे लोग किसी भी ऐसे को नियुक्त करके ख़ुश थे जिसने कॉलेज में ग्रीक एवं लेटिन का अध्ययन किया हो। मुश्किल से ही अब कोई यह करता था।

"तो आपने क्यों किया?"

"अरे, मेरा ख़याल है सिर्फ़ दूसरों से अलग दिखने के लिए!"

फिर जूलियट ने उसे कुछ बताया, जो वह हमेशा से जानती थी कि किसी पुरुष या लड़के को नहीं बताना चाहिए, क्योंकि कहीं ऐसा न हो कि उसके बाद वे उसमें अपनी दिलचस्पी खो दें।

"क्योंकि मैं इन विषयों को बेहद पसन्द करती हूँ। समझ लीजिए मैं इनसे प्यार करती हूँ। वाकई में करती हूँ।"

वाईन पीते हुए उन्होंने एक साथ खाना खाया। फिर वे प्रेक्षण यान में जाकर अँधेरे में बैठे रहे जहाँ इस समय कोई और न था। इस बार जूलियट अपना स्वेटर ले आई थी। पुरुष ने कहा, "लोग सोचते हैं कि रात में यहाँ से देखने के लिए कुछ भी नहीं है लेकिन ज़रा किसी साफ़ रात को दिखने वाले इन हज़ारों सितारों को देखिए।"

वाकई में रात साफ़ थी। चाँद नहीं निकला था—कम-से-कम अभी तक—और धुँधले तथा चमकीले, दोनों तरह के सितारे घने झुंडों में दिख रहे थे। ऐसे किसी भी व्यक्ति के समान, जो नावों में रह काम कर चुका हो, वह आसमान के नक्शे से परिचित था। वह केवल सप्तऋषि को ढूँढ़ पाई।

"यह शुरुआत है।" उस पुरुष ने कहा, "सप्तऋषि के किनारे पर दो सितारों को देखिए। दिखाई दिए? वे संकेतक हैं। उनके पीछे-पीछे ऊपर की ओर देखिए, आपको ध्रुव तारा दिखाई पड़ेगा।" इत्यादि-इत्यादि।

उसने जूलियट को मृगशिरा नक्षत्र (ओरियन) दिखलाया, और बताया कि वह शीत काल में उत्तरी गोलार्द्ध का प्रमुख नक्षत्र मंडल था। और सिरीयस, श्वान तारा, वर्ष के उस समय में सम्पूर्ण उत्तरी आकाश में सबसे चमकीला तारा।

जूलियट यह सब बताए जाने से प्रसन्न थी किन्तु उसे तब और भी प्रसन्नता हुई जब प्रशिक्षक बनने की उसकी बारी आई। वह सितारों के नाम जानता था लेकिन उनकी यूनानी पौराणिक कथा नहीं।

जूलियट ने उसे बताया कि ओरियन को इनोपियन ने अन्धा कर दिया था परन्तु सूर्य को देखने से उसकी दृष्टि वापस आ गई थी।

"उसे अन्धा कर दिया गया था क्योंकि वह बहुत सुन्दर था, किन्तु हेफ़ास्तास ने उसे बचा लिया। फिर भी वह आर्टेमिस द्वारा मारा गया था परन्तु वह नक्षत्र मंडल में परिवर्तित हो गया था। प्राय: इन पौराणिक कथाओं में जब कोई महत्त्व का पात्र किसी संकट में पड़ जाता था तो वह नक्षत्र मंडल में परिवर्तित हो जाता था। कैसीओपिया कहाँ है?"

उसने एक अस्पष्ट डब्ल्यू (अंग्रेजी वर्ण) की ओर संकेत किया।

"माना जाता है कि यह एक बैठी हुई महिला जैसा लगता है।"

जूलियट ने कहा, "यह उसकी सुन्दरता के कारण भी था।"

"क्या सुन्दरता ख़तरनाक होती थी?"

"बिलकुल। उसकी शादी इथिओपिया के महाराजा से हुई थी और वह एन्ड्रोमेडा की माँ थी। और वह अपनी सुन्दरता की शेख़ी बघारती थी और दंडस्वरूप उसका निर्वासन आकाश में हो गया था। क्या एन्ड्रोमेडा नहीं दिखाई दे रही?"

"वह आकाशगंगा है। आप इसे बाद में देख पाएँगी। वह सबसे दूर की चीज़ है जो आप नंगी आँखों से देख सकती हैं।"'

उसका दिशा-निर्देशन करते हुए तथा उसको यह बताते हुए भी कि आकाश में कहाँ देखना है, उसने उसको कभी नहीं छुआ। बेशक नहीं। वह विवाहित था।

उसने जूलियट से पूछा, "एन्ड्रोमेडा कौन थी?"

"उसे एक चट्टान से ज़ंजीर से बाँधा गया था लेकिन पेसीयस ने उसे छुड़ा लिया था।"

***

व्हेल की खाड़ी

एक लम्बा जहाज़ी घाट, कई बड़ी नावें, पेट्रोल पम्प और एक दुकान जिसकी खिड़की में सूचना पट लगा था कि यह बस का ठहराव तथा डाकखाना भी है।

इस दुकान के किनारे खड़ी हुई गाड़ी की खिड़की में उसके टैक्सी होने का हस्तलिखित संकेत लगा है। जूलियट वहीं खड़ी हो जाती है जहाँ वह बस से उतरी

है। बस आगे चली जाती है। टैक्सी वाला हॉर्न बजाता है। उसका चालक बाहर निकलकर उसकी तरफ़ आता है।

"आप अकेली हैं?" वह पूछता है, "आप कहाँ जा रही हैं?"

वह पूछती है कि क्या वहाँ ऐसी जगह है जहाँ पर्यटक ठहरते हों। स्पष्ट था कि वहाँ कोई होटल तो होगा नहीं।

"कह नहीं सकता कि इस वर्ष भी कोई कमरे किराये पर दे रहा है। मैं अन्दर जाकर पूछ सकता हूँ। क्या आप यहाँ किसी को भी नहीं जानती हैं?"

एरिक का नाम लेने के सिवाय और कोई रास्ता नहीं।

"अरे हाँ!" उसने राहत जताते हुए कहा, "बैठ जाईए, वहाँ पहुँचने में देर नहीं लगेगी। किन्तु बुरा हुआ कि आप अन्त्येष्टि से पूर्व के रात्रि-जागरण से क़रीब-क़रीब चूक गईं।"

जूलियट को उसकी बात समझने में कुछ समय लगा।

"शोक की बात।" स्टेयरिंग को सँभालते हुए चालक कहता है, "वैसे भी वह कभी ठीक नहीं होने वाली थी।"

अन्त्येष्टि। ऐन। *पत्नी।*

"कोई बात नहीं।" वह कहता है, "हो सकता है कुछ लोग अभी भी वहाँ हों। बेशक आप जनाज़े में भाग लेने से चूक गईं। कल तो बुरा हाल था। पहले नहीं आ सकीं?"

जूलियट कहती है, "नहीं।"

"मुझे इसे अंत्येष्टि के पूर्व का रात्रि जागरण नहीं कहना चाहिए, नहीं क्या? रात्रि जागरण वह है जो आप मरे के दफ़न होने से पहले करते हैं, नहीं क्या? पता नहीं उसे क्या कहते हैं जो बाद में होता है। आप उसे दावत तो नहीं कहना चाहेंगी, नहीं क्या? मैं आपको वहाँ ले जाकर वे सभी फूल तथा श्रद्धांजलियाँ दिखा देता हूँ। ठीक है?"

हाइवे से निकलकर एक कच्ची सड़क पर लगभग चौथाई मील के बाद व्हेल बे यूनियन क़ब्रिस्तान है। बाड़ के निकट फूलों से पूरी तरह दबा हुआ मिट्टी का ऊँचा ढेर है। मुर्झाये हुए असली फूल, चमकीले नक़ली फूल, नाम और तारीख़ लिखीं लकड़ी की सलीबें। चमकीले घुँघराले फीते क़ब्रिस्तान की घास पर फैले हुए हैं। वह जूलियट का ध्यान वाहनों के कल आने-जाने से बन गए खाँचों और गड्ढों की ओर दिलाता है।

"यहाँ आए आधे लोगों ने एन को कभी देखा भी नहीं था। किन्तु वे एरिक से परिचित थे, इसलिए वे आना चाहते थे। एरिक को सभी लोग जानते हैं।"

वे गाड़ी में बैठे, गाड़ी घुमाई और वापस चल दिए, किन्तु हाइवे तक नहीं गए। वह चालक से कहना चाहती है कि उसने अपना विचार बदल दिया है, वह किसी से नहीं मिलना चाहती है, वह वापिस जाने वाली बस को पकड़ने के लिए दुकान पर इन्तज़ार करना चाहती है। वह कह सकती है कि उसने अन्तिम संस्कार का दिन समझने में ग़लती की और उसमें शामिल न हो पाने से वह इतनी शर्मिंदा है कि वह नहीं चाहती कि कोई उसे यहाँ देखे।

लेकिन वह कह नहीं पाती। कुछ भी हो चालक उसके आने के बारे में बता देगा। वे कुछ घरों के सामने से होकर संकरी घुमावदार छोटी सड़कों पर जा रहे हैं। हर बार जब वे किसी घर में मुड़े बिना उसके सामने से गुज़रते हैं, उसे जान बचने की अनुभूति होती है।

"यह तो हैरानी की बात है।" चालक कहता है, और अब वे वाकई में एक घर पर रुक जाते हैं, "सब लोग कहाँ चले गए? जब मैं एक घंटे पहले यहाँ से गुज़रा था तो आधा दर्जन गाड़ियाँ खड़ी थीं। यहाँ तक कि उसकी पिकअप गाड़ी भी नहीं है। जलसा समाप्त। माफ कीजिए—मुझे यह नहीं कहना चाहिए था।"

"अगर यहाँ कोई नहीं है।" जूलियट जल्दी से कहती है, "तो मैं अभी वापस चली जाती हूँ।"

"अरे, यहाँ कोई है, इस बारे में परेशान मत होइए। आईलो यहाँ है। उसकी साइकिल यहाँ खड़ी है। क्या आप कभी आईलो से मिली हैं? मालूम है उसी ने सभी कुछ सँभाला था।" वह बाहर निकलकर उसके लिए दरवाज़ा खोलता है।

जैसे ही जूलियट बाहर कदम रखती है, एक बड़ा-सा पीला कुत्ता छलाँगें लगाते हुए और भौंकते हुए आता है, और घर के प्रांगण से एक महिला आवाज़ लगाती है।

"अरे, बस करो पेट।" चालक किराये को जेब में रखते हुए और कार में तेज़ी से बैठते हुए कहता है।

"ख़ामोश, चुप हो जाओ, बैठ जाओ, पेट। वह तुम्हें कुछ नहीं कहेगी।" महिला आवाज़ देती है, "यह अभी बच्ची है।"

महिला का लहजा कुछ भिन्न था।

जूलियट सोचती है पेट बच्ची होने के बावजूद किसी को धक्का देकर गिराने में कम समर्थ नहीं थी। और अब उस हल्ले-गुल्ले में शामिल होने के लिए एक

लाल-भूरे रंग का कुत्ता आता है। महिला चिल्लाते हुए सीढ़ियों से नीचे आती है, "पेट, कॉर्की, चुप हो जाओ। यदि उनको लगेगा कि आप उनसे भयभीत हैं तो वे आपके पीछे बुरी तरह से पड़ जाएँगे।"

"मैं भयभीत नहीं हूँ।" जूलियट पीछे की ओर हटते हुए कहती है। पीला कुत्ता अपनी नाक उसकी बाँह पर ज़ोर से रगड़ता है।

"आप अन्दर आ जाइए। तुम दोनों ख़ामोश हो जाओ, नहीं तो मैं तुम्हारी पिटाई करूँगी। क्या आपसे अन्त्येष्टि का दिन समझने में ग़लती हो गई?"

जूलियट अपना सिर हिलाती है मानो कि कहना चाहती हो कि उसे खेद है। महिला अपना परिचय देती है।

"ओह, बहुत बुरा हुआ! मैं आईलो हूँ।" वे हाथ मिलाती हैं।

आईलो एक लम्बी-चौड़े कन्धों वाली महिला है—स्थूल लेकिन थुलथुले शरीर वाली नहीं, और उसके पीत-शुभ्र केश कन्धों तक झूल रहे हैं। उसकी जोरदार और तल्ख आवाज़ में अनेक सुर मिले हुए हैं। जर्मन, डच, स्कैंडिनेवियन लहजा?

"बेहतर होगा आप रसोई में बैठ जाएँ। यहाँ आज गड़बड़झाला है। मैं आपके लिए कॉफ़ी बनाती हूँ।"

ऊँची, ढलानदार छत में रोशनदान के कारण रसोईघर उजला दिखता है। सभी जगह तश्तरियों और गिलासों और बर्तनों का ढेर है। पेट तथा कॉर्की आईलो के पीछे चुपचाप रसोईघर में आते हैं और जो कुछ भी एक बर्तन में है, जिसे उसने ज़मीन पर रख दिया है, चाट-चाटकर साफ़ कर रहे हैं।

रसोईघर से परे, दो चौड़ी सीढ़ियाँ चढ़कर पर्दे लगी हुई किसी गुफा की तरह लगती बैठक है जिसमें बड़े-बड़े तकिये ज़मीन पर पड़े हुए हैं।

आईलो मेज़ के पास की कुर्सी खींचती है, "यहाँ बैठिए। आप बैठ जाइए और कॉफ़ी पीजिए, और कुछ खाइए।"

जूलियट कहती है, "मैं इसके बग़ैर ठीक हूँ।"

"नहीं! यह कॉफ़ी मैंने अभी बनाई है। मैं काम करने के साथ-साथ कॉफ़ी पिऊँगी। खाने के लिए काफ़ी चीज़ें बची हुई हैं।"

वह जूलियट के सामने कॉफ़ी और कुछ सूखी-सी सतह वाली चटक हरे रंग की पाई (केक) का टुकड़ा रख देती है।

"नींबू की जेली वाली, पर खाने में ठीक होनी चाहिए। इसके अतिरिक्त रेबंद वाली भी है?"

"यह ठीक।" जूलियट कहती है।

"यहाँ पर काफ़ी सामान फैला है। रात्रि-जागरण के बाद मैंने सफ़ाई की, सब कुछ सँभालकर रखा। फिर अन्त्येष्टि हुई। मुझे फिर से सब कुछ साफ़ करना पड़ेगा।"

उसकी आवाज़ शिकायत से भरी हुई है। जूलियट यह कहने के लिए बाध्य होती है, "इसको खाकर मैं आपकी मदद कर सकती हूँ।"

"नहीं, मेरा ख़याल नहीं।" आईलो कहती है, "हर चीज़ कहाँ है मुझे पता है।" वह धीरे-धीरे लेकिन काम करती हुई इधर-उधर आ-जा रही है। (ऐसी महिलाओं को कभी भी आपकी मदद की ज़रूरत नहीं होती। वे बता सकती हैं कि आप किस लायक हैं।) वह गिलासों तथा तश्तरियों और चम्मचों को पोंछकर उन्हें अलमारियों तथा दराज़ों में रख रही है। फिर रसोई के बर्तनों, उस बर्तन सहित जिसे कुत्ते चाट रहे थे, को रगड़कर उन्हें साबुनदार पानी में डुबोते हुए, मेज़ और पटल की सतह को पोंछते हुए, पोंछे वाले कपड़े को मरोड़ते हुए जैसे कि वे मुर्गे की गर्दन हों, बीच-बीच में जूलियट से बातें भी कर रही है।

"आप एन की मित्र हैं? क्या आप उसको पहले से जानती थीं?"

"नहीं।"

"नहीं। मेरा भी यही ख़याल था। आपकी उम्र काफ़ी कम है। तो आप उसकी अन्त्येष्टि में क्यों आना चाहती थीं?"

"पता नहीं।" जूलियट कहती है, "कह नहीं सकती। मैं ऐसे ही केवल मिलने चली आई थी।" वह यह दिखाने की कोशिश करती है कि जैसे यह उसकी सनक थी, मानो उसके ढेरों मित्र थे और वह उनसे मिलने को बीच-बीच में बिना बताए चली आती है।

बहुत मेहनत और एकाग्रता से आईलो हाथ में लिये बर्तन को रगड़कर साफ़ करती रहती है क्योंकि वह इसका उत्तर नहीं देना चाहती है, उसके कुछ कहने से पहले जूलियट को कई और बर्तनों के साफ़ हो जाने का इन्तज़ार करना पड़ता है।

"आप एरिक से मिलने आई हैं। आपने सही घर ढूँढ़ा। एरिक यहीं रहता है।"

"आप यहाँ नहीं रहती हैं क्या?" जूलियट कहती है जैसे कि यह बात विषय को बदल देगी।

"नहीं, मैं यहाँ नहीं रहती। मैं अपने पति के साथ ढाल उतरकर रहती हूँ।" 'पति' कहना गर्व तथा कुछ भर्त्सना का वज़न लिये है।

आईलो बिना पूछे जूलियट की कॉफ़ी का प्याला भर देती है, फिर अपना। वह अपने लिए पाई का एक टुकड़ा ले आती है। इस टुकड़े में नीचे की तह गुलाबी है और क्रीम की तह ऊपर है।

"रेबन्द का कस्टर्ड। इसे खाना ज़रूरी है अन्यथा यह ख़राब हो जाएगा। मुझे नहीं खाना चाहिए लेकिन मैं फिर भी खा रही हूँ। क्या मैं आपको भी एक टुकड़ा दूँ?"

"धन्यवाद, नहीं।"

"ख़ैर, एरिक तो चला गया है। वह आज रात वापस नहीं आएगा। मेरा ख़याल है। वह क्रिस्टा के घर गया है। क्या आप क्रिस्टा को जानती हैं?"

जूलियट अपना सिर 'नहीं' में हिलाती है।

"यहाँ हम सब इस तरह रहते हैं कि हम दूसरों की परिस्थितियाँ जान लेते हैं। अच्छी तरह से जान जाते हैं। पता नहीं वह जगह कैसी है जहाँ आप रहती हैं। वैंकूवर में?" (जूलियट सिर हिलाकर 'हाँ' करती है)। "नगर में। वहाँ ऐसा नहीं होता। एरिक को पत्नी की देखभाल में समर्थ होने के लिए सहायता की आवश्यकता है। आप समझीं? मैं उसकी मदद करती हूँ।"

जूलियट काफ़ी नासमझी से कहती है, "लेकिन क्या आपको इसके लिए पैसे नहीं मिलते?"

"ज़रूर मिलते हैं। लेकिन मेरे लिए यह केवल एक नौकरी ही नहीं है। एरिक को एक औरत से दूसरी तरह की सहायता की भी ज़रूरत है। आप समझीं मैं क्या कह रही हूँ? उस तरह की औरत से जिसका पति न हो। मैं वैसे सम्बन्ध में विश्वास नहीं करती, वह अच्छी बात नहीं, वह झगड़े पैदा करने का रास्ता है। पहले एरिक, सांड्रा के साथ था, पर वह कहीं और चली गई और अब उसके साथ क्रिस्टा है। एक समय क्रिस्टा और सांड्रा दोनों उसके साथ थीं पर उन दोनों की आपसी मित्रता के कारण कोई झंझट नहीं हुआ। परन्तु सांड्रा के साथ उसके बच्चे थे, वह बड़े स्कूलों के पास रहना चाहती है। क्रिस्टा एक कलाकार है। वह उन लकड़ियों से चीज़ें बनाती है जो आप समुद्र तट पर पाते हैं। क्या है उस लकड़ी का नाम?"

जूलियट अनिच्छापूर्वक कहती है, "पानी में बहकर आने वाली लकड़ी, ड्रिफ़्ट-वुड।" निराशा और लज्जा ने उसे जड़ीभूत कर दिया है।

"हाँ, वही। वह उन्हें कुछ लोगों को देती है जो उन्हें उसके लिए बेच देते हैं। बड़े आकार के पशु और पक्षी, लेकिन अमूर तरीके के। क्या अमूर शब्द सही है?"

"अमूर्त।"

"हाँ, हाँ। उसके बच्चे नहीं हुए। मेरा ख़याल नहीं कि वह यह जगह छोड़ कहीं और जाएगी। एरिक ने आपको यह बताया? क्या आप और कॉफ़ी लेंगी? केतली में अभी भी कुछ है।"

"नहीं। धन्यवाद। नहीं, उसने नहीं बताया।"

"चलो, अब मैंने आपको बता दिया है। यदि आपने कॉफ़ी ख़तम कर ली हो तो मैं प्याले को धोने के लिए ले लूँ।"

वह रेफ़्रीजरेटर के दूसरी तरफ़ घूमकर वहाँ लेटे हुए पीले कुत्ते को अपने जूते से टोहका देती है।

"अब तुम्हें उठना पड़ेगा, आलसी लड़की! हम लोग जल्दी ही घर जाएँगे।"

"एक बस वैंकूवर वापस जाती है, वह आठ बजकर दस मिनट पर छूटती है।" वह कमरे की ओर पीठ किए रसोई की हौज़ में बर्तन धोते हुए कहती है, "आप मेरे साथ चल सकती हैं, और जब समय हो जाएगा तो मेरा पति आपको वहाँ पहुँचा देगा। आप हम लोगों के साथ खाना खा सकती हैं। मैं अपनी साइकिल से जाती हूँ। मैं धीरे चलाऊँगी जिससे आप साथ चल सकें। मेरा घर दूर नहीं है।"

अब क्या करना चाहिए, इसका निश्चय इतनी दृढ़ता से हो गया लगता है कि जूलियट बिना सोचे उठ खड़ी होती है, अपने बैग के लिए नज़र दौड़ाती। पर फिर से बैठ जाती है लेकिन एक दूसरी कुर्सी पर। रसोई का इस कोण से अवलोकन उसे नया बल देता हुआ लगता है।

"मैं सोचती हूँ कि मैं यहीं ठहरूँगी।" वह कहती है।

"यहाँ?"

"मेरे पास ज़्यादा सामान नहीं है। मैं बस तक पैदल चली जाऊँगी।"

"आपको रास्ता कैसे मालूम पड़ेगा? यहाँ से एक मील है।"

"ज़्यादा दूर नहीं है।" जूलियट रास्ता ढूँढ़ने की बात सोचती है, फिर ख़याल आता है कि सिर्फ़, उसे केवल ढाल पर नीचे की ओर जाना होगा।

"आपको मालूम है, वह वापस नहीं आएगा।" आईलो कहती है, "आज रात नहीं।"

"उससे कोई अन्तर नहीं पड़ता।"

आईलो, शायद तिरस्कारपूर्वक, ज़ोर से कन्धे उचकाती है।

"उठो, पेट, उठ।" मुँह घुमाए बिना वह कहती है, "कॉर्की यहीं ठहरेगी। आप उसे यहीं अन्दर या बाहर रखेंगी?"

"मेरा ख़याल है, बाहर।"

"तब मैं उसे बाँध दूँगी, जिससे कि वह मेरे पीछे न आ सके। वह शायद यहाँ एक अजनबी के साथ रहना न चाहे।"

जूलियट कुछ नहीं कहती है।

"जब हम लोग बाहर निकलते हैं दरवाज़े में ताला लग जाता है। आप समझीं? अत: यदि आप बाहर जाएँ और फिर अन्दर आना चाहें तो आपको इसे दबाना होगा। लेकिन जब आप घर छोड़कर जाएँ, तो इसे न दबाएँ। इससे ताला बन्द रहेगा। आप समझ गईं?"

"हाँ।"

"हम लोग कभी यहाँ ताला लगाने का झंझट नहीं करते थे, लेकिन अब बहुत से अजनबी आने लगे हैं।"

जब वे सितारों को देख रहे थे, तब रेलगाड़ी विनीपेग स्टेशन में कुछ देर के लिए रुकी थी। वे बाहर आए और कुछ चहलकदमी की परन्तु हवा इतनी ठंडी थी कि उनके लिए साँस लेना मुश्किल हो गया, बात करने का तो सवाल ही नहीं। रेलगाड़ी में लौटने के बाद वे विश्रामकक्ष में बैठे और पुरुष ने ब्रांडी का ऑर्डर दिया।

उसने कहा, "यह गर्मी पहुँचाएगी और इससे नींद आएगी।"

वह सोने नहीं जा रहा था। वह तब तक बैठा रहेगा जब तक कि रेजाइना में उतर न जाए जो सुबह किसी समय आएगा।

जब वह जूलियट को वापस उसके डिब्बे तक पहुँचाने गया, तब तक अधिकतर शायिकाएँ तैयार की जा चुकी थीं और गहरे हरे रंग के परदे बीच के रास्ते को सँकरा बना रहे थे। सभी डिब्बों के नाम थे और जूलियट के डिब्बे का नाम मिरामिशी था।

"यही है वह।" जूलियट ने डिब्बों के बीच के स्थान में धीमे से कहा। उस पुरुष का हाथ पहले ही दरवाज़े को खोलने के लिए बढ़ चुका था।

"तो, यहाँ अलविदा कहते हैं।" पुरुष ने अपना हाथ खींच लिया और उन्होंने रेलगाड़ी के चलने से लगते झटकों के बीच अपने आपको सन्तुलित किया, जिससे वह उसका ठीक से चुम्बन ले सके। चुम्बन लेने के बाद भी उसने जूलियट को नहीं छोड़ा, बल्कि पकड़े रहा और उसकी पीठ पर हाथ फेरता रहा, और उसके चेहरे का फिर हर तरफ़ चुम्बन लेने लगा।

लेकिन वह अलग हट गई और जल्दी से कहा, "मैं कुँवारी हूँ।"

"हाँ, अच्छा।" वह हँस पड़ा और उसकी गर्दन को चूमा। फिर उसे छोड़कर सामने के दरवाज़े को धकेलते हुए खोल दिया। वे बीच वाले रास्ते पर चलते रहे जब तक कि जूलियट ने अपनी शायिका नहीं ढूँढ़ ली। वह परदे से लगकर खड़ी हो गई और उसकी ओर घूमी। उसे लगा कि वह फिर उसका चुम्बन लेगा या उसे स्पर्श करेगा, किन्तु वह उसके पास से ऐसे निकल गया मानो वह केवल बीच के रास्ते में खड़ी कोई थी।

कितनी बेवकूफ़ी, कैसा अनर्थ। बेशक, भयभीत कि उस पुरुष का सहलाने वाला हाथ नीचे उस गाँठ तक पहुँच जाएगा जो उसने अपने पैड को सुरक्षित रखने के लिए बेल्ट से बाँध रखी थी। यदि वह टेम्पन का भरोसा कर सकने वाली लड़की होती तो यह ज़रूरत कभी नहीं पड़ती।

और *कुँवारी* क्यों? जब वह विलीस पार्क में यह सुनिश्चित करने के लिए ज़बरदस्ती प्रयास कर चुकी थी कि ऐसी स्थिति कोई अड़चन न बने? उसने यह ज़रूर सोचा होगा कि उससे क्या कहेगी यदि वह उसका शरीर सहलाने के बाद कुछ और करना चाहेगा। वह अपने मासिक स्राव के बारे में तो कभी न बता पाती। वैसे भी, वह कुछ और करने की बात कैसे सोच सकता था? कैसे? कहाँ? उसकी शायिका में, इतनी कम जगह में और जबकि पास के सभी यात्री अभी जाग रहे हों? खड़े हुए, रेलगाड़ी की चाल के साथ डोलते हुए, उस दरवाज़े से टेक लगाए जिसे कोई भी कभी भी खोल सकता था, डिब्बों के बीच के उस संकरे असुविधाजनक स्थान में?

तो अब वह कह सकेगा कि कैसे वह एक मूर्ख लड़की की बातें पूरी शाम सुनता रहा जो दिखाना चाहती थी कि वह ग्रीक पौराणिक कथाओं के बारे में कितना जानती थी। और अन्त में उससे पीछा छुड़ाने के लिए—जब उसने लड़की का शुभरात्रि चुम्बन लिया, वह हायतौबा करने लगी कि वह कुँवारी थी।

वह ऐसा करने वाले, ऐसी बात करने वाले किसी पुरुष जैसा नहीं लगता था किन्तु वह इसकी कल्पना किए बिना नहीं रह सकी।

वह रात में काफ़ी देर तक जागती रही, किन्तु तब सो रही थी जब रेलगाड़ी रेजाइना में रुकी।

***

अकेला छोड़ दिए जाने पर जूलियट घर की छान-बीन कर सकती थी। लेकिन वह ऐसा कुछ नहीं करती है। आईलो की उपस्थिति के एहसास से छुटकारा पाने में कम-से-कम बीस मिनट लगते हैं। उसे इस बात का डर नहीं है कि आईलो यह देखने के लिए वापस आ सकती है कि वह क्या कर रही है या कोई भूल गई चीज़ लेने के लिए। आईलो चीज़ें भूल जाने वाली नहीं है, दिन भर मशक्कत करने के बाद भी। और यदि उसने सोचा होता कि जूलियट कुछ चुरा लेगी तो वह उसे चले जाने को कह देती।

वह उस प्रकार की महिला है जो कुछ जगहों पर अपना अधिकार समझती है, विशेष रूप से रसोईघर में। जूलियट को नज़र आती सभी चीज़ें आईलो के अधिकार को जताती हैं, खिड़की की सिल पर रखे पौधों के गमलों से लेकर सब्ज़ी काटे जाने वाले पटरे और साफ़ कर चमकाए हुए फर्श तक।

और जब वह आईलो को पीछे हटाने में सफल हो जाती है, कमरे से बाहर नहीं बल्कि शायद पुराने ज़माने के रेफ्रीजरेटर के पीछे, जूलियट के सामने क्रिस्टा आ जाती है। एरिक एक महिला के साथ रह रहा है। हाँ, बिलकुल रह रहा है। क्रिस्टा। जूलियट एक जवान, अधिक सम्मोहक आईलो को देखती है। चौड़े नितम्ब, मज़बूत बाँहें, लम्बे बाल—पूरी तरह से पीले-सुनहरे केश जिनमें कोई सफ़ेदी नहीं—ढीली कमीज के अन्दर बिन संकोच थिरकती हुई छातियाँ। फ़ैशन के प्रति आईलो जैसी ही उदासीनता, पर जो क्रिस्टा में सेक्सी लगती है। दो-टूक बात कहने से पहले वैसे ही कुछ ठहरना, सोचना।

दो अन्य स्त्रियाँ उसके दिमाग़ में आती हैं। ब्राइसिस एवं क्राइसिस। एकिलीज और एगमेमनन की प्रेयसियाँ। उनमें से प्रत्येक "सुन्दर गालों वाली" (नितम्ब का रूपकालंकार, अनु.) के तौर पर वर्णित। जब प्रोफ़ेसर ने यह शब्द पढ़ा था (उसका नाम जूलियट को याद नहीं आ रहा था), उसका चेहरा काफ़ी लाल हो

गया था और उसने हँसी दबाने की कोशिश की थी। उस समय जूलियट का मन तिरस्कार से भर गया था।

तो यदि क्रिस्टा और अधिक विषम, ब्राइसिस/क्राइसिस का अधिक उत्तरी यूरोपीय संस्करण निकली, क्या जूलियट, एरिक का भी तिरस्कार करने में समर्थ होगी?

यदि वह हाइवे तक जाकर बस में बैठ जाएगी तो उसको कैसे मालूम होगा?

तथ्य यह है कि उसकी नीयत बस में जाने की कभी नहीं थी। ऐसा ही लगता है। आईलो के न रहने से उसके स्वयं के इरादों को समझना आसान है। अंततः वह उठती है और अपने लिए कुछ और कॉफ़ी बनाती है, उसे एक मग में उड़ेलती है, पर आईलो द्वारा धोये किसी प्याले में नहीं।

मानसिक तनाव के कारण उसे भूख नहीं लग रही किन्तु वह काउंटर पर रखी हुई बोतलों पर दृष्टि दौड़ाती है जो जलसे के लिए लोग लाए होंगे। चेरी ब्रांडी, पीच स्नैप्स, टिया मारिया, स्वीट वरमुथ। ये बोतलें खोली गई थीं लेकिन इनके अन्दर के पेय ज़्यादा पसन्द नहीं किए गए। दरवाज़े के बगल में आईलो द्वारा जमा की गई ख़ाली बोतलों से लगता है काफ़ी मात्रा में शराब पी गई थी। जिन और व्हिस्की, बिअर और वाइन।

वह टिया मारिया अपनी कॉफ़ी में उड़ेलती है और बोतल अपने साथ सीढ़ियों से ऊपर बैठक में ले जाती है।

यह वर्ष के सबसे लम्बे दिनों में से एक है। लेकिन यहाँ के पेड़, ऊँचे घने सदाबहार और लाल छाल वाले आर्ब्यूटस, ढलते सूरज की रोशनी को कम आने देते हैं। रोशनदान से रसोईघर में उजाला है, पर बैठक की खिड़कियाँ सिर्फ़ दीवार में बने खाँचों-सी हैं और वहाँ अँधेरा घना होने लगा है। फर्श आधा बना है—प्लाईवुड के चौखानों पर पुराने मैले-कुचैले गलीचे डाले गए हैं—और कमरा तकिये डालकर निराले तथा बेतरतीब ढंग से सजाया गया है जो ज़्यादातर फर्श पर पड़े हुए हैं, चमड़े से ढँके हुए कुछ गद्‌देदार स्टूल जो फटे हुए हैं। चमड़े की एक बड़ी कुर्सी जो पीछे झुक जाती है और जिसमें आपके पैरों के लिए एक टेक रहती है। हस्तनिर्मित किन्तु जीर्ण पैचवर्क वाली रजाई से ढँका सोफ़ा, एक बहुत पुराना टेलीविज़न, और ईंट तथा पटरे से बनी किताबें रखने की अलमारी—जिसमें किताबें नहीं हैं, केवल नेशनल जिओग्राफ़िक्स के पुराने अंकों के ढेर, साथ में कुछ नौकायन सम्बन्धी पत्रिकाएँ और पॉपुलर मैकेनिक्स के कुछ अंक।

स्पष्ट रूप से आईलो को इस कमरे की सफ़ाई करने का समय नहीं मिला। गलीचों पर कई जगह राखदानियाँ पलट जाने से राख के धब्बे हैं। और हर जगह खाये गए सामान के टुकड़े और चूरा। जूलियट सोचती है कि घर में वैक्युम क्लीनर ढूँढ़ना चाहिए, परन्तु फिर सोचती है कि उसे प्रयोग करने में कुछ दुर्घटना न हो जाए—उदाहरण के लिए, पतले गलीचे मशीन में खिंचकर फँस सकते हैं। इसलिए वह केवल चमड़े वाली कुर्सी में बैठी रहती है और जैसे-जैसे प्याले में कॉफ़ी कम होती है उसमें टिया मारिया मिला देती है।

इस तट पर उसकी पसन्द का कुछ भी नहीं है। पेड़ बहुत ऊँचे और पास-पास हैं और उनका अपना कोई व्यक्तित्व नहीं है। वे केवल वन का एक भाग हैं। पहाड़ बड़े तथा अविश्वसनीय रूप से भव्य हैं। और जॉर्जिया के जलडमरूमध्य के द्वीप कुछ ज़्यादा ही मनोरम हैं। ख़ाली बड़े कमरों और तिरछी छतों वाला यह अधबना मकान इन सबके बीच अकेला और बेमेल लगता है।

कुतिया बीच-बीच में भौंकती है, किन्तु किसी कारण से नहीं। शायद वह अन्दर आना चाहती है और मनुष्य का साथ चाहती है। लेकिन जूलियट ने कभी कुत्ता नहीं पाला है—घर में कुत्ता एक गवाह होगा, न कि साथी और उससे जूलियट को केवल परेशानी होगी।

शायद कुतिया किसी गुज़रते हिरन पर या भालू पर या तेंदुए पर भौंक रही है। वैंकूवर के अख़बारों में तेंदुए के बारे में कुछ छपा था—उसके ख़याल में इसी तट पर—किसी बच्चे को घायल करने के बारे में।

ऐसी जगह कौन रहना चाहेगा जहाँ आपके घर के आस-पास की जगहों में हिंसक तथा आक्रमणकारी जानवरों की आमदरफ़्त हो?

केलिपेरिओस। सुन्दर गालों वाली। अब उसे याद आया। होमर का वह शब्द उसकी स्मृति में जगमगा रहा है। इसके पश्चात कभी पढ़ी यूनानी शब्दावली उसे फिर याद आ जाती है, वह सब कुछ जिसका पिछले छह मास में कोई उपयोग न था। क्योंकि वह यूनानी नहीं पढ़ा रही थी, वह सब उसके दिमाग़ से उतर गया था।

यही है जो हो जाता है। आप कुछ समय के लिए इसे अलग रख देते हैं और कभी-कभी आप अलमारी में कुछ दूसरी चीज़ें खोजते हैं और आपको वह याद आता है, और आप सोचते हैं, शीघ्र ही। तब यह कुछ ऐसी चीज़ बन जाती है जो बस वहाँ अलमारी में रखी हुई है, और इसके सामने तथा इसके ऊपर अन्य चीज़ों का ढेर लग जाता है और अन्त में आप इसके बारे में कुछ भी नहीं सोचते हैं।

एक चीज़ जो कभी आपकी बहुमूल्य निधि थी। आप इसके बारे में सोचते तक नहीं हैं। जिसे खोने की बात आप एक समय सोच भी नहीं सकते थे उसे ही बाद में आप मुश्किल से याद कर पाते हैं।

यही है जो हो जाता है।

और यदि यह भुला न दी गई हो, यदि आप इससे अपनी रोज़ की रोटी कमाते हों तो? जूलियट स्कूल के पुराने अध्यापकों के बारे में सोचती है, जो कुछ भी वे पढ़ाते हैं उसकी कितनी कम परवाह करते हैं। जैसे वानिता, जिसने स्पेनिश भाषा चुनी थी क्योंकि यह उसके प्रथम नाम से मेल खाती थी (जबकि वह आयरिश है) और जो इसे सुगमता से बोलना चाहती है, अपनी यात्राओं में इसका उपयोग करना चाहती है। आप यह नहीं कह सकते हैं कि स्पेनिश भाषा उसकी निधि है।

कम, बहुत कम लोगों के पास यह निधि होती है और यदि आपके पास हो तो इसकी हिफाज़त करनी चाहिए। अपने को गुमराह होने देकर इसे खो नहीं नहीं देना चाहिए।

टिया मारिया और कॉफ़ी ने मिलकर एक विशेष प्रभाव डाला है—बेपरवाह पर शक्तिशाली अनुभव करने का। अब वह सोच सकने में समर्थ है कि आख़िरकार एरिक इतना महत्त्वपूर्ण नहीं है। वह ऐसा व्यक्ति है जिसके साथ वह खिलवाड़ कर सकती है। खिलवाड़ सही शब्द है। जैसा अफ्रोडाईटी ने एनकाइसीस के साथ किया था। और फिर एक सुबह वह चुपके से चली जाएगी।

वह उठकर गुसलख़ाने जाती है, फिर वापस आ सोफ़े पर रजाई ओढ़कर—इसके ऊपर चिपके कॉर्की के बालों का या इसमें कॉर्की की गन्ध की परवाह किए बिना—बहुत गहरी नींद में सो जाती है।

जब वह जगती है तो पूरी तरह से सुबह हो चुकी होती है। हालाँकि रसोईघर की घड़ी के हिसाब से केवल छह बजकर बीस मिनट हुए हैं।

उसके सिर में दर्द हो रहा है। गुसलख़ाने में एस्प्रिन की बोतल है—वह दो गोलियाँ खाती है, फिर नहाती है और अपने बालों में कंघी करती है और अपने बैग से दाँतों का ब्रश लाकर दाँत साफ़ करती है। फिर वह ताज़ी कॉफ़ी बनाती है और घर की बनी डबलरोटी को गरम किए बिना या उस पर मक्खन लगाए बिना खाती है। वह रसोईघर की मेज़ पर बैठी है। सूर्य की रोशनी पेड़ों से छनकर आर्ब्यूटस के चिकने तनों पर ताम्बई रंग के धब्बे बनाती है। कॉर्की भौंकना शुरू

कर देती है और काफ़ी देर तक भौंकती रहती है, जब तक कि एक गाड़ी प्रांगण में आकर उसे चुप नहीं करा देती है।

जूलियट गाड़ी का दरवाज़ा बन्द होते हुए सुनती है, वह उसे कुत्ते से कुछ कहते हुए सुनती है और एक आशंका उसे घेर लेती है। वह कहीं छिप जाना चाहती है (वह बाद में कहती है, *मैं मेज़ के नीचे छुप सकती थी,* लेकिन उस समय वह ऐसी कोई बेवक़ूफ़ी की बात बिलकुल नहीं सोचती)। यह स्कूल में विजेता के पुरस्कार की घोषणा की जाने के पहले के क्षणों के समान है। बल्कि उससे भी बुरा, क्योंकि कोई समुचित कारण नहीं कि वह कोई आशा करे। और इसलिए भी कि उसके जीवन में ऐसा निर्णायक अवसर फिर कभी नहीं आएगा।

जब दरवाज़ा खुलता है, वह ऊपर नहीं देख पाती है। उसके दोनों हाथों की उँगलियाँ गुँथी हुई उसके घुटनों को जकड़े हैं।

"तुम आ गई!" वह कहता है। वह हँस रहा है विजय में तथा श्लाघा में भी और जैसे ढिठाई और दुस्साहस के इस उम्दा प्रदर्शन पर। जब वह अपनी बाँहें फैलाता है तो लगता है कि कमरे में एक हवा का झोंका आकर जूलियट को ऊपर देखने के लिए बाध्य कर रहा है।

छह माह पहले वह नहीं जानती थी कि इस पुरुष का अस्तित्व भी था। छह महीने पहले रेलगाड़ी के नीचे आकर मर गया पुरुष अभी ज़िन्दा था और शायद अपनी यात्रा के लिए कपड़े ख़रीद रहा था।

"तुम आ गई।"

वह उसकी आवाज़ से बता सकती है कि वह उस पर अधिकार जता रहा है। वह खड़ी हो जाती है, जड़वत। जैसा जूलियट को याद था, वह उससे अधिक बूढ़ा, मोटा और उतावला लगता है। वह उसकी तरफ़ बढ़ता है। और जूलियट को सिर से पैर तक झिंझोड़े जाने की अनुभूति होती है, एक राहत की, और आनन्दातिरेक। कितना अद्‌भुत और सन्ताप के कितना निकट।

बाद में पता चलता है कि एरिक को उतना आश्चर्य नहीं हुआ था जितना वह दिखा रहा था। आईलो ने उसको पिछली रात उस विचित्र लड़की, जूलियट, के बारे में सावधान करने के लिए फ़ोन किया था और कहा था कि एरिक चाहे तो वह जाकर देख सकती है कि क्या वह लड़की बस लेकर चली गई थी। उसने

सोचा था कि वह देखेगा, शायद क़िस्मत आजमाएगा, कि वह ऐसा करती है कि नहीं। लेकिन आईलो का फ़ोन आने पर कि वह लड़की नहीं गई थी, प्रसन्नता की अनुभूति ने उसे चकित कर दिया था। फिर भी वह सीधे घर नहीं आया और उसने क्रिस्टा को भी नहीं बताया, हालाँकि वह जानता था कि उसे बहुत जल्दी इस बारे में बताना पड़ेगा।

जूलियट यह सब आने वाले हफ़्तों तथा महीनों में थोड़ा-थोड़ा करके आत्मसात करती है। कुछ जानकारियाँ अचानक मिलती हैं और कुछ ढीठता से खोज-बीन करने के परिणामस्वरूप में।

उसके स्वयं के रहस्योद्‌घाटन (ग़ैर-कुँवारेपन का) को कोई महत्त्व नहीं दिया गया।

क्रिस्टा, आईलो के समान नहीं है। उसके नितम्ब चौड़े या केश पीले-सुनहरे नहीं हैं। वह काले बालों वाली, दुबली-पतली, हाज़िरजवाब और कभी-कभी बदमिज़ाज़ महिला है जो आगामी वर्षों में जूलियट की सबसे अच्छी मित्र तथा सहारा बन जाएगी। पर दिल में छिपी प्रतिस्पर्धा की भावना के कारण अप्रत्यक्ष छेड़खानी की आदत नहीं छोड़ेगी।

शीघ्र

दो पार्श्व चित्र आमने-सामने हैं। एक पार्श्व चित्र बेहद सीधी और पालतू लगती दूधिया-सफ़ेद बछिया का, दूसरा एक हरे चेहरेवाले आदमी का जो न तो बूढ़ा है, न जवान। वह कोई मामूली कर्मचारी लग रहा है। डाकिया हो सकता है—उसकी टोपी उसी तरह की है। उसके होंठ पांडुर हैं, उसकी आँखों की सफ़ेदी झलकती। एक हाथ जो सम्भवत: उसी का है, चित्र के निचले हाशिये से एक रत्नजड़ित छोटे से बिरवे या हरी-भरी टहनी को पकड़े लग रहा है।

चित्र में ऊपरी हाशिये पर काले बादल हैं और उनके नीचे कुछ छोटे-छोटे जीर्ण-शीर्ण मकान और एक खिलौना चर्च अपने खिलौने सलीब के साथ, सभी धरती की वक्राकार सतह पर टिके हुए। इस उभार के भीतर एक छोटा-सा आदमी (मकानों की तुलना में एक बड़े पैमाने पर चित्रित) अपने कन्धे पर दराँती रखे उद्देश्यपूर्ण ढंग से चल रहा है और एक औरत उसी पैमाने पर चित्रित उसकी प्रतीक्षा करती लगती है लेकिन वह ऊपर से नीचे की ओर लटकी हुई है।

वहाँ दूसरी चीज़ें भी हैं। जैसे बछिया के गाल में अवस्थित गाय दुहती एक लड़की।

जूलियट ने तुरन्त ही उस चित्र को अपने माँ-बाप के लिए क्रिसमस उपहार-स्वरूप ख़रीदने का निर्णय ले लिया।

"क्योंकि मुझे यह उनकी याद दिलाता है।" उसने अपनी मित्र क्रिस्टा से कहा, जो उसके साथ कुछ ख़रीददारी करने के लिए व्हेल खाड़ी से आई थी। वे वैंकूवर आर्ट गैलरी की उपहारों की दुकान में थीं।

क्रिस्टा हँसी, "हरा आदमी और गाय दोनों ख़ुश हो जाएँगे।"

क्रिस्टा किसी बात को पहले गम्भीरता से नहीं लेती थी, उसके बारे में कुछ मज़ाक़ ज़रूर करती थी। जूलियट को इससे कोई परेशानी नहीं थी। गर्भवती होने

के तीन माह के बाद—इस बच्ची का नाम पेनेलपी होगा—उसे उबकाई आनी बन्द हो गई थी और इस या किसी और कारण से उसे बीच-बीच में अचानक उल्लासोन्माद होता था।

वह हर समय कुछ खाने के बारे में सोचती रहती थी और उपहारों की दुकान में आना तक नहीं चाहती थी क्योंकि उसे एक रेस्तराँ दिखाई दे गया था।

उसे चित्र में बनी सभी चीज़ें पसन्द आई थीं, लेकिन विशेष रूप से वे छोटी आकृतियाँ और उनके शीर्ष पर बने जीर्ण-शीर्ण मकान। दराँती के साथ आदमी और ऊपर से नीचे लटकती औरत।

उसने शीर्षक देखा, "मैं और गाँव।"

उसे यह बड़ा अर्थपूर्ण लगा।

"शागाल। मुझे शागाल पसन्द है।" क्रिस्टा ने कहा, "पिकासो हरामी था।"

चित्र मिल जाने से जूलियट इतनी ख़ुश थी कि उसने ध्यान नहीं दिया।

"तुम जानती हो लोग क्या कहते हैं? पिकासो कहता था—*शागाल सेल्स गर्ल्स के लिए है।*" क्रिस्टा ने कहा, "सेल्स गर्ल होने में क्या बुराई है? शागाल को कहना चाहिए था कि पिकासो उन लोगों के लिए है, जिनके चेहरे टेढ़े-मेढ़े होते हैं।"

"मेरा मतलब है यह मुझे उनके जीवन के बारे में सोचने के लिए प्रेरित करता है।" जूलियट ने कहा, "मैं नहीं जानती क्यों, लेकिन ऐसा होता है।"

उसने अपने माँ-बाप के बारे में क्रिस्टा को पहले ही कुछ बता रखा था—वे किस तरह से एक अलग-सा किन्तु बहुत असुखद नहीं, एकाकी जीवन व्यतीत करते थे गोकि उसका पिता एक जनप्रिय अध्यापक था। कुछ तो वे लोग सारा के हृदय रोग के कारण दूसरों से कटे हुए थे और कुछ उन पत्रिकाओं को मंगाने के कारण, जिन्हें उनके आस-पास के लोगों में कोई पढ़ता नहीं था, कुछ रेडियो के उन राष्ट्रीय प्रसारणों को सुनने के कारण, जिन्हें इर्द-गिर्द के लोगों में कोई नहीं सुनता था। कुछ सारा के अपने कपड़े स्वयं सिल लेने के कारण—कभी-कभी अनाड़ीपन से—जो बटरिक की जगह वोग पत्रिका के सिलाई के पैटर्न पर होते थे। कुछ इस कारण भी कि वे जूलियट के सहपाठियों के माँ-बाप की तरह पुराने और बेडौल होने की जगह अपने यौवन की कुछ झलक संजोये रखे थे। जूलियट ने तो सैम को अपनी तरह दिखता कहा था—लम्बी गर्दन, ठुड्डी पर थोड़ा-सा उभार,

हल्के-भूरे बिखरे बाल—और सारा एक दुबली-पतली, बिखरे सुनहरे बालोंवाली अस्त-व्यस्त लगती सुन्दर महिला।

जब पेनेलपी तेरह महीने की थी जूलियट उसके साथ हवाई जहाज़ से टोरोंटो गई, फिर रेलगाड़ी पकड़ी। यह 1969 की बात है। जिस कस्बे में वह पली-बढ़ी थी, उस कस्बे से कोई बीस मील दूर के कस्बे में उतर गई, जहाँ सैम और सारा अब रहते थे। पता चला था कि अब उसके कस्बे में गाड़ी नहीं रुकती थी।

इस अपरिचित स्टेशन पर उतरकर, जब उसे तत्काल वे पेड़, फ़ुटपाथ और घर नहीं दिखाई दिए जो उसे याद थे, तो वह कुछ निराश हो गई और उसका अपना पुराना घर, सैम और सारा का मकान, सादा पर खुला-खुला, निस्सन्देह उसी फफोले पड़े और गदलाये सफ़ेद पेंट के साथ उसी घने मेपल वृक्ष के पीछे।

सैम और सारा, यहाँ इस अपरिचित कस्बे में रहते, मुस्करा रहे थे पर कुछ आतुर और ढल गए लगते।

सारा के मुँह से एक दबी-सी चीख़ निकल गई जैसे कि कुछ चुभ गया हो। प्लेटफ़ॉर्म के कुछ लोग देखने के लिए मुड़ गए।

स्पष्टत: यह केवल उत्तेजना के कारण हुआ था।

"कुछ असंगत लग सकता है फिर भी मेल खाता है।" सारा ने कहा।

जूलियट पहले समझ नहीं पाई कि इसका क्या मतलब है। फिर उसको समझ आया—सारा एक काली लिनेन की घुटने से नीचे तक लम्बी स्कर्ट पहने हुए थी और एक उसी से मिलता-जुलता जैकेट। जैकेट के कॉलर और कफ़ नींबू के रंग के हरे चमकीले कपड़े के थे जिस पर काले बिन्दु बने हुए थे। उसी हरे कपड़े की एक पगड़ी उसके बालों को ढके हुए थी। इस पोशाक को उसने स्वयं बनाया होगा या फिर किसी दर्ज़ी से सिलवाया होगा। कपड़ों के रंग उसकी त्वचा के अनुकूल नहीं थे। लगता था कि खड़िया का महीन चूरा त्वचा पर फैला हुआ है।

जूलियट ने एक काली मिनि ड्रेस पहन रखी थी।

"मैं सोच रही थी कि तुम मेरी पोशाक के बारे में क्या कहोगी? गर्मी के मौसम में काला लिबास कि जैसे मैं शोक कर रही हूँ।" सारा ने कहा, "और तुम वैसे ही रंग के कपड़े पहने हो। बहुत स्मार्ट दिख रही हो। मैं ख़ुद छोटी पोशाकों की हिमायती हूँ।"

"और लम्बे बाल।" सैम ने कहा, "बिलकुल ठेठ हिप्पी।" वह बच्ची का चेहरा देखने के लिए झुका, "हलो पेनेलपी।"

सारा ने कहा, "बिलकुल गुड़िया जैसी है!"

उसने पेनेलपी को लेने के लिए हाथ बढ़ाए—हालाँकि आस्तीन से निकली उसकी छड़ी जैसी कमज़ोर बाँहें इस तरह का वज़न उठाने में सक्षम नहीं थीं। और उन्हें यह करना भी नहीं पड़ा क्योंकि पेनेलपी अपने नानी की आवाज़ सुनते ही सकते में आ गई थी, और उसने अब चीख़कर सिर घुमा लिया और चेहरे को जूलियट की गर्दन में छिपा लिया।

सारा हँसी, "मैं क्या ऐसी डरावनी हूँ?" उसकी आवाज़ समतल नहीं थी। अचानक ऊँची-नीची हो जाती थी, निगाहें खींचती थी।

यह नई बात थी—यद्यपि पूरी तरह से नहीं। जूलियट को अब लगता था कि पहले भी उसकी माँ के हँसने या बात करने पर लोग उसकी ओर देखते होंगे, लेकिन उन दिनों यह आनन्द और उल्लास की अभिव्यक्ति जान पड़ती होगी—बच्चे जैसी और मनभावनी। (हालाँकि कुछ को वह पसन्द नहीं आता होगा, वे कहते होंगे कि वह ऐसा ध्यान आकृष्ट करने के लिए करती थी।)

जूलियट ने कहा, "वह बहुत थक गई है।"

सैम ने उनके पीछे खड़ी उस युवती से परिचय कराया जो इतनी दूरी बनाकर खड़ी थी कि समूह का हिस्सा न लगे। और जूलियट को वास्तव में ऐसा ही लगा था।

"जूलियट, यह आइरीन है, आइरीन एवरी।"

जूलियट ने उतना हाथ बढ़ाया जितना वह पेनेलपी और पोतड़ों के थैले को पकड़े बढ़ा सकती थी और जब यह स्पष्ट हो गया कि आइरीन हाथ मिलाने नहीं जा रही थी—या शायद जूलियट की मंशा पर ध्यान नहीं गया था—वह मुस्कराई। उत्तर में आइरीन मुस्कराई नहीं। वह स्थिर खड़ी रही, ऐसा संकेत देते हुए कि वह यहाँ से सिर्फ़ चली जाना चाहती है।

"हेलो।" जूलियट ने कहा।

आइरीन ने कहा, "आपसे मिलकर प्रसन्नता हुई।" बस सुनने के लिए पर्याप्त आवाज़ में, बिना किसी भावना के।

"आइरीन हमारे लिए देवी समान है।" सारा ने कहा और इस पर आइरीन के चेहरे का भाव बदल गया। उसने हलके से त्योरी चढ़ाई, उपयुक्त संकोच दिखाते हुए।

वह उतनी लम्बी नहीं थी, जितनी जूलियट—जो लम्बी थी—लेकिन उसके कन्धे और कूल्हे चौड़े थे, बाँहें मज़बूत और ठुड्डी अक्खड़ता दर्शाती। उसके बाल घने, घुँघराले और काले थे, जिन्हें खींचकर पीछे ठोंटदार पोनी टेल में बाँधा गया था। घनी और तीखी काली भौंहें और उस तरह की त्वचा जो धूप में आसानी से भूरी पड़ जाती है। आँखें कंजी जिनका रंग उसकी जैसी त्वचा से मेल न खाता था और धँसी हुई होने के कारण उनमें देखना मुश्किल था। इसलिए भी कि उसने अपना सिर थोड़ा झुकाकर चेहरे को एक तरफ़ मोड़ रखा था। उसका सतर्कता का भाव आदतन और सोद्देश्य भी लगता था।

"यह किसी देवी से भी ज़्यादा काम करती है।" सैम ने एक मतलब से खीसें निपोरते हुए कहा, "मैं सारी दुनिया से कह सकता हूँ कि वह करती है।"

और अब, हाँ जूलियट को याद आई पत्रों में चर्चित सहायता करने के लिए रख ली गई एक स्त्री की, क्योंकि सारा का स्वास्थ्य किसी हद तक गिर चुका था। लेकिन उसने सोचा था कि कोई बड़ी उम्र की स्त्री होगी। आइरीन की आयु निश्चय ही उससे अधिक नहीं थी।

वही पौंटियाक गाड़ी थी जिसे सैम ने कोई दस साल पहले सेकेंड हैंड ख़रीदा था। गाड़ी के असली नीले रंग की कुछ धारियाँ यहाँ-वहाँ रह गई थीं, अधिकांश धुँधला पड़कर धूसर दिखाई देता था और जाड़ों में सड़कों पर डाले जाने वाले नमक का प्रभाव किनारों पर ज़ंग की पट्टी में देखा जा सकता था।

"वही पुरानी खटारा।" सारा ने कहा। प्लेटफ़ॉर्म से यहाँ तक की छोटी-सी दूरी तय करने में उसकी साँस उखड़ गई थी।

"चलती ही जा रही है।" जूलियट ने सराहना में कहा, जैसी कि उससे अपेक्षा थी। वह भूल चुकी थी कि गाड़ी को यह नाम उसी ने दिया था।

"हाँ, यह कभी नहीं रुकती।" आइरीन की मदद से पिछली सीट पर बैठने के बाद सारा ने कहा, "और इसे हम नहीं छोड़ेंगे।"

जूलियट फिर से रिरियाने लगी। पेनेलपी को सँभालते हुए आगे की सीट पर बैठ गई। इसके बावजूद कि खिड़कियाँ खुली छोड़कर उसे स्टेशन के चिनार वृक्षों की बिखरी छाँव में खड़ा किया गया था गाड़ी के भीतर दहलाने वाली गर्मी थी।

"असल में मैं सोच रहा हूँ कि...।" सैम ने गाड़ी मोड़ते हुए कहा, "मैं सोच रहा हूँ कि इसे बदलकर पिकअप गाड़ी ले लूँ।"

"यह ऐसे ही कह रहा है।" सारा ने चीख़कर कहा।

"काम के वास्ते।" सैम कहता गया। "पिकअप से बड़ी सुविधा होगी। इसके अतिरिक्त हर बार जब गाड़ी सड़क से गुज़रेगी, दरवाज़े पर लिखे नाम से ही कुछ विज्ञापन हो जाएगा।"

"मुझे चिढ़ा रहा है।" सारा ने कहा, "भला मैं उस गाड़ी पर कैसे बैठूँगी जिस पर लिखा होगा 'ताज़ी सब्ज़ी।' कद्दू बनूँगी या पात गोभी?"

"शान्त हो जाइए, श्रीमती जी।" सैम ने कहा, "वरना घर पहुँचते-पहुँचते साँस लेने लायक भी नहीं रहेंगी।"

देशभर के स्कूलों में कोई बीस वर्षों तक पढ़ाने के बाद—दस वर्ष तो पिछले स्कूल में ही—सैम ने अचानक नौकरी छोड़ दी थी और पूरे समय सब्ज़ी का व्यापार करने का निश्चय कर लिया था। अपने मकान के आस-पास की ख़ाली ज़मीन पर उसने हमेशा सब्ज़ी और रासबेरी उगाई थी और अपने इस्तेमाल के बाद बचे अंश को कस्बे के कुछ लोगों को बेचा भी था। लेकिन अब लग रहा था कि यह उसके जीवनयापन का साधन बन जाने वाला था। उस सामान को खाने-पीने और सब्ज़ी की दुकानों में बेचना और हो सका तो सामने के फाटक पर दुकान लगाकर बेचना।

"क्या आप वाकई यह करना चाहते हैं?" जूलियट ने धीमे से कहा।

"बिलकुल सही। बिलकुल चाहता हूँ।"

"आपको न पढ़ा पाना खलेगा नहीं?"

"बिलकुल नहीं। मैं ऊब गया था। मैं पढ़ाने से बेहद तंग आ गया था।"

यह सही था कि इतने वर्षों के बाद भी उसे कभी प्रधानाध्यापक बनाने की पेशकश नहीं की गई थी। जूलियट का विचार था कि उसके नैराश्य का यही कारण था। वह एक असाधारण अध्यापक था, जिसकी विलक्षणता और ऊर्जा को सभी याद करते थे। उसके शिष्यों के जीवन में उसके साथ छठी कक्षा में बिताया वर्ष उनके किसी भी दूसरे वर्ष से भिन्न था। फिर भी उसे बार-बार नज़रन्दाज़ कर दिया गया था, और शायद इसी कारण उसकी शिक्षण पद्धति अध्यापक के गुरत्व को कम करनेवाली समझी जा सकती थी। इसलिए आप कल्पना कर सकते थे कि बड़े साहब लोग कहेंगे कि वह इतना बड़ा दायित्व देने योग्य व्यक्ति नहीं था। वह जहाँ था, उसके वहीं रहने से कम हानि होगी।

उसे बाहर काम करना पसन्द था, वह लोगों से अच्छी तरह बात कर लेता था और सम्भवत: सब्ज़ी का व्यापार कर अच्छा कमा सकता था।

लेकिन सारा को इस विचार से घृणा थी। जूलियट को भी यह पसन्द नहीं था। लेकिन यदि उसे किसी का पक्ष ग्रहण करना ही पड़े तो वह पिता के साथ थी। वह अपने को नकचढ़ी नहीं दिखाना चाहती थी।

और सच्चाई यह थी कि वह स्वयं अपने को और सारा व सैम को, लेकिन अपने और सैम को विशेष रूप से—आस-पास के लोगों से बेहतर समझती थी। तब सैम के सब्ज़ी बेचने से क्या फ़र्क़ पड़ता?

सैम ने अब किसी षड्यंत्रकारी जैसी धीमी आवाज़ में कहा, "इसका नाम क्या है?" उसका मतलब बच्ची से था।

"पेनेलपी। उसे हम कभी भी पेनी नहीं बुलाएँगे।"

"नहीं, मेरा मतलब है—इसका कुल नाम।"

"ओह, हाँ, हेंडरसन-पोर्टियस शायद। या पोर्टियस-हेंडरसन। पर इतने लम्बे नाम की ज़रूरत क्या जब अभी से उसे पेनेलपी बुलाते हैं। हमें इसका ख़याल आया था लेकिन फिर भी हम पेनेलपी ही बुलाना चाहते थे। हमें किसी प्रकार इसका समाधान करना है।"

"तो उसने इसे अपना नाम दे दिया है?" सैम ने कहा, "मारके की बात है। मेरा मतलब अच्छी बात है।"

जूलियट को एक क्षण के लिए ताज्जुब हुआ, फिर नहीं।

"हाँ उसने दिया है।" जूलियट ने विस्मय और ख़ुशी का दिखावा किया। "उसकी बेटी है।"

"ओह, हाँ-हाँ। लेकिन परिस्थिति का तकाज़ा था।"

'मैं परिस्थितियों की परवाह नहीं करती।" जूलियट ने कहा, "आपका मतलब यदि यह तथ्य कि हम शादीशुदा नहीं हैं, तो वह अब सोचने-विचारने की बात नहीं रह गई है। हम जहाँ रहते हैं, जैसे लोगों को जानते हैं, वहाँ कोई इसके बारे में परवाह नहीं करता।"

"हो सकता है।" सैम ने कहा, "क्या उसने पहली से शादी की थी?"

जूलियट माता-पिता को एरिक की पहली पत्नी के बारे में बता चुकी थी जिसकी उसने आठ वर्षों तक सेवा की थी, जितने दिन वह कार दुर्घटना के बाद जीवित रही थी।

"एन? हाँ। देखिए मैं ठीक-ठीक नहीं जानती। किन्तु शायद। हाँ।"

सारा ने आगे की सीट वालों को सुनाने को कहा, "क्या आइसक्रीम के लिए रुकना ठीक न होगा?"

"घर पर फ्रिज में आइसक्रीम रखी है।" सैम ने उत्तर दिया। और अनपेक्षित ढंग से धीरे से जूलियट से कहा, "इसे कहीं भी खिलाने-पिलाने ले जाओ, तमाशा करने लगती है।"

खुली हुई खिड़कियों से गाड़ी के भीतर गर्म हवा आ रही थी। यह भरी-पूरी गर्मी का मौसम था—जहाँ तक जूलियट को पता था ऐसा मौसम कभी पश्चिमी तट पर नहीं आता था। खेतों के दूरस्थ किनारों पर कड़ी लकड़ीवाले वृक्षों के समूह थे, छाया की नीली-काली गुफाएँ बनाते हुए और उसके सामने के खेत तथा चारागाहें तेज़ धूप के नीचे सुनहरे और हरे लग रहे थे। गेहूँ और जौ और मक्का और सेम के हरेभरे बढ़ते पौधे—आँख में गड़ते-से।

सारा ने कहा, "क्या कानाफूसी हो रही है? सामने की सीट में? हवा के ज़ोर के कारण हम यहाँ सुन नहीं सकते हैं।"

सैम ने कहा, "कुछ ख़ास नहीं। यूँ ही जूलियट से पूछ रहा था कि उसका दोस्त क्या अभी भी मछली पकड़ता है।"

एरिक लम्बे समय से झींगा के शिकार से जीवनयापन करता आ रहा था। कभी वह मेडिकल कॉलेज का छात्र था। उसकी पढ़ाई का अन्त हो गया था क्योंकि उसने एक महिला का गर्भपात किया था (किसी गलफ्रेंड का नहीं)। सब कुछ ठीक-ठाक हुआ था, किन्तु किसी तरह बात खुल गई। जूलियट ने इस बात को अपने उदारमना माँ-बाप को बता दिया था। उसने शायद एरिक को एक शिक्षित आदमी के रूप में दिखाना चाहा था, मछुआरे की तरह नहीं। लेकिन उससे क्या फ़र्क़ पड़ता था। विशेषत: अब, जब सैम सब्ज़ी बेचनेवाला बन गया था। यह भी कि उनका उदारमना होना उतना विश्वसनीय नहीं रह गया था, जितना जूलियट ने सोचा था।

सब्ज़ियों और बेरियों के अलावा और भी बहुत कुछ बेचने के लिए था। जैम, बोतलबन्द रस, चटनियाँ, रसाई घर में बनाई जाती थीं। जूलियट के आने की पहली सुबह रासबेरी का जैम बन रहा था। देखभाल कर रही आइरीन का ब्लाउज़ भाप या पसीने से भीगकर कन्धे की हड्डियों के बीच की त्वचा पर चिपक गया था। बीच-बीच में वह टेलीविज़न की ओर नज़र डाल लेती थी, जिसे पीछे के कमरे से लाकर रसोईघर के दरवाज़े पर रख दिया गया था, जिसके नाते कमरे में जाने

के लिए उसके पास से ज़रा दबकर निकलना पड़ता था। पर्दे पर बच्चों के सुबह के कार्यक्रम में बुलविंकिल का कार्टून दिखाया जा रहा था। कार्टून पर आइरीन कभी-कभी ज़ोर से हँस देती थी, उसका साथ देने के लिए ज़रा-सा जूलियट भी। आइरीन इस बात पर ध्यान नहीं देती थी।

रसोईघर के काउंटर पर से सामान खिसकाना पड़ा ताकि जूलियट, पेनेलपी के नाश्ते के लिए अंडा उबालकर मींज सके और अपने लिए कुछ कॉफ़ी और टोस्ट बना सके।

"क्या पर्याप्त जगह बन गई।" आइरीन ने ऐसी सन्देहास्पद आवाज़ में पूछा जैसे जूलियट कोई घुसपैठिया हो, जिसकी ज़रूरतों का पहले से पता न हो।

नज़दीक से आप देख सकते थे कि आइरीन की बाँहों पर कितने काले रोयें उगे हुए थे। कुछ गालों पर भी थे, ठीक कानों के सामने।

आइरीन कनखियों से जूलियट का हर काम देखती रही, उसका स्टोव के बटनों को घुमाना देखती रही (जिसे पहले समझ नहीं आया था कि वे किस बर्नर को नियंत्रित करते हैं), पतीले से अंडे को निकालकर, उसको छीलते देखती रही (छिलका आसानी से बड़े टुकड़ों में निकलने के बजाय गूदे से चिपककर छोटे-छोटे अंशों में निकल रहा था), फिर उसे मींजने के लिए तश्तरी तलाश करती देखती रही।

"तुम नहीं चाहोगी कि वह इसे फर्श पर गिरा दे।" यह चीनी मिट्टी की तश्तरी के बारे में कहा गया था, "क्या उसके लिए प्लास्टिक की तश्तरी नहीं है?"

"मैं ध्यान रखूँगी।" जूलियट ने कहा।

पता चला कि आइरीन भी माँ थी। उसका तीन साल का लड़का था और दो साल से कुछ कम की लड़की। उनका नाम ट्रेवर और ट्रेसी था। उनका पिता एक मुर्गियों के फ़ार्म पर काम करता था जहाँ पिछली गर्मियों में एक दुर्घटना में उसकी मृत्यु हो गई थी। वह जूलियट से तीन वर्ष छोटी थी—बाइस की। बच्चों और पति के बारे में सूचना जूलियट के प्रश्नों के उत्तर में मिली थी और उम्र का पता उसकी अगली बात से चला।

जब जूलियट ने कहा, "ओह, मुझे अफ़सोस है"—उस दुर्घटना के बारे में और यह महसूस करते हुए कि इतने प्रश्न पूछना अशिष्टता थी और अब सहानुभूति दिखाना पाखंड था—आइरीन ने कहा, "हाँ, ठीक मेरे इक्कीसवें जन्मदिन पर।"

कि जैसे दुर्भाग्य कोई ऐसी चीज़ हो जो जुड़ती जाती है, जैसे मनकों को एक-एक जोड़कर बनाई माला।

जब पेनेलपी ने उतना अंडा खा लिया, जितना वह चाहती थी, जूलियट ने उसे एक पुट्ठे पर बिठाया और ऊपर ले गई।

आधे रास्ते उसे याद आया कि उसने तश्तरी नहीं धोई थी।

ऐसी कोई जगह नहीं थी जहाँ बच्ची को छोड़ा जा सके, जो अभी चलती तो नहीं थी पर बड़ी तेज़ी से रेंगती थी। उसे पाँच मिनट के लिए भी रसोई में नहीं छोड़ा जा सकता था, वहाँ स्टरलाइजर में उबलता पानी था, गर्म जैम था और तेज़ छुरियाँ थीं—आइरीन को उसका ध्यान रखने के लिए कहना उचित न था। बच्ची ने आज सुबह भी सारा के पास जाने और उससे खेलने से इनकार कर दिया था। इसलिए जूलियट उसे उठाकर परछत्ती को जाती दोनों तरफ़ दीवार वाली सीढ़ियों पर ले गई और बीच का दरवाज़ा बन्द कर खेलने के लिए छोड़ दिया। वह स्वयं पुराने खेलबाड़े को ढूँढ़ने में लग गई। सौभाग्य से पेनेलपी सीढ़ियों पर खेलने में माहिर थी।

घर पूरा दो मंज़िल ऊँचा था, कमरे ऊँची छतों वाले पर बक्सों जैसे—या फिर अब वे जूलियट को ऐसे लगते थे। छत दोनों तरफ़ ढलुआ थी जिससे परछत्ती के मध्य में टहला जा सकता था। जब वह बच्ची थी जूलियट वैसा करती थी, पढ़ी हुई कोई कहानी, कुछ जोड़कर या बदलकर, अपने को सुनाती घूमती रहती थी। नाचती भी थी—काल्पनिक दर्शकों के सामने। दर्शकों के तौर पर था पुराना या टूटा-फूटा फ़र्नीचर, पुराने बक्से, अमरीकी भैंसे के चमड़े का एक बहुत ही भारी कोट, एक बैंगनी अबाबीलों का घर (सैम के एक पुराने छात्र का दिया उपहार जो किसी अबाबील को आकर्षित नहीं कर पाया था), एक जर्मन हैलमेट जिसे कहा जाता था कि सैम के पिता प्रथम विश्व युद्ध से घर लाए थे और एक शौकिया बनाया गया, ग़ैरइरादतन हास्यास्पद लगता सेंट लारेन्स की खाड़ी में डूबते 'एम्प्रेस ऑफ़ आयरलैंड' जहाज़ का चित्र।

और वहाँ एक दीवार के साथ रखी हुई 'मैं और गाँव'। सामने दिखाई देती हुई—उसे छिपाने का कोई प्रयत्न नहीं किया गया था। उस पर धूल नहीं पड़ी थी, इसलिए उसे वहाँ रखे ज़्यादा दिन नहीं हुए थे।

कुछ क्षण खोजने के बाद वह खेलबाड़ा पा गई। वह एक बढ़िया बना फ़र्नीचर था, लकड़ी का फर्श और दोनों तरफ़ खूँटियों से बना जंगला। और वहाँ बच्चा गाड़ी भी थी। उसके माँ-बाप ने अगले बच्चे की आशा में सभी चीज़ों को

सँभालकर रखा हुआ था। कम-से-कम एक गर्भपात तो हुआ ही था। इतवार की सुबह उनके बिस्तर से आती हँसी की आवाज़ से जूलियट को लगता था कि मानो घर में चुपचाप कोई शर्मनाक चीज़ घुस आई है, जो उसके लिए हितकर नहीं है।

बच्चा गाड़ी कुछ इस तरह की थी कि जिसे एक ख़ास तरह से मोड़ देने पर वह छोटी स्ट्रोलर गाड़ी भी बन जाती थी। जूलियट ने यह पहले नहीं देखी थी, या भूल गई थी।

पसीने से सराबोर और धूल से ढकी वह गाड़ी के रूपान्तरण में लग गई। इस तरह के काम उसके लिए आसान नहीं थे। चीज़ों को किस तरह से जोड़ा-मोड़ा जाता है, उसके सही ढंग को वह समझ नहीं पाती थी। वह खींचकर सारी चीज़ों को नीचे उतारकर और सैम की मदद लेने के लिए बग़ीचे में चली जाती किन्तु आइरीन का ख़याल आने पर उसने ऐसा नहीं किया। आइरीन की कंजी आँखें, तौलती हुई नज़र से कनखियों से देखना, उसके सक्षम हाथ, उसके सतर्कता के भाव में तिरस्कार जैसा कुछ न था, पर क्या था यह जूलियट को ख़ुद पता न था। उसका व्यवहार, उसका अन्दाज़ एक बिल्ली जैसा था, बेमुरव्वती पर हठीला।

अन्ततः जूलियट ने स्ट्रोलर को ठीक कर लिया पर यह गन्दा था और इसे चलाना झंझटी था।

तिस पर यह उसके व्हेल खाड़ी के स्ट्रोलर से दुगना बड़ा था। वह स्वयं गर्द से लथपथ थी और सीढ़ियों पर पेनेलपी उससे और भी अधिक। और बच्ची के हाथ के पास कुछ पड़ा था, जिस पर उसने पहले ध्यान नहीं दिया था। एक कील। ऐसी चीज़, जिस पर आप तब तक ध्यान नहीं देते जब तक कि बच्चा हाथ की हर चीज़ मुँह में न डालने लगे, और तब आपको हर समय ध्यान देना ज़रूरी होता है।

और वह ध्यान नहीं दे रही थी। यहाँ की हर चीज़ उसका ध्यान भंग कर रही थीं। गर्मी, आइरीन, चीज़ें जो जानी-पहचानी थीं, चीज़ें जो जानी-पहचानी नहीं थीं।

'मैं और गाँव।'

"ओह।" सारा ने कहा, "मैंने सोचा था तुम ध्यान नहीं दोगी, बुरा नहीं मानना।"

सूर्यकक्ष अब सारा का शयनकक्ष था। सभी खिड़कियों पर चिकें लगा दी गई थीं, जिससे यह छोटा कमरा—जो कभी बरामदे का हिस्सा था-भूरापन लिए पीली रोशनी और गर्माहट से भर गया था। इसके बावजूद सारा ऊनी गुलाबी पायजामा

पहने हुए थी। कल स्टेशन पर, पेंसिल से बनाई भौंहें, ओठों पर लाल लिपस्टिक, पगड़ी और सूट के साथ वह जूलियट को एक प्रौढ़ फ्रांसीसी औरत लगी थी (ऐसा नहीं है कि जूलियट ने काफ़ी प्रौढ़ फ्रांसीसी औरतों को देख रखा था) किन्तु, अब, बिखरे उड़ते सफ़ेद बालों, लगभग बिना भौंहों की चमकती आँखों के साथ समय से पहले सयाने हो गए बच्चे की तरह लग रही थी। वह बिस्तर में तकिये लगाकर कमर तक रजाई डालकर बैठी हुई थी। जब जूलियट उसे गुसलख़ाने में ले गई थी, तब उसने देखा था कि गर्मी के बावजूद वह बिस्तर में मोज़े और स्लीपर दोनों पहने थी।

सारा के बिस्तर के बगल में एक सीधी पीठ की कुर्सी रखी हुई थी, जिसकी सीट तक हाथ पहुँचना मेज़ की तुलना में अधिक सुगम था। उस पर गोलियाँ, दवाई, टैलकम पाउडर, मास्चराइज़िन्ग लोशन, आधी पी गई दूध की चाय, किसी गहरे रंग के टॉनिक की तलछट वाला गिलास रखे थे। बिस्तर के ऊपर पत्रिकाएँ थीं—वोग और लेडीज़ होम जर्नल की पुरानी प्रतियाँ।

"मैंने बुरा नहीं माना।" जूलियट ने कहा।

"हमने इसे टाँग ही रखा था। यह भोजन कक्ष के दरवाज़े के पास के गलियारे में थी। फिर डैडी ने इसे उतार दिया।"

"क्यों?"

"इसके बारे में उन्होंने मुझे कुछ नहीं बताया। नहीं बताया कि वे ऐसा करने जा रहे थे। तब एक दिन ऐसा आया जब यह वहाँ नहीं थी।"

"उन्होंने क्यों उतारी?"

"अरे, उन्होंने कुछ सोचा होगा।

"क्या सोचा होगा?"

"अरे, मेरा ख़याल है—देखो, इस बात का आइरीन से कुछ सम्बन्ध हो सकता था कि इससे उसे परेशानी होगी।"

"इसमें कोई नंगापन नहीं था। बोटीचेली की तरह।"

क्योंकि वास्तव में बोटीचेली की पेंटिंग 'द बर्थ ऑफ़ वीनस' की एक नक़ल सारा और सैम की बैठक में टँगी थी। वर्षों पहले दूसरे अध्यापकों के वहाँ रात का खाना खाने आने पर वह चित्र हँसी-ठट्ठा का विषय था।

"नहीं। लेकिन यह *आधुनिक* चित्रकला थी। मुझे लगता है इससे डैडी को उलझन होती थी। या फिर आइरीन के इसे देखने की बात उन्हें परेशान कर देती थी।

उन्हें भय था कि हमारे बारे में उसकी राय अच्छी न रहेगी कि हम कुछ सनकी या सिरफिरे हैं। वे नहीं चाहते होंगे कि आइरिन सोचे कि हम उस तरह के लोग थे।"

जूलियट ने कहा, "उस तरह के लोग जो इस तरह की तसवीर टाँगेंगे? तुम्हारा मतलब है कि उन्हें इतनी परवाह थी कि आइरीन *हमारी* तसवीरों के बारे में क्या सोचेगी?"

"तुम डैडी को जानती हो।"

"वे लोगों से असहमत होने से नहीं डरते हैं। क्या इसी कारण उनकी नौकरी में समस्या नहीं पैदा हुई थी?"

"क्या?" सारा ने कहा, "ओह, हाँ। वे असहमत हो सकते हैं। लेकिन वे कभी-कभी ज़्यादा ही सावधानी बरतते हैं। और आइरीन। आइरीन ऐसी है—वे उसके साथ बहुत सावधानी से बर्ताव करते हैं। हमारे लिए बड़ी नियामत है आइरीन।"

"क्या वे समझते हैं कि वह नौकरी छोड़ देगी क्योंकि हम अजीबोगरीब तसवीरें टाँगते हैं?"

"मैं तो टँगी रहने देती। तुम हमें जो भी देती हो वह मेरे लिए बहुत क़ीमती होता है। लेकिन डैडी...।"

जूलियट ने कुछ नहीं कहा। जब वह नौ या दस वर्ष की थी, तबसे लेकर उसके सम्भवत: चौदह की हो जाने तक उसके और सारा के बीच सैम की बातों का एक जवाब था—'तुम डैडी को जानती हो।'

वह उन दोनों का एक साथ औरत होने का समय था। जूलियट के मुश्किल से काबू आने वाले बालों को घरेलू उपायों से सँवारा जाता था, साथ बैठकर ऐसे कपड़े सिले जाते थे, जैसे किसी ने न देखे हों। जब सैम किसी कारण से स्कूल में देर रात तक रुकता था, तब रात का खाना मूँगफली के मक्खन तथा टमाटर तथा मेयोनीज के सैंडविच होते थे। सारा के पुराने बॉयफ्रेंडों और सहेलियों के बारे में कहानियाँ पुन:-पुन: सुनाई जाती थीं।

दिल की बीमारी होने से पहले के समय के हँसी-मज़ाक़ और तफरीह की बातें, जब सारा एक शिक्षिका थी। उसके पहले की कहानियाँ भी, जब वह गठिया के दर्द से पीड़ित होकर बिस्तर में पड़ी थी और उसके रोलो और मैक्सीन नाम के काल्पनिक दोस्त थे जो हर तरह के रहस्यों का, यहाँ तक कि कत्ल के भी, पर्दाफाश कर देते थे, जैसे बच्चों की पुस्तकों के कुछ चरित्र करते हैं। सैम के सारा

पर फिदा होने की बात, माँगे की गाड़ी में घूमते समय हुए हादसे। वह घटना जब वह सारा के घर एक आवारा का भेस बनाए आ खड़ा हुआ था।

सारा और जूलियट साथ-साथ मिष्ठान्न बनातीं, कपड़ों की मरम्मत करतीं, गुंथी हुई-सी। और फिर अचानक जूलियट यह सब नहीं करना चाहती, बल्कि सैम से रात में देर तक रसोई में बैठ बात करना चाहती, ब्लैक होल के, शीत युग के, ईश्वर के बारे में। उसे सारा के उस ढंग से बड़ी नफरत होती थी, जब वह आँखें फैलाकर पूछे भोले प्रश्नों से उनकी बातचीत भंग कर देती थी और घुमा-फिराकर बात अपने पर केन्द्रित कर लेती थी। यही कारण था कि सैम से बातें देर रात में की जाती थीं और एक अनकही बात दोनों समझते थे। "इन्तज़ार करो जब तक सारा से छुट्टी न मिल जाए।" लेकिन थोड़े समय के लिए तो।

उनके साथ एक तकाज़ा होता था, 'सारा के साथ अच्छा बर्ताव करो। तुम्हें पैदा करने में उसने जान की जोखिम उठाई थी, यह बात याद रखने वाली है।'

"डैडी अपने अफ़सरों से असहमत होने से नहीं डरते।" गहरी साँस लेते हुए सारा ने कहा, "लेकिन तुम जानती हो वे उन लोगों के साथ कैसा व्यवहार करते हैं जो उनसे नीचे होते हैं। वे वह हर काम करेंगे जिससे लगे कि वे उनसे भिन्न नहीं हैं। उनकी तरह उन्हें समझ आने वाली बात करना डैडी के लिए ज़रूरी होता है—।"

जूलियट को यह सब ख़ूब पता था। वह जानती थी कि सैम पेट्रोल पम्प में काम करनेवाले लड़के से कैसे बात करता था, दुकानों के कर्मचारियों से कैसे मज़ाक़ करता था। लेकिन उसने कुछ कहा नहीं।

"वह उन्हें ख़ुश करने को आतुर होते हैं।" सारा ने कहा, हलके से हँसकर। उसकी आवाज़ में एकाएक कुछ कड़वाहट घुल गई थी।

जूलियट ने स्ट्रोलर को, फिर पेनेलपी को और अपने को साफ़ किया, और कस्बे में भ्रमण के लिए निकल पड़ी। बहाना था कि उसे एक ख़ास क़िस्म का हलका संक्रमण-विरोधी साबुन चाहिए, जिससे वह पोतड़ों को धो सके—अगर उसने सामान्य साबुन से धोया तो उससे बच्चे के ददोरे निकल आएँगे। लेकिन दूसरे भी कारण थे, संकोच अनुभव कराने वाले पर अप्रतिरोध्य।

यही रास्ता था जिस पर अपने जीवन में वह वर्षों स्कूल गई थी। जब वह कॉलेज जाने लगी थी और कुछ दिनों के लिए घर आती थी, तब भी वह वही

थी—स्कूल जाने वाली लड़की। क्या वह कभी स्कूल जाना बन्द कर सकेगी? किसी ने सैम से उस वक़्त यही बात पूछी थी जब उसे अन्तर-महाविद्यालय लैटिन अनुवाद पुरस्कार मिला था और सैम ने जवाब दिया था, "मेरे ख़याल में नहीं।" सैम ने यह कहानी ख़ुद बताई थी। उसके पुरस्कारों की चर्चा करने से भगवान बचाए। यह सारा को करने दो—यद्यपि सारा भूल जाती थी कि यह पुरस्कार किसलिए था।

और अब वह यहाँ थी प्रायश्चित करने के बाद। किसी अन्य युवती की तरह अपनी बच्ची की गाड़ी ढकेलती। पोतड़ों को धोने के साबुन के बारे में चिन्तित। और यह सिर्फ़ उसकी बच्ची नहीं थी, उसके प्रेम का प्रतीक थी। वह कभी-कभी पेनेलपी के बारे में सिर्फ़ एरिक से यही बात करती थी। वह इसे मज़ाक़ की तरह लेता था, वह इसे मज़ाक़ की तरह ही कहती थी क्योंकि वे कुछ समय से साथ रहते थे और आगे भी रहना चाहते थे। जहाँ तक वह जानती थी यह तथ्य कि वे विवाहित नहीं थे, एरिक के लिए कोई मतलब नहीं रखता था, और इसे वह स्वयं अक्सर भूल जाती थी। लेकिन कभी-कभी—और अब, विशेषत: यहाँ घर पर—उसके अविवाहित होने के तथ्य से उसे एक उपलब्धि की अनुभूति, एक निरर्थक आनन्दातिरेक अनुभव होता था।

"सो—तुम सड़क की ऊपरी तरफ़ गई थी आज।" सैम ने कहा। (क्या वह हमेशा *सड़क की ऊपरी तरफ़* कहता था? सारा और जूलियट *कस्बे की तरफ़* कहती थीं।) "कोई परिचित मिला?"

"मुझे घरेलू सामान की दुकान तक जाना था।" जूलियट ने कहा, "इसलिए मैं चार्ली लिटिल से बात कर रही थी।"

यह बातचीत रसोई में हुई थी, रात में ग्यारह बजे के बाद। जूलियट ने तय किया था कि पेनेलपी के लिए कल का दूध बनाने का यह सर्वोत्तम समय था।

"लिटिल चार्ली?" सैम ने कहा। सैम की इस पुरानी आदत के बारे में जूलियट भूल गई थी कि वह लोगों को उनके स्कूल में पड़ गए नामों से बुलाता था।

"उसने बच्ची की प्रशंसा की?"

"ज़रूर।"

"उसे करनी ही थी।"

सैम मेज़ पर बैठा था, व्हिस्की पीते हुए और सिगरेट पीते हुए। उसका व्हिस्की पीना नई बात थी। सारा का पिता पियक्कड़ था—इतना नहीं कि मदहोश हो जाए। अपनी आदत के बावजूद वह पशु चिकित्सक का काम करता रहा था, लेकिन पीकर वह घर में इतना बवाल करता था कि उसकी बेटी को शराब के नाम से ही डर लगने लगा था। जहाँ तक जूलियट को पता था, सैम इसीलिए घर में बियर तक नहीं पीता था।

जूलियट घरेलू सामान की दुकान में इसलिए गई थी कि वही एक जगह थी जहाँ पोतड़े धोने का साबुन ख़रीदा जा सकता था। उसे चार्ली से मिलने की उम्मीद नहीं थी, हालाँकि वह उसकी पारिवारिक दुकान थी। जूलियट ने अन्तिम बात उसके बारे में यह सुनी थी कि वह इंजीनियर बनने जा रहा था।

जूलियट ने शायद कुछ बेसमझी से वह बात आज उसे याद दिलाई थी, लेकिन चार्ली सिर्फ़ हँसा और कहा कि वह बन नहीं पाया।

उसका पेट बढ़ गया था, और बाल न पहले जैसे घने थे, न उतने सुन्दर और चमकदार। उसने गर्मजोशी से जूलियट का स्वागत किया था, और उसकी और बच्ची की तारीफ़ों के पुल बाँध दिए थे। इस व्यवहार से जूलियट को अपने चेहरे और गर्दन पर परेशानी की तपिश और पसीना चुहचुहाता महसूस होता रहा था। हाईस्कूल में उसके पास जूलियट के लिए समय नहीं होता था, लेकिन मिलनसार और सुशील होने के कारण वह जूलियट से सलाम-दुआ ज़रूर करता था। स्कूल की सबसे लोकप्रिय लड़कियों से उसकी मित्रता थी, और उसने उनमें से एक—जेनी पील—से विवाह कर लिया था। उनके दो बच्चे थे, एक पेनेलपी की उम्र का, दूसरा उससे बड़ा। वही कारण था, उसने कहा कि वह इंजीनियर नहीं बन पाया। यह स्पष्टवादिता उसके जूलियट की परिस्थिति भाँप लेने के कारण भी हो सकती थी।

उसे पेनेलपी से खेलना और उसे ख़ुश करना आता था और उसने जूलियट से उसी के जैसे एक अभिभावक की तरह बात की। इससे जूलियट को बेवक़ूफ़ी की हद तक ख़ुशी हुई थी। लेकिन चार्ली की गर्मजोशी के पीछे कुछ और भी था—उसने गौर किया था कि जूलियट शादी की अँगूठी नहीं पहने थी, उसने अपनी शादी की ख़ुद हँसी उड़ाई थी। इसके अलावा उसकी निगाह ने जूलियट को चोरी-चोरी तौला भी था। शायद उसे लगा कि जूलियट अपने निर्बाध सेक्स से भरे जीवन को कुछ इतराकर बेहिचक प्रदर्शित कर रही थी। और कोई नहीं, जूलियट। वह बेढंगी, वह पढ़ाकू लड़की।

"यह क्या तुम्हारे जैसी दिखती है?" जब वह पेनेलपी से खेलने के लिए उकड़ूँ बैठा तो उसने पूछा था।

"ज़्यादा अपने पिता की तरह।" जूलियट ने कह दिया लेकिन गर्व से भरकर, उसके ऊपरी ओंठ पर पसीना मोतियों की तरह जमा हो गया था।

"वाकई?" चार्ली ने सीधे खड़े होकर रहस्य भरी आवाज़ में कहा, "गोकि मैं एक बात कहूँगा। मुझे वह बात शर्मनाक लगी थी।"

***

जूलियट ने सैम से कहा, "उसने कहा कि तुम्हारे साथ जो हुआ है, वह शर्मनाक बात थी।"

"कहा था, उसने? तुमने क्या कहा?"

"समझ नहीं आया कि क्या कहूँ। लेकिन मैं नहीं चाहती थी कि उसे यह पता चले कि मैं समझ नहीं पाई कि उसका क्या मतलब था।"

"नहीं।"

वह मेज़ पर बैठ गई, "मैं कुछ पीना तो चाहती हूँ, पर व्हिस्की नहीं।"

"तो तुम पीती भी हो?"

"वाइन। हम अपनी वाइन स्वयं बनाते हैं। खाड़ी में सभी करते हैं।"

फिर सैम ने उसे एक लतीफ़ा सुनाया, ऐसा लतीफ़ा जिसे वह पहले कभी नहीं सुनाता। यह एक जोड़े के मोटेल में जाने के बारे में था जो इस पंक्ति के साथ समाप्त हुआ, "तो यह वही बात है जो मैं संडे स्कूल की लड़कियों से कहा करता हूँ—मौज-मस्ती करने के लिए तुम्हें शराब और सिगरेट पीने की ज़रूरत नहीं।"

वह हँसी पर उसे अपने चेहरे पर तपिश लगी, जैसे चार्ली के साथ हुआ था।

"आपने अपनी नौकरी क्यों छोड़ दी थी?" जूलियट ने कहा, "क्या आपको मेरे कारण हटा दिया गया था?"

"छोड़ो भी।" सैम हँसा, "अपने को इतनी अहमियत मत दो। मुझे न हटाया गया था, न निकाला गया था।"

"तब चलो माना आपने छोड़ दिया।"

"मैंने छोड़ दिया।"

"क्या इसका कोई भी सम्बन्ध मुझसे था?"

"मैंने छोड़ दिया क्योंकि मैं हमेशा अपनी गर्दन उस फंदे में फँसी रहने से बेहद तंग आ गया था। मैं वर्षों से छोड़ने की ताक में था।"

"इसका मुझसे कोई सम्बन्ध नहीं था?"

"चलो मान लिया।" सैम ने कहा, "मेरी किसी से बहस हो गई थी। कुछ बातें कही-सुनी गई थीं।"

"क्या बातें?"

"तुम्हें जानने की ज़रूरत नहीं।"

"और परेशान न हो।" सैम ने एक क्षण के बाद कहा, "उन्होंने मुझे निकाला नहीं। वे मुझे निकाल ही नहीं सकते थे। कुछ नियम हैं। जैसाकि मैंने तुमसे कहा—मैं स्वयं छोड़ने के लिए तैयार था।"

"लेकिन आपको पता नहीं।" जूलियट ने कहा, "आपको पता नहीं है। आप समझ नहीं सकते कि यह कितनी गधेपन की बात है और यह कितनी गन्दी जगह है रहने के लिए जहाँ लोग इस तरह की बातें करते हैं। और यदि मैं अपने जानने वालों को यह बताऊँ तो वे विश्वास नहीं करेंगे। वे समझेंगे कि मैं मज़ाक़ कर रही हूँ।"

"ख़ैर। दुर्भाग्यवश मैं और तुम्हारी माँ वहाँ नहीं रहते, जहाँ तुम रहती हो। हम यहाँ रहते हैं। क्या तुम्हारा वह आदमी भी इसे मज़ाक़ समझता है? आज रात मैं इस पर और बात करना नहीं चाहता, मैं सोने जा रहा हूँ। पहले तुम्हारी माँ पर एक निगाह डाल लूँ, फिर सोने।"

"वह रेलगाड़ी—" जूलियट ने वैसे ही तमतमाकर कहा, थोड़े तिरस्कार से भी, "वह अभी भी यहाँ रुकती है। रुकती है कि नहीं? आप नहीं चाहते थे कि मैं यहाँ उतरूँ। *ठीक है या नहीं?*"

कमरे से बाहर निकलते हुए उसके पिता ने कोई जवाब नहीं दिया।

कस्बे के अन्तिम बिजली के खम्भे की रोशनी अब जूलियट के बिस्तर पर पड़ रही थी। वह विशाल मेपल वृक्ष काट दिया गया था, उसकी जगह सैम के लगाए रेबंद चीनी के पौधों का झुंड था। पिछली रात उसने पर्दों को खींच दिया था, जिससे कि बिस्तर पर छाया पड़ती रहे, लेकिन आज रात उसे लगा कि उसे बाहर की

हवा चाहिए। इसलिए उसे तकिया बिस्तर के पैताने खिसकाना पड़ा और पेनेलपी को भी, जो चेहरे पर पूरी रोशनी पड़ने पर भी घुप्प सो रही थी।

उसने सोचा, वह थोड़ी व्हिस्की पी लेती तो अच्छा रहता। वह कुंठा और क्रोध से भरी लेटी रही, मन-ही-मन एरिक को पत्र लिखती हुई।

'मैं नहीं जानती मैं यहाँ क्या कर रही हूँ, मुझे यहाँ नहीं आना चाहिए था। मैं घर लौटने का इन्तज़ार नहीं कर सकती।'

***

सुबह अभी मुश्किल से रोशनी हुई थी कि वैक्यूम क्लीनर की आवाज़ से उसकी नींद खुल गई। फिर इस आवाज़ को काटती एक और आवाज़—सैम की आवाज़—आई और वह फिर सो गई। जब वह उठी, उसे लगा कि यह ज़रूर स्वप्न रहा होगा। नहीं तो पेनेलपी भी उठ गई होती।

इस सुबह चूल्हे पर उबलते फलों की गन्ध के बिना रसोईघर ठंडा था। आइरीन बोतलों पर चारख़ाने कपड़े के ढक्कन लगा लेबल चिपका रही थी।

"मैंने सोचा तुम्हें मैंने वैक्यूम चलाते हुए सुना।" जूलियट ने प्रसन्नता व्यक्त करने का यत्न किया।" मैंने ज़रूर सपना देखा होगा। तब तो सुबह के पाँच ही बजे होंगे।"

एक क्षण तक आइरीन ने जवाब नहीं दिया। वह एक लेबल पर लिख रही थी। बहुत ध्यान लगाए, ओंठ दाँतों में दबाए। "वह तुम्हारी माँ कर रही थी।" आइरीन ने लिखना ख़त्म कर कहा।" उसने तुम्हारे पिता को जगा दिया। उन्हें जाकर उसे रोकना पड़ा।"

ऐसा होना मुश्किल था। कल सारा ने सिर्फ़ गुसलख़ाने में जाने के लिए बिस्तर छोड़ा था।

"तुम्हारे पिता ने मुझे बताया।" आइरीन ने कहा, "वह आधी रात को उठती हैं और सोचती हैं कि उन्हें कुछ काम करना है, तब तुम्हारे पिता को उठकर उन्हें रोकना पड़ता है।"

"उनमें अचानक शक्ति का संचार हो गया होगा।" जूलियट ने कहा।

"हाँ।" आइरीन दूसरे लेबल पर काम करने लगी। उसे पूरा कर जूलियट की ओर मुखातिब हुई।

"वे तुम्हारे पिता को उठाना चाहती हैं, उनका ध्यान आकर्षित करना चाहती हैं, बस। वे बुरी तरह से थके होते हैं, पर उन्हें बिस्तर छोड़ उनकी देखभाल करनी पड़ती है।"

जूलियट एक ओर हट गई। वह पेनेलपी को नीचे नहीं उतारना चाहती थी—जैसे वहाँ बच्ची सुरक्षित नहीं रहेगी—उसे खिसकाकर एक पुट्ठे पर बिठा लिया, और एक हाथ से चम्मच से एक उबला अंडा उठा उसे ठकठकाया, छीला और मसला।

जब तक वह पेनेलपी को खिलाती रही, अपने को बोलने से रोके रही, ऐसा न हो कि उसकी आवाज़ के सुर से बच्ची चौंक जाए और रोने लगे। फिर भी आइरीन उसके व्यवहार से भाँप गई । उसने और भी धीमी आवाज़ में पर चिढ़कर कहा, "कुछ लोग ऐसे ही करते हैं। वे जब इतने बीमार हो जाते हैं। उनका अपने पर बस नहीं रहता। वे सिवाय अपने दूसरे के बारे में नहीं सोच सकते।"

सारा की आँखें बन्द थीं, किन्तु उसने तुरन्त उन्हें खोल दिया। "ओह, मेरे प्यारों!" उसने कहा, जैसेकि ख़ुद पर हँस रही हो, "मेरी जूलियट, मेरी पेनेलपी।"

पेनेलपी, सारा की संगति की आदी होती जा रही थी। कम-से-कम इस सुबह चिल्लाई नहीं, या अपना चेहरा नहीं फेर लिया।

"यहाँ।" एक पत्रिका उठाते हुए सारा ने कहा, "बैठा दो, और इससे खेलने दो।"

पेनेलपी एक क्षण चुप बैठी रही, फिर एक पन्ने को पकड़ा और खींच के फाड़ दिया।

"यह देखो।" सारा ने कहा, "सभी बच्चों को पत्रिकाएँ फाड़ने में मज़ा आता है। मुझे याद है।"

बिस्तर के बगल की कुर्सी पर एक कटोरी में दलिया रखा हुआ था, अनछुआ।

"तुमने नाश्ता नहीं किया?" जूलियट ने कहा, "क्या तुम खाना नहीं चाहती थी?"

सारा ने कटोरी को इस तरह से देखा जैसे इस बारे में गहरे सोच-विचार की ज़रूरत थी, पर उससे हो नहीं पाएगा।

"मुझे याद नहीं। नहीं, लगता है मैं नहीं खाना चाहती थी।" उसे हँसने और हाँफने का हलका-सा दौरा पड़ा, "क्या पता? हो सकता है वह मुझे ज़हर खिला रही हो।"

"मैं ऐसे ही मज़ाक़ कर रही थी।" अपने को कुछ सँभालकर उसने फिर कहा, "लेकिन वह है बड़ी गुस्सैल। हमें कमतर नहीं समझना चाहिए—आइरीन को। तुमने उसकी बाँहों पर रोयें देखे?"

"बिल्लियों की तरह।" जूलियट ने कहा।

"लोमड़ियों की तरह।"

"उम्मीद है उन रोयों में से कोई जैम में नहीं गिरा होगा।"

"बस—मुझे और न हँसाओ—"

पत्रिका फाड़ने में पेनेलपी इतनी खो गई कि थोड़ी ही देर में जूलियट उसे सारा के कमरे में छोड़कर दलिये को रसोई तक ले जाने में कामयाब हो गई। वहाँ बिना कुछ कहे वह एगनाग बनाने लगी। आइरीन जैम की बोतलों के बक्सों को गाड़ी तक ले जा रही थी। अन्दर पिछवाड़े की सीढ़ियों पर सैम ताज़ा खोदे आलुओं पर चिपकी मिट्टी साफ़ कर रहा था। उसने गाना शुरू कर दिया था—इतने मद्धिम स्वर में कि उसके शब्द मुश्किल से सुनाई पड़ रहे थे। जब आइरीन सीढ़ियों पर आई, तब थोड़ा ज़ोर से।

आइरीन गुड ना-इ-इ-ट,
आइरीन गुड नाइट,
गुड नाइट आइरीन, गुड नाइट आइरीन,
आई विल सी यू इन माई ड्रीम्स।

रसोई में आइरीन पीछे घूमकर चिल्ला पड़ी, "मेरे बारे में वह गीत मत गाओ।"

"तुम्हारे बारे में कौन सा गीत?" सैम ने कहा, न समझने का दिखावा करते, "कौन तुम्हारे बारे में गीत गा रहा है?"

"तुम गा रहे थे। अभी गा रहे थे।"

"ओह—वह गीत। आइरीन के बारे में वह गीत? गीत में वह लड़की? क्या बताऊँ—मैं भूल गया वह तुम्हारा भी नाम था।"

वह फिर शुरू हो गया, लेकिन दबे स्वर में गुनगुनाता रहा। आइरीन सुनती रही, चेहरा तमतमाता, उसका सीना ऊपर-नीचे होता। एक भी शब्द समझ आने पर चिल्लाने को तैयार।

"मेरे बारे में मत गाओ। यदि इसमें मेरा नाम है तो यह मेरे बारे में ही है।"

अचानक सैम गला फाड़कर गाने लगा।

"लास्ट सेटरडे नाइट आई गॉट मैरीड,
मी एंड माई वाइफ़ सेटिल्ड डाउन..."

"चुप करो। चुप करो।" आइरीन चिल्लाई, आँखें फटी हुई, गुस्से में, "अगर तुम नहीं चुप करोगे मैं बाहर आकर बग़ीचे के पाइप से तुम पर पानी डाल दूँगी।"

***

उस दोपहर सैम उन परचून की और उपहारों की दुकानों को जैम की बोतलें पहुँचा रहा था जिन्होंने ऑर्डर दे रखा था। उसने जूलियट को साथ चलने को कहा था। वह बाज़ार जाकर पेनेलपी के लिए गाड़ी के अन्दर बच्चों को बैठाने की एकदम नई सीट ख़रीद लाया था।

"यही ऐसी चीज़ है जो परछत्ती में नहीं थी।" उसने कहा, "जब तुम छोटी थी, तब पता नहीं यह मिलती थी कि नहीं। जो भी हो, कोई फ़र्क़ नहीं पड़ता। हमारे पास गाड़ी ही नहीं थी।"

"बड़ी बढ़िया है।" जूलियट ने कहा, "उम्मीद है बहुत नहीं देना पड़ा होगा।"

"मामूली-सा।" सैम ने कहा, उसे गाड़ी में बैठने का इशारा करते हुए।

आइरीन खेत में कुछ और रासबेरी तोड़ रही थी। इनका इस्तेमाल पाई में भरने के लिए होना था। सैम ने दो बार हॉर्न बजाया और जब चल पड़े तो हाथ लहराया। आइरीन ने जवाब देने की ठानी और हाथ ऐसे हिलाया कि जैसे मक्खी हुलका रही हो।

"बड़े काम की लड़की है।" सैम ने कहा, "मुझे नहीं पता बिना उसके हम कैसे ज़िन्दा रहते। लेकिन मुझे लगता है वह तुम्हें गँवार-सी लगती है।"

"मैं उसे बिलकुल नहीं जानती।"

"नहीं। उसकी तुमसे रूह फ़ना होती है।"

"अरे, ऐसा नहीं।" और आइरीन के बारे में न अच्छी, न बुरी बात कहने की सोचते हुए जूलियट ने पूछा कि उसका पति मुर्गी फ़ार्म में कैसे मारा गया था।

"कह नहीं सकता कि वह अपराधी प्रवृत्ति का था कि सिर्फ़ नासमझ। जो भी हो, उसका कुछ बदमाशों के साथ मिलकर मुर्गियाँ चुराकर बेचने का चक्कर था। वे मुर्गी फ़ार्म पर गए तो वहाँ लगी ख़तरे की घंटी बज गई। और मालिक बन्दूक लिए बाहर आया और चाहे वह उसे मारना चाहता था या नहीं, मालिक ने गोली चलाई और वह मर गया था—।"

"हे भगवान।"

"सो आइरीन और उसके सास-ससुर अदालत गए, लेकिन मालिक छूट गया। वो तो होना ही था। पर आइरीन के सिर मुसीबत टूट पड़ी होगी। बावजूद इसके कि लगता नहीं कि उसका पति उसके लिए बहुत बड़ी नियामत था।"

जूलियट ने कहा कि ऐसा ही कुछ लगता है और पूछा कि क्या आइरीन कभी उसकी छात्र रही थी।

"नहीं, नहीं, नहीं। जहाँ तक मुझे पता है, वह शायद ही स्कूल जा पाई होगी।"

उसने बताया कि आइरीन का परिवार उत्तर में रहता था, कहीं हंट्सविल के पास। हाँ। वहीं कहीं। एक दिन वे एक कस्बे गए। माँ, बाप, बच्चे। और पिता ने कहा कि उसको कुछ काम है और थोड़ी देर के बाद आकर मिलेगा। उसने जगह भी बताई। समय भी। और वे ख़ाली जेबें लिए घूमते रहे, फिर मिलने का समय बीत गया और वह कभी लौटकर नहीं आया।

"आने की नीयत ही नहीं थी। धोखा देकर छोड़ गया। उन्हें सरकार से मिलने वाले दान पर रहना पड़ा। वे देहात में कहीं झुग्गी में रहने लगे, जो सस्ती जगह थी। आइरीन की बड़ी बहन, जो इनका मुख्य सहारा थी, माँ से भी अधिक, जहाँ तक मैं जानता हूँ—एपेंडिक्स के फटने से मर गई। उसे शहर ले जाने का कोई साधन नहीं था। बर्फ़ीला तूफ़ान आया हुआ था और उनके पास फ़ोन नहीं था। आइरीन उसके बाद तब स्कूल नहीं जाना चाहती थी, क्योंकि जिस तरह स्कूल में दूसरे बच्चे उसके परिवार से बुरा व्यवहार करते थे, बहन उससे उनको बचाए रखती थी।

"भले ही आज वह चिकने घड़े-सी लगे, शायद हमेशा ऐसी नहीं थी। हो सकता है आज भी वह एक दिखावा हो।"

सैम ने कहा, "और अब आइरीन की माँ, उसके छोटे बच्चे और बच्ची की देखभाल कर रही थी और पता है क्या हुआ, इतने वर्षों के बाद पिता लौट आया। वह माँ को अपने साथ ले जाना चाहता था, और यदि ऐसा होगा तो पता नहीं आइरीन क्या करेगी, क्योंकि वह नहीं चाहती कि उसके बच्चे उसके पिता के पास रहें।

"बहुत प्यारे बच्चे हैं। छोटी बच्ची को खंडतालु की समस्या है। उसका एक ऑपरेशन हो चुका है, लेकिन बाद में दूसरे की भी ज़रूरत पड़ेगी। वह ठीक हो जाएगी। लेकिन यह सिर्फ़ एक और मुसीबत की बात है।"

एक और बात।

जूलियट को आख़िर क्या समस्या थी? वह वास्तव में सहानुभूति अनुभव नहीं कर पा रही थी। इस दुःख गाथा के विरुद्ध उसके भीतर सहानुभूति नहीं विद्रोह की भावना उमड़ रही थी। बस काफ़ी सुन लिया। कहानी में जब खंडतालु की बात आई तो वह खीजकर शिकायत करना चाहती थी। बहुत सुन चुकी हूँ।

वह जानती थी वह ग़लत थी, लेकिन मन से वह भावना जाती नहीं थी। वह कुछ और कहने से डरती थी कि मुख से निकली बात से कहीं वह पत्थरदिल न लगे। उसे भय था कि वह सैम से यह न कह बैठे, "उसकी मुसीबतों को झेलने में आख़िर ऐसी क्या ख़ास बात है, क्या यह उसे महात्मा-सन्त बना देता है?" या वह कह सकती थी, कोई अक्षम्य-सी बात, "आशा है आपका मतलब यह नहीं कि हमें ऐसे लोगों के साथ मेल-मिलाप रखना चाहिए।"

"मैं तुम्हें बता रहा हूँ।" सैम ने कहा, "कि जब वह हमारी मदद को आई तो मैं हताश हो चुका था। पिछले शरद में तुम्हारी माँ का हाल बहुत बुरा था। और ऐसा नहीं कि वह कुछ करती-धरती नहीं थी। अच्छा होता यदि वह कुछ न करती। वह क्या करती कि एक काम शुरू करती, पर उसे पूरा नहीं करती। बार-बार। ऐसा नहीं कि यह कोई बिलकुल नयी बात थी। मेरा मतलब है मैं सदा उसकी चीज़ें सँभालता, उसकी देख-रेख करता और घर के काम में उसकी सहायता करता था। मैं और तुम, दोनों—याद है? वह हमेशा से दिल कमज़ोर होने के कारण सबकी दुलारी बिटिया बनी रहती थी और उसे अपनी तीमारदारी करवाने की आदत पड़ गई थी। कभी-कभी बीते वर्षों में मुझे लगता था कि उसे अपने आप भी कुछ प्रयत्न करना चाहिए था।

"लेकिन स्थिति और बुरी हो गई।" उसने कहा, "ऐसा होने लगा कि मैं घर लौटता तो पाता कि रसोईघर के बीच में धुलाई की मशीन पड़ी है, भीगे कपड़े चारों तरफ़ फैले हैं। उसने कुछ पकाना शुरू किया था और बीच में छोड़ दिया था, ओवन में चीज़ें जलकर कोयला बन गई थीं। मुझे डर लगा कि वह अपने को ही जला लेगी। घर फूँक डालेगी। मैं उससे बार-बार कहता था कि बिस्तर में

पड़ी रहो। लेकिन वह क्यों माने, वह फिर वही सब करती और रो-रोकर बेहाल हो जाती। मैंने कई लड़कियों को मदद के लिए रखा, पर वे उसे सँभाल न सकीं। और तब—आइरीन।

"आइरीन।" उसने एक तगड़ी ठंडी साँस के साथ कहा, "मैं उस दिन को धन्यवाद देता हूँ। मैं कहता हूँ तुमसे। उस दिन को धन्यवाद।"

लेकिन हर अच्छी बात की तरह, उसने कहा, इसका भी अन्त हो जाएगा। आइरीन शादी कर रही थी। एक चालीस या पचास साल के रंडुए के साथ। वह किसान था। लोग कहते थे कि उसके पास पैसा था और सैम को आशा थी कि आइरीन के भले के लिए यह सच था। क्योंकि उस आदमी की तारीफ़ में और कुछ कहना मुश्किल था।

"ख़ुदा जानता है कि मुश्किल है। जहाँ तक मुझे पता चला, उसके मुँह में सिर्फ़ एक दाँत है। बुरा लक्षण, मेरी राय में। दाँत न बनवाने की वजह या तो कंजूसी या घमंड। ज़रा सोचो—उस जैसी शानदार लड़की और वह।"

"कब होने वाला है यह?"

"शरद में किसी समय, शरद में।"

इस पूरे समय पेनेलपी सोती रही थी—उनके घर से चलते ही वह बच्चों की सीट में सो गई थी। सामने की खिड़कियाँ खुली थीं और जूलियट को गट्ठरों में बँधे ताज़े कटे पुआल की गन्ध आ रही थी—आजकल कोई पुआलों को लपेटकर नहीं बाँधता था। कुछ एल्म के गाछ अभी भी खड़े थे, काट न दिये जाने के कारण अजूबे से लगते।

वे एक गाँव में रुके जो सड़क के किनारे की एक संकरी घाटी में बसा था। घाटी की दीवारों से तलशिलाएँ बाहर निकली हुई थीं—कई मीलों में यही ऐसी जगह थी जहाँ ऐसी विशाल शिलाएँ देखने को मिलती थीं। जूलियट को यहाँ आना याद आया जब यहाँ पर एक नया पार्क था, जिसमें भीतर जाने के लिए पैसे देने पड़ते थे। पार्क के भीतर फौव्वारा था, एक चायखाना था जहाँ स्ट्रॉबेरी के छोटे-छोटे केक और आइसक्रीम मिलती थी—और कुछ भी मिलता होगा, जो उसे याद नहीं था। एक चट्टान के भीतर की गुफाओं का नाम 'सात बौनों' बालगीत पर रखा गया था। वह गुफाएँ देखने आगे चली गई थी पर

सैम और सारा ने फौव्वारे के पास ज़मीन पर बैठकर आइसक्रीम खाई थी। (गुफायें कुछ ख़ास नहीं थीं। गहरी भी नहीं थीं।) वह चाहती थी कि वे उसके साथ आएँ, लेकिन सैम ने कहा था, "तुम जानती हो तुम्हारी माँ वहाँ तक चढ़ नहीं सकतीं।"

"तुम जाओ।" सारा ने कहा था, "लौटकर इसके बारे में सब बताना।" उसने अच्छे कपड़े पहन रखे थे। एक काली रेशमी स्कर्ट, जो उसके बैठने पर उसके इर्द-गिर्द घास पर गोलाई में फैल गई थी। उसे बेलेरिना स्कर्ट कहा जाता था।

वह ज़रूर कोई ख़ास दिन रहा होगा।

जूलियट ने इसके बारे में सैम से पूछा जब वह एक दुकान से बाहर आया। पहले तो उसे कुछ याद नहीं आया। फिर आया। कुछ घोटाले वाली जगह थी, उसने कहा। उसे पता नहीं वह कब, कहाँ ग़ायब हो गया।

जूलियट उस पूरी सड़क पर कहीं फौव्वारे या चायघर का निशान नहीं देख पाई।

"शान्ति और सुव्यवस्था लाने वाली।" सैम ने कहा और जूलियट को समझने में कुछ क्षण लगे कि वह आइरीन के बारे में ही बात कर रहा था, "वह कुछ भी करने को तैयार रहती है। घास काट सकती है और बग़ीचा गोड़ सकती है। वह जो कुछ भी करती है, दिल से करती है और ऐसे करती है मानो यह उसके लिए बहुत बड़ी बात है। इस बात से मैं हैरान हुए बिना नहीं रहता हूँ।"

उस मस्ती भरे दिन का अवसर क्या था? जन्मदिन, विवाह की जयंती?

सैम ज़ोर देकर बात करता रहा, गम्भीरता से भी, पहाड़ी पर चढ़ने का संघर्ष करती गाड़ी के शोर से ऊँची आवाज़ में।

"उसने औरतजात में मेरा विश्वास फिर पक्का कर दिया।"

सैम हर दुकान में जूलियट को यह कहकर जाता था कि एक मिनट भी नहीं लगेगा, फिर काफ़ी देर बाद लौटकर सफ़ाई देता कि बातचीत में फँस गया था। लोग उससे बात करना चाहते थे, लोगों ने उसे सुनाने को लतीफ़े सोच रखे थे। कुछ लोग उसके पीछे-पीछे आते थे उसकी बेटी और उसकी नातिन को देखने के लिए।

"सो यही वह लड़की है जो लैटिन बोलती है।" एक महिला ने कहा।

"इसकी लैटिन इन दिनों थोड़ी ज़ंग खा गई है।" सैम ने कहा, "इन दिनों इसे सिर खुजाने की भी फुर्सत नहीं।"

"कैसे हो सकती है।" महिला ने पेनेलपी को देखने के लिए गर्दन झुकाते हुए कहा।

"लेकिन क्या ये नियामत नहीं है। ये नन्हे-मुन्ने।" जूलियट ने सोचा था कि वह सैम से उस शोध प्रबन्ध में बारे में बात करेगी, जिस पर उसने फिर से काम शुरू करने का सोचा था—हालाँकि अभी वह मात्र एक ख़्वाब ही था। ऐसे विषय उनकी बातों में स्वयं आ जाते थे। सारा के साथ नहीं। सारा कहेगी, "अच्छा बताओ, तुम अब क्या पढ़ाई कर रही हो।" और जूलियट संक्षेप में बताएगी और सारा पूछेगी कि वह कैसे उन तमाम यूनानी नामों को याद रख पाती थी। लेकिन सैम जानता था कि वह किस बारे में बात कर रही है। कॉलेज में उसने बताया था कि जब बारह या तेरह साल की उम्र में उसने पहली बार इस शब्द को पढ़ा था, तो किस तरह उसके पिता ने समझाया था कि 'थौमाटर्जी' (चमत्कार-कला) क्या होती है। उससे पूछा गया था कि क्या उसके पिता कोई बड़े विद्वान थे।

"बिलकुल।" उसने कहा था, "वे छठी कक्षा को पढ़ाते हैं।"

अब उसे लगता था कि सैम किसी अप्रत्यक्ष रूप से उसे यह काम करने से रोकेगा। या हो सकता है इतने अप्रत्यक्ष रूप से नहीं। वह 'अव्यवहारिक विषय' जैसे शब्द का प्रयोग कर सकता था। या वह बातें भूल जाने का बहाना कर सकता था, जो जूलियट को विश्वास था कि उसे नहीं भूली थीं।

पर हो सकता है वह भूल गया हो। उसके दिमाग़ के कुछ कमरे बन्द हो गए हों, उनकी खिड़कियाँ काली पड़ गई हों। उसने सोच लिया था कि वहाँ अन्दर जो कुछ था वह इतना बेकार, इतना निरर्थक था कि प्रकाश में लाने योग्य न था।

जूलियट ने अपनी मंशा से अधिक रूखाई से कहा।

"क्या वह शादी करना चाहती है? आइरीन?"

एक लम्बी ख़ामोशी के बाद इस अन्दाज़ से पूछे गए प्रश्न से सैम कुछ चकरा गया।

"मुझे नहीं पता।" उसने कहा।

और एक क्षण के बाद कहा, "मैं नहीं जानता वह कैसे कर सकती है।"

"उससे पूछिए।" जूलियट ने कहा, "जैसे आप उसके बारे में महसूस करते हैं आप ज़रूर जानना चाहेंगे।"

गाड़ी के क़रीब या दो मील जाने के बाद उसने कुछ कहा। साफ़ था कि जूलियट ने उसका दिल दुखा दिया था।

"मैं नहीं जानता कि तुम किस बारे में बात कर रही हो।" उसने कहा।

"हैप्पी, ग्रम्पी, डोपी, स्लीपी, स्नीज़ी।" सारा ने कहा।

"डाक्।" जूलियट ने कहा।

"डाक्, डाक्, हैप्पी, स्नीज़ी, डाक्, ग्रम्पी, बैशफ़ुल, स्नीज़ी—नहीं स्नीज़ी, बैशफ़ुल, *डाक्,* ग्रम्पी—स्लीपी, हैप्पी, *डाक्,* बैशफ़ुल—"

अपनी उँगलियों पर गिनकर सारा ने कहा, "क्यों आठ नहीं हुए? हम वहाँ एक बार से ज़्यादा गए थे। हम उसे "स्ट्रॉबेरी केकों का मन्दिर" कहा करते थे—ओह, मेरी बहुत इच्छा है कि मैं एक बार फिर वहाँ जाऊँ।"

"ख़ैर, वहाँ अब कुछ नहीं है।" जूलियट ने कहा, "मैं भी नहीं ढूँढ़ पाई कि वह पार्क कहाँ था?"

"मुझे पक्का पता है मैं ढूँढ़ लेती। मैं क्यों नहीं तुम्हारे साथ गई? ऐसे ही घूमने के लिए। गाड़ी में बैठकर घूमने में कितनी ताक़त की ज़रूरत है? डैडी हमेशा कहते हैं यह मेरे बूते का नहीं रहा।"

"तुम मुझे स्टेशन पर लेने आई थी।"

"हाँ, मैं आई थी।" सारा ने कहा, "लेकिन वह नहीं चाहते थे कि मैं जाऊँ। मुझे बहुत चीख़ना-चिल्लाना पड़ा था।"

उसने अपने सिर के पीछे तकिये को ठीक करना चाहा, किन्तु कर नहीं सकी, इसलिए जूलियट ने उसके लिए वह कर दिया।

"हाय।" सारा ने कहा, "क्या बेकार की चीज़ बन गई हूँ मैं। मुझे लगता है कि मैं टब में बैठकर नहा सकती हूँ। यदि कोई मिलने वाला आ गया तो?"

जूलियट ने पूछा कि क्या उसे किसी के आने की उम्मीद है।

"नहीं, लेकिन यदि?"

सो जूलियट उसे गुसलख़ाने में ले गई और उनके पीछे-पीछे पेनेलपी भी रेंगकर आ गई। जब टब भर गया और उसकी नानी को सहारा देकर उसमें बैठा दिया गया तो पेनेलपी ने निश्चय किया कि टब उसके लिए भी था। जूलियट ने उसके कपड़े उतार दिए और बच्ची तथा बूढ़ी साथ-साथ नहलाई गईं। निर्वस्त्र सारा, उतनी

औरत नहीं लग रही थी, जितना एक बूढ़ी लड़की—एक लड़की, कहिए, जिसने कोई विचित्र, क्षयकारी, ख़ून चूस लेने वाला रोग झेला था।

पेनेलपी टब में सारा के होने से घबराई नहीं लेकिन अपने बत्तख की शक्ल के साबुन को ख़ूब मजबूती से पकड़े रही।

नहाते वक़्त सारा ने आख़िर एरिक के बारे में घुमा-फिराकर पूछने का फैसला कर लिया।

"मुझे विश्वास है वह भलामानुस है।"

"कभी-कभी।" जूलियट ने यूँ ही कह दिया।

"उसका अपनी पहली पत्नी के प्रति इतना अच्छा व्यवहार था।"

"सिर्फ़ एक पत्नी।" जूलियट ने उसे सही किया। "अब तक।"

"लेकिन मुझे विश्वास है कि अब तुम्हारा बच्चा है तो तुम ख़ुश हो। मुझे विश्वास है तुम ख़ुश हो।"

"उतना ख़ुश, जितना कोई पाप करते हुए हो सकता है।"

सारा चिहुँक गई जब जूलियट ने उसके साबुन लगे सिर पर एक भीगा छोटा तौलिया निचोड़ दिया।

"यही मेरा मतलब था।" सारा अपना चेहरा ढँककर और सिर झटककर हँसते हुए चीख़ी।

"जूलियट।"

"हाँ?"

"तुम जानती हो मैं डैडी के बारे में ऐसी-वैसी बातें कह देती हूँ पर वह मेरा मतलब नहीं होता। मैं जानती हूँ वे मुझे प्यार करते हैं। बस वे मुझसे ख़ुश नहीं रहते।"

जूलियट ने सपने में देखा कि वह फिर से एक बच्ची थी, और इसी घर में थी, हालाँकि कमरों की व्यवस्था कुछ बदल गई थी। अनपहचाने कमरों में से एक की खिड़की से उसने बाहर झाँका और देखा कि पानी की एक मेहराब बनाती धार हवा में चमक रही थी। यह पानी एक पाइप से निकल रहा था। उसके पिता की पीठ उसकी तरफ़ थी और वह बग़ीचे को सींच रहे थे। रासबेरी के पौधों के बीच एक आकृति घूम रही थी। कुछ क्षणों के बाद दिखाई दिया कि वह आइरीन

थी। कुछ क्षणों बाद सुनम्य और प्रसन्नचित्त बच्ची की तरह लगती आइरीन। वह पाइप से छिड़के जा रहे पानी से बचने की कोशिश कर रही थी। छुपती, सामने आती, पानी की धार से अधिकतर बच जाती पर पानी पड़ने पर फिर भागती। इस खिलवाड़ को जूलियट कुछ वितृष्णा से अपनी खिड़की से देख रही थी।

पिता ने अपनी पीठ हमेशा उसकी तरफ़ रखी, फिर भी उसे विश्वास था—उसने किसी तरह देख लिया था—कि उन्होंने पाइप को शरीर के सामने नीचे करके पकड़ रखा था और केवल उसकी टोंटी को इधर-उधर घुमा रहे थे।

स्वप्न एक दमघोंटू भय से भरा था। वैसा भय नहीं जो आपके शरीर को बाहर से आक्रान्त करता है, बल्कि वैसा भय जो रक्त के साथ बहकर शरीर के अन्दर कोने-कोने तक पहुँच जाता है।

जब वह जगी तो वही अनुभूति अभी भी उसके मस्तिष्क में थी। उसे स्वप्न बड़ा शर्मनाक लगा। स्पष्ट, अधम। गन्दी कल्पनाओं से भरा।

***

बीच दोपहर सामने के दरवाज़े पर खट-खट हुई। सामने वाले दरवाज़े का इस्तेमाल नहीं होता था—जूलियट को उसे खोलने में कुछ कठिनाई हुई।

वहाँ जो आदमी खड़ा था उसने छोटी बाँह की इस्त्री की हुई पीली कमीज और भूरी पतलून पहन रखी थी। वह शायद उससे कुछ साल बड़ा था, लम्बी और क्षीण काया, सिकुड़े कन्धे, लेकिन उसने गर्मजोशी से अभिवादन किया और लगातार मुस्कराता रहा।

"मैं इस घर की मालकिन से मिलने आया हूँ।" उसने कहा।

जूलियट ने उसे वहीं खड़ा छोड़ दिया और सूर्यकक्ष में गई।

"दरवाज़े पर एक आदमी आया है।" उसने कहा, "शायद कुछ बेच रहा हो। क्या उसे चलता करूँ?"

सारा उठने का यत्न कर रही थी।

"नहीं, नहीं।" उसने हाँफते हुए कहा, "मेरे कपड़े ज़रा ठीक कर सकती हो? मैंने उनकी आवाज़ सुनी है। वह मेरा दोस्त डॉन है।"

डॉन घर के अन्दर आ चुका था और उसकी आवाज़ सूर्यकक्ष के दरवाज़े के बाहर सुनाई दी।

"कोई जल्दी नहीं सारा। मैं हूँ। तुम सामने आने लायक हो?"

सारा का चेहरा खिल उठा और आँखों में चमक आ गई। उसने बाल काढ़ने का ब्रुश उठाना चाहा पर हाथ पहुँच न पाया तो उँगलियाँ चलाकर बाल ठीक किए। उसकी आवाज़ में प्रसन्नता की खनक थी, "मैं उतनी लायक हूँ, जितनी कभी हो सकती हूँ। अन्दर आ जाओ।"

वह आदमी अन्दर आकर उसकी तरफ़ बढ़ा और सारा ने दोनों बाँहें उसकी ओर उठाईं, "तुमसे गर्मी की गन्ध आ रही है।" सारा ने कहा, "ये क्या?" उसने उसकी कमीज को छुआ, "इस्त्री किया हुआ, इस्त्री की हुई कमीज। क्या बात है?"

"मैंने स्वयं की है।" उस आदमी ने कहा, "सैली गिरजे के बग़ीचे में फूल लगा-उखाड़ रही है। इस्त्री ठीक हुई है, न?"

"बढ़िया।" सारा ने कहा, "पर इसके बावजूद तुम्हें शायद भीतर न आने दिया गया होता। जूलियट ने सोचा कि तुम कोई सेल्समैन हो। जूलियट मेरी बेटी है। मेरी प्यारी बेटी। मैंने तुम्हें बताया था, नहीं? मैंने बताया था कि आनेवाली है। डॉन मेरा पादरी है, जूलियट। मेरा मित्र और गिरजे का पादरी।"

डॉन ने सीधे होकर जूलियट का हाथ पकड़ लिया।

"अच्छा हुआ तुम आ गई—तुमसे मिलकर बहुत ख़ुशी हुई। और तुम्हें ग़लतफ़हमी नहीं हुई थी। वास्तव में मैं सेल्समैन जैसा ही हूँ।"

जूलियट पादरी के मज़ाक़ पर तकल्लुफ़ से मुस्कराई।

"आप किस गिरजे में पादरी हैं?"

प्रश्न पर सारा को हँसी आ गई, "लो भई, इससे तो रहस्य खुल जाएगा, है कि नहीं?"

"मैं ट्रिनिटी गिरजे से हूँ।" डॉन ने कहा, बिना अपनी मुस्कराहट रोके, "और जहाँ तक रहस्य खुलने की बात है—मेरे लिए यह रहस्य नहीं था कि सारा और सैम यहाँ के किसी गिरजे से नहीं जुड़े थे। मैं तो यहाँ बस यूँ ही आने लगा, क्योंकि तुम्हारी माँ इतनी दिलकश हैं।"

जूलियट याद नहीं कर पाई कि यह एंग्लिकन सम्प्रदाय था या यूनाइटेड चर्च सम्प्रदाय जिसे ट्रिनिटी कहा जाता है।

"बेटी, क्या तुम डॉन को कोई आरामदेह क़िस्म की कुर्सी दोगी?" सारा ने कहा, "देखो मेरे ऊपर बगुले की तरह झुका हुआ है। और कुछ पीने को लोगे, डॉन? क्या एगनाग पसन्द करोगे? जूलियट बेहतरीन एगनाग बनाती है। नहीं, नहीं,

शायद वह बहुत भारी होगा। तुम दिन की गर्मी से अभी भीतर आए हो। चाय? वह भी गर्म होगी। जिंजरएल? कोई जूस? क्या जूस है, जूलियट?"

डॉन ने कहा, "मुझे किसी चीज़ की ज़रूरत नहीं, बस एक गिलास पानी। वही काफ़ी होगा।"

"चाय नहीं? अच्छा?" सारा काफ़ी हाँफ गई थी, "लेकिन लगता है मुझे कुछ चाहिए। तुम आधा कप तो पी ही सकते हो। जूलियट?"

रसोई में अकेले खड़े—आइरीन को बग़ीचे में देखा जा सकता था, वह आज सेम के पौधों की निराई कर रही थी—जूलियट ने सोचा कि चाय की माँग कहीं कोई व्यक्तिगत बात कर सकने के लिए उसे कमरे से बाहर भेजने का बहाना तो नहीं था। कोई व्यक्तिगत बातें, शायद प्रार्थना के कुछ शब्द ही। यह विचार ही उसे नागवार लगा।

सैम और सारा का किसी धार्मिक सम्प्रदाय से सम्बन्ध नहीं था, हालाँकि सैम ने यहाँ उनके जीवन के आरम्भिक दिनों में किसी से कहा था कि वे ड्रूइड (पुरोहित) थे। बात फैल गई थी कि वे ऐसे सम्प्रदाय के हैं जिसका कस्बे में कोई गिरजा नहीं था और इस सूचना ने उन्हें इस आरोप से उबार दिया था कि उनका कोई धर्म ही नहीं है। जूलियट स्वयं कुछ समय के लिए एंग्लिकन गिरजे के संडे स्कूल में गई थी, हालाँकि वह इसलिए कि उसकी एक दोस्त एंग्लिकन थी। सैम ने अपने स्कूल में बाइबिल पढ़ने का और हर सुबह ईश्वर की प्रार्थना करने का विरोध कभी नहीं किया था और न ही 'गॉड सेव द क्वीन' गाने का।

"कभी समय होता है अपनी ज़बान खोलने का और कभी नहीं।" उसने कहा था, "इस तरह से चुप रहने से बच्चों को विकासवाद के बारे में कुछ तथ्य बताने का अवसर मिल जाता है।"

कभी सारा की बहाई धर्म में रुचि थी, पर जूलियट का विश्वास था कि वह अब समाप्त हो गई थी।

उसने तीन लोगों के लिए चाय बनाई और अलमारी से कुछ डाइजेस्टिव बिस्कुट ले लिए—पीतल की ट्रे भी, जिसे सारा सामान्यत: विशेष अवसरों पर ही निकालती थी।

डॉन ने एक कप ले लिया और बर्फ़ का पानी गटक गया जिसे वह उसके लिए लाना न भूली थी, लेकिन बिस्कुटों के लिए उसने इनकार कर दिया।

"मेरे लिए नहीं, धन्यवाद।"

वह इसे विशेष ज़ोर देकर कहता लगा। जैसे कि शुचिता के लिये यह आवश्यक था।

उसने जूलियट से पूछा कि वह कहाँ रहती है? पश्चिमी तट का मौसम कैसा होता है? उसके पति क्या करते हैं?

"वे झींगों के मछुआरे हैं, लेकिन वास्तव में वे मेरे पति नहीं है।" जूलियट ने सहजता से कहा।

डॉन ने सिर हिलाया। ओह, हूँ!

"समुद्र में तूफ़ान आते हैं वहाँ?"

"कभी-कभी।"

"व्हेल खाड़ी। मैंने इसके बारे में कभी सुना नहीं लेकिन मैं अब याद रखूँगा। खाड़ी में तुम किस गिरजे में जाती हो?"

"हम नहीं जाते। हम गिरजे नहीं जाते हैं।"

"क्या वहाँ आस-पास तुम्हारी पसन्द का कोई गिरजा नहीं है?"

मुस्कराते हुए जूलियट ने 'नहीं' में सिर हिलाया।

"हमारी पसन्द का कोई गिरजा वहाँ नहीं है। हम ईश्वर में विश्वास नहीं करते।"

तश्तरी में रखते समय डॉन के प्याले ने थोड़ी खटर-पटर की। उसने कहा कि उसे यह सुनकर दु:ख हुआ।

"उसे सुनकर मैं वाकई दुखी हूँ। कब से तुम्हारा ऐसा मत है?"

"कह नहीं सकती। तब से जब से इस बारे में गम्भीरता से सोचा था।"

"और तुम्हारी माँ बताती है कि तुम्हारा बच्चा है। तुम्हारी एक लड़की है, है न?"

जूलियट ने कहा, हाँ, है।

"और उसका बपतिस्मा नहीं हुआ। क्या तुम उसे विधर्मी की तरह पालना चाहती हो?"

जूलियट ने कहा कि उसे आशा है पेनेलपी एक दिन स्वयं ही उसके बारे में तय कर लेगी।

"लेकिन हमारा इरादा उसे किसी धर्म-वर्म के बिना पालने का है। हाँ।"

"यह दुःख की बात है।" डॉन ने धीरे से कहा, "आप लोगों के लिए मुझे दुःख है। तुमने और तुम्हारे—उसे तुम जो भी कहो—तुम लोगों ने ईश्वर की कृपा को न स्वीकार करने का निश्चय किया है। ठीक है। तुम लोग वयस्क हो। लेकिन उसे अपने बच्चे को वह न पाने देना—यह तो उसको पोषण ही न देने जैसा है।"

जूलियट को अपना आत्मसंयम टूटता लगा।

"लेकिन हम विश्वास नहीं करते।" उसने कहा, "हम ईश्वर की कृपा में विश्वास नहीं करते। यह उसका पोषण बन्द कर देने जैसा कुछ नहीं है, उसे झूठ बताकर पालने से इनकार करना है।"

"झूठ। जिस पर लाखों लोग विश्वास करते हैं, उसे तुम झूठ कहती हो। तुम्हें नहीं लगता कि ईश्वर को झूठ कहना थोड़ी गुस्ताख़ी है?"

"लाखों लोग विश्वास नहीं करते, सिर्फ़ गिरजे जाते हैं।" जूलियट ने थोड़ी तल्ख़ आवाज़ में कहा, "वे इस बारे में बस सोचते नहीं। यदि ईश्वर है तो उसने मुझे दिमाग़ दिया है, तो क्या वह नहीं चाहता था कि मैं उसका उपयोग करूँ?"

"यह भी।" उसने अपने को संयत रखने का प्रयत्न करते हुए कहा, "यह भी कि लाखों लोगों के कुछ दूसरे विश्वास भी हैं। वे बुद्ध में विश्वास करते हैं, उदाहरण के लिए। लाखों लोगों के किसी चीज़ में विश्वास करने से वह कैसे सत्य हो जाता है?"

"ईसा ज़िन्दा हैं।" डॉन ने कहा, "बुद्ध नहीं।"

"यह सिर्फ़ कहने की बात है। इसका क्या मतलब है? अगर यही बात है तो मैंने दोनों में से किसी के ज़िन्दा रहने का कोई प्रमाण नहीं देखा।"

"तुमने नहीं। लेकिन दूसरों ने देखा है। तुम जानती हो वह हेनरी फ़ोर्ड—हेनरी फ़ोर्ड द्वितीय, जिसके पास वह सब कुछ है जिसकी कोई भी अपने जीवन में इच्छा कर सकता है—वह भी रोज रात अपने घुटनों पर बैठ ईश्वर से प्रार्थना करता है।"

"हेनरी फ़ोर्ड?" जूलियट जैसे चीख़ उठी, "हेनरी फ़ोर्ड? हेनरी फ़ोर्ड करता है इसकी मुझे क्या परवाह।"

इस बहस का वही हाल हो रहा था, जो ऐसी बहसों का हो जाता है। पादरी की आवाज़, जो पहले क्रुद्ध की जगह दुःखद थी—पर हमेशा लौह-दृढ़ विश्वास से भरी थी—अब कर्कश और झिड़की जैसी लग रही थी, जबकि जूलियट, जिसने अपने ख़याल में विवेकपूर्ण संयम से बात शुरू की थी—शान्त, चतुरतापूर्ण और खिजाने वाली विनम्रता से—अब गुस्से से उबल रही थी। दोनों ही अपने पक्ष में

तर्क खोज रहे थे, दूसरे के तर्कों की ऐसी काट खोज रहे थे जो प्रसंगोचित होने की जगह अनर्गल हों।

इस बीच सारा बिना उनकी ओर ध्यान किये एक बिस्कुट कुतरती रही। बीच-बीच में वह काँप उठती थी कि जैसे उनके शब्द उसे चोट पहुँचा रहे हों, लेकिन वे दोनों उसकी ओर ध्यान देने के परे थे।

उनके तमाशे का अन्त किया पेनेलपी के रोने ने, जो कपड़े भीग जाने पर उठ चुकी थी। उसने थोड़ी देर तक धीरे-धीरे शिकायत की थी, फिर थोड़ा ज़ोर से, और फिर बुक्का फाड़कर रोने लगी। सारा ने पहले सुना, और उनका ध्यान आकर्षित करना चाहा।

"पेनेलपी।" उसने पहले मद्धम स्वर में फिर और ज़ोर से कहा, "जूलियट! पेनेलपी।" जूलियट और पादरी दोनों ने ही पहले उसकी तरफ़ बिना ध्यान दिये देखा, फिर पादरी ने अपनी आवाज़ को एकदम गिराते हुए कहा, "तुम्हारी बच्ची।"

जूलियट कमरे से जल्दी-जल्दी बाहर आई। जब उसने पेनेलपी को उठाया। गुस्से से वह इतना काँप रही थी कि नए पोतड़े में पिन लगाते समय वह बच्ची को पिन चुभाने ही वाली थी। आराम मिल जाने से ज़्यादा इस उग्र देख-रेख से सहमकर पेनेलपी ने भी चीख़ना-रोना बन्द कर दिया था। उसकी विस्मय से फैली, आँसूभरी आँखों ने जूलियट का क्रोध कम कर दिया और उसने अपने को सँभालने की कोशिश की। उसने बच्ची से जितना बन सका, उतना सांत्वना के स्वर में बात की और उसे गोदी में लेकर ऊपर के गलियारे में टहलती रही।

पेनेलपी तुरन्त आश्वस्त नहीं हुई, लेकिन कुछ मिनटों के बाद उसके शरीर का तनाव कुछ कम हो गया।

जूलियट को भी अपने साथ ऐसा ही होता अनुभव हुआ और जब लगा कि दोनों किसी हद तक सम्भल गई हैं और उग्रता शान्त हो गई है, वह पेनेलपी को नीचे ले गई।

पादरी, सारा के कमरे से बाहर आ गया था और उसकी प्रतीक्षा कर रहा था। एक ऐसी आवाज़ में जो पश्चाताप की हो सकती थी, लेकिन जो भयोत्पन्न अधिक लगती थी, उसने कहा, "प्यारी बच्ची है।"

जूलियट ने कहा, "धन्यवाद।"

उसने सोचा कि अब उनके अलविदा कहने का समय था, लेकिन पादरी को कुछ हो रहा था। वह आगे बढ़े बिना जूलियट को देखता खड़ा रहा। उसने

हाथ आगे बढ़ाया जैसे जूलियट के कन्धे को पकड़ना चाहता था, फिर नीचे कर लिया।

"क्या तुम्हारे पास—" उसने कहा, फिर अपना सिर हल्के से हिलाया। उसने 'पास' कुछ इस तरह से उच्चारित किया जैसे 'पाश'।

"जूश।" उसने कहा और गले को अपने हाथ से थपथपाया। उसने रसोई की दिशा में इशारा किया।

जूलियट को पहले ख़याल आया कि वह शराब पिये था। उसका सिर आगे-पीछे हो रहा था, उसकी आँखें धुँधला गई थीं। क्या यहाँ पीकर आया था, क्या वह अपनी जेब में कुछ ले आया था? फिर उसे याद आई। उस स्कूल की एक लड़की, एक छात्रा की बात जहाँ उसने कभी आधे साल तक पढ़ाया था। मधुमेह की मरीज उस लड़की पर कभी दौरा पड़ जाता था, ज़बान लड़खड़ाने लगती थी, वह परेशान और व्याकुल हो जाती थी जैसे बहुत समय से कुछ खाया न हो।

पेनेलपी को अपने पुठ्ठे पर खिसकाकर उसने पादरी का हाथ पकड़ लिया और अपने साथ रसोई में ले गई। जूस। यही उन्होंने लड़की को दिया था और उसी के बारे में वह इशारा कर रहा था।

"बस एक मिनट, बस एक मिनट, आप ठीक हो जाएँगे।" उसने कहा। पादरी ने हाथ काउंटर पर रखकर अपने को सीधा खड़ा रखा, उसका सिर थोड़ा झुक गया था।

सन्तरे का रस नहीं था—जूलियट को याद आया कि बचा हुआ रस उसने सुबह पेनेलपी को दे दिया था। लेकिन एक बोतल अंगूर का सोडा था, जिसे सैम और आइरीन बग़ीचे से काम कर वापस आने पर पीना पसन्द करते थे।

"ये लीजिए।" उसने कहा। एक हाथ से, जैसाकि उसे अभ्यास हो गया था, उसने एक गिलास में उड़ेल दिया। "लीजिए।" और जब वह पीने लगा तो उसने कहा, "मुझे अफ़सोस है कि रस नहीं है। लेकिन इसमें चीनी है, ठीक है न? आपको कुछ चीनी चाहिए?"

पादरी ने पीकर कहा, "हाँ। चीनी। धन्यवाद।" उसकी आवाज़ साफ़ होनी शुरू हो गई थी। उसे स्कूल की उस लड़की के बारे में यह बात भी याद आई—कितनी जल्दी और आश्चर्यजनक ढंग से वह स्वस्थ हो जाती थी। लेकिन इसके पहले कि यह पूरी तरह से ठीक हो जाता, या अपने को पूर्णतया सँभाल लेता, अपना सिर झुकाए ही उसने जूलियट की आँखों में देखा। किसी कारणवश नहीं, यूँ ही, ऐसा लगा।

उसकी आँखों का भाव न तो आभार का था, न ही क्षमा का—इसमें कोई वैयक्तिकता नहीं थी, बस एक भयार्त पशु की कातर दृष्टि थी, किसी रक्षक पर पर टिकी हुई।

और कुछ ही पलों में वह आँखें, वह चेहरा उस आदमी, उस पादरी का चेहरा बन गया जिसने गिलास रखा और बिना कुछ बोले तेज़ी से घर के बाहर चला गया।

जब जूलियट चाय की ट्रे लेने वहाँ गई, सारा या तो सो गई थी, या सोने का बहाना करती पड़ी थी। उसके सोने के ढंग, उसके झपकी लेने के ढंग और उसके जागने के ढंग के बीच की सीमाएँ इतनी सूक्ष्म और क्षणिक थीं कि उन्हें पहचानना मुश्किल था। जो भी हो, उसने जिस स्वर में कहा वह फुसफुसाहट से ज़्यादा नहीं था।

"जूलियट?"

जूलियट बीच दरवाज़े में खड़ी हो गई।

"तुम ज़रूर सोच रही होगी कि डॉन—जरा कुछ भोंदू है।" सारा ने कहा, "लेकिन वह बीमार है। उसे मधुमेह हो गया है। बीमारी गम्भीर है।"

जुलियट ने कहा, "हाँ।"

"उसे अपने विश्वास के संबल की ज़रूरत है।"

"मतलब से किया विश्वास।" जूलियट ने कहा लेकिन धीमे से और सम्भवत: सारा ने सुना नहीं क्योंकि वह बोलती रही थी।

"मेरा विश्वास इतना सरल नहीं है।" सारा ने कहा, काँपती (और जूलियट को लग रहा था कि इस क्षण, रणनीतिक रूप से दयनीय) आवाज़ में, "मैं इसे समझा नहीं सकती। लेकिन मैं बस यही कह सकती हूँ—यह मेरे लिए कुछ है। यह—अद्‌भुत-सा—कुछ है। जब मेरी स्थिति वाकई बहुत बुरी हो जाती है—इतनी बुरी कि—तब तुम जानती हो मैं क्या सोचती हूँ? मैं सोचती हूँ—कोई बात नहीं। मैं सोचती हूँ—मैं शीघ्र ही जूलियट से मिलूँगी।"

बहुत बुरे (बहुत प्यारे) एरिक,

कहाँ से शुरू करूँ? मैं ठीक हूँ और पेनेलपी ठीक है। हालात यह हैं कि अब वह सारा के बिस्तर के इर्द-गिर्द घूमती है, लेकिन अभी भी बिना सहारे के चलने से घबराती है। गर्मी बहुत है, पश्चिमी तट के

बनिस्बत। जब पानी बरसता है, तब भी। अच्छा है कि बरसता है क्योंकि सैम पूरी तरह से अपने बग़ीचे की सब्ज़ियाँ बेचने के काम में जुटा हुआ है। उस दिन मैं उसके साथ उसी पुरानी गाड़ी में रासबेरी और रासबेरी जाम (एक चुड़ैल-सी औरत द्वारा निर्मित जो हमारी रसोई सँभालती है) और मौसम के पहले और नए खोदे आलू बेचते हुए पूरा बाज़ार घूम आई। सैम का जोश अभी वैसा ही है। सारा बिस्तर में पड़ी रहती है और पुरानी पत्रिकाओं को उलटती-पलटती रहती है। एक पादरी उससे मिलने आया था और मैं तथा वह ईश्वर के अस्तित्व के बारे में, या कुछ ऐसे ही विवादास्पद विषय पर, एक बेकार की बहस में पड़ गए। यहाँ सब कुछ अभी तक ठीक-ठाक चल रहा है, यद्यपि...

यह वह पत्र था, जो जूलियट को वर्षों बाद मिला था। संयोगवश ही एरिक इसे बचा रख पाया होगा—उनके जीवन में इसका कोई ख़ास महत्त्व नहीं था।

***

उस पत्र को लिखे जाने के कुछ महीने बाद सारा की अन्त्येष्टि के लिए एक बार और वह अपने बचपन के घर में गई थी। आइरीन अब वहाँ नहीं थी, और जूलियट को याद नहीं कि उसने पूछा था कि उसे बताया गया था कि वह कहाँ थी। अधिक सम्भव था उसने शादी कर ली थी। जैसाकि सैम ने कुछ वर्षों बाद किया था। उसने अपनी पुरानी सहकर्मी एक अध्यापिका से शादी कर ली थी, जो ख़ुशमिज़ाज, सुन्दर और होशियार थी। वे उसके घर में रहते थे—सैम ने उस घर को गिरा दिया था, जिसमें वह और सारा रहा करते थे—और बग़ीचे को और विस्तृत कर दिया था। जब उसकी पत्नी रिटायर हो गई तो उन्होंने एक ट्रेलर गाड़ी ख़रीद ली। जिसे लेकर वे जाड़े में लम्बी यात्राओं पर जाते थे। वे जूलियट से मिलने दो बार व्हेल खाड़ी आये थे। एरिक उन्हें अपनी नाव में घुमाने ले गया। सैम और उसमें अच्छी पटती थी। जैसाकि सैम ने कहा, वे साथ ख़ूब मज़े उड़ाते थे।

वह पत्र पढ़ने पर जूलियट का चेहरा संकोच से सिकुड़ गया। जैसे हो जाता है जब कोई भूतकाल में गढ़ी अपनी किसी छवि का संजोया हुआ पर अब उद्वेलित

कर देने वाला सबूत पुन: पा लेता है। उसने अपनी स्मृतियों की वेदना की तुलना इस चतुर लीपापोती के प्रयत्न से की। फिर ख़याल आया कि उस समय उसकी सोच में कोई बदलाव ज़रूर आया होगा, जिसकी अब याद नहीं है। सोच में बदलाव कि उसका घर कहाँ था। एरिक के साथ व्हेल खाड़ी में नहीं, बल्कि उसके पहले जहाँ था, हमेशा पूरे जीवन भर।

क्योंकि आप उसी की हिफाजत करना चाहते हैं, जो घर पर घटित होता है। जितनी ज़्यादा हिफाजत कर सकते हैं, जितनी देर तक हिफाजत कर सकते हैं। लेकिन उसने सारा की हिफाजत नहीं की थी। जब सारा ने कहा था, *मैं शीघ्र ही जूलियट से मिलूँगी,* जूलियट को कोई उत्तर नहीं सूझा था। क्या कोई उत्तर नहीं दिया जा सकता था? वह इतना मुश्किल क्यों था? सिर्फ़ 'हाँ' ही तो कहना था। सारा के लिए इसका कितना बड़ा मतलब होता—और उसके लिए निश्चय ही, कितना कम। लेकिन उसने मुँह मोड़ लिया था, वह ट्रे को रसोई में ले गई थी, और वहाँ उसने प्यालों को धोया था और सुखाया था, और उस गिलास को भी जिसमें अंगूर का सोडा उड़ेला गया था। उसने सब चीज़ों को वापिस उनकी जगहों पर रख दिया था।

चुप्पी

बर्कले खाड़ी से देनमान द्वीप तक का छोटा-सा फासला नौका से पार करते समय जूलियट अपनी गाड़ी से बाहर निकली और ग्रीष्म कालीन बयार में नौका के अग्रभाग में खड़ी हो गई। वहाँ खड़ी एक औरत ने उसे पहचान लिया और उससे बातें करने लगी। यह नयी बात नहीं थी कि लोग पलटकर जूलियट को देखें और सोचने लगें कि उन्होंने उसे कहाँ देखा है, कभी-कभी तो उन्हें याद ही आ जाये कहाँ। वह प्रॉविंशियल टेलीविज़न चैनल पर प्रसिद्ध और महत्त्वपूर्ण लोगों का साक्षात्कार लेती देखी जा सकती है या फिर 'आज के मुद्दे' नाम के कार्यक्रम पर अतिथियों के विमर्शों को दक्षता से संचालित करती हुई। उसने बाल जितने सम्भव था उतने छोटे करा लिए हैं, और गहरा सुनहरा-भूरा रँगवा लिये हैं, अपने चश्मे के फ्रेम के रंग से मेल खाते। वह अक्सर ही काली पतलून पहनती है—जैसाकि आज पहन रखी है—श्वेताभ रेशमी ब्लाउज और कभी-कभी उसके ऊपर काली जैकेट। वह चित्तग्राही लगती है। जैसे उसकी माँ कहती, चित्तग्राही।

"माफ कीजिएगा। लोग अक्सर आपको परेशान करते होंगे।"

"कोई बात नहीं।" जूलियट कहती है, "अलावा इसके कि जब मैंने दंत-चिकित्सा करवाई हो या ऐसा कुछ और अभी हुआ हो।"

औरत जूलियट की उम्र की है। लम्बे काले बाल, बीच-बीच में सफ़ेद, कोई बनाव-श्रृंगार नहीं, लम्बी डेनिम की स्कर्ट। वह देनमान में रहती है, इसलिए जूलियट पूछती है कि वह स्पिरिचुअल बैलेंस सेंटर के बारे में क्या जानती है।

"क्योंकि मेरी बेटी वहाँ है।" जूलियट कहती है, "वहाँ एकान्तवास कर रही है या कोई अध्ययन—मुझे पता नहीं, इसे वे क्या कहते हैं। छह महीने के लिए। छह महीने में यह पहली बार है कि मैं उससे मिलूँगी।"

"ऐसी कुछ जगहें हैं।" वह औरत कहती है, "जो खुलती और बन्द होती रहती हैं। मेरा नहीं ख़याल कि उनमें कोई ऐसी-वैसी बात है। वे अधिकतर जंगलों में स्थित हैं, बाहरी लोगों से बहुत सम्पर्क नहीं रखते। यदि वे रखें तो एकान्तवास का मतलब ही क्या रह जाएगा?"

वह कहती है कि जूलियट ज़रूर अपनी बेटी से मिलने का इन्तज़ार कर रही होगी और जूलियट कहती है कि हाँ-हाँ बहुत ही।

"मुझे उसके साथ की बुरी आदत पड़ गई है।" जूलियट कहती है, "वह बीस साल की हो गई है, मेरी बेटी—वास्तव में इस महीने वह इक्कीस साल की हो जाएगी—और हम लोग बहुत ही कम अलग रहे हैं।"

वह औरत कहती है कि उसका बेटा बीस का है, बेटी अठारह की और दूसरी बेटी पन्द्रह की और ऐसे दिन भी आते हैं जब वह उनका ख़र्च उठाने को तैयार होती है कि वे एकान्तवास पर जायें, अकेले या साथ-साथ।

जूलियट हँसती है, "मेरी तो एक ही है। पर क्या पता कुछ समय बाद मेरी परिस्थिति भी बदल जाए।"

यह एक माँ की उलहाने भरी बातें हैं जो जूलियट आसानी से कर लेती है। (वह आश्वासन भरे उत्तर देने में माहिर है) किन्तु सच्ची बात यह है कि पेनेलपी ने उसे शायद ही कभी शिकायत का मौक़ा दिया हो, और यदि वह ईमानदारी से बात करे तो इस समय वह कहेगी कि बिना बेटी से सम्पर्क रखे वह एक दिन भी नहीं रह सकती, छह महीने कौन कहे। पेनेलपी ने गर्मी के महीनों में बाँफ में एक होटल में नौकरी की है, बस यात्रा पर मैक्सिको गई है, गाड़ियों से लिफ्ट माँगकर। न्यू फ़ंडलैंड की सैर की है। लेकिन वह हमेशा जूलियट के साथ रही है और कभी भी छह माह का अन्तराल नहीं आया है।

वह मेरा दिल ख़ुश कर देती है, जूलियट कह सकती थी। इसका मतलब यह नहीं कि वह हर समय सुहावने दिनों तथा ज़िन्दगी कितनी ख़ूबसूरत है के गीत गाती रहती है। आशा है मैंने उसका पालन-पोषण इससे अच्छा किया है। उसमें शालीनता है और करुणा, और वह समझदार है मानो इस धरती पर अस्सी साल से रह रही हो। वह विचारशील है, उसका ध्यान मेरी तरह बिखरा नहीं रहता। अपने पिता की तरह कुछ मितभाषी है। मेरी माँ की तरह दिव्यांगना, मेरी माँ जैसे सुनहरे बाल पर वैसी कृशकाय

नहीं। दृढ़प्रतिज्ञ और बड़े दिलवाली। यूनानी भवनों के खम्भों के नीचे लगी मूर्ति जैसा का शरीर। और प्रचलित अवधारणाओं के विपरीत मैं उससे ज़रा भी ईर्ष्या नहीं करती। इस पूरे समय उसकी संगति के बिना और उसके समाचार के बिना—क्योंकि स्पिरिचुअल बैलेंस पत्र लिखने या फ़ोन करने की इजाज़त नहीं देता—मैं जैसे मरुस्थल में रह रही थी और जब उसका सन्देश आया तो जैसे मैं कोई बारिश का पानी पीकर अघाती पपड़िया कर फट गई धरती का टुकड़ा हूँ।

इतवार की तिपहर तुमसे मिलने की उम्मीद है। समय आ गया है।

घर जाने का समय—जूलियट को आशा थी इसका अर्थ होगा, पर वह अवश्य इसे पेनेलपी पर ही छोड़ देगी।

पेनेलपी ने कुछ लाइनें खींच एक मानचित्र बनाकर भेजा था और जूलियट ने थोड़ी देर के बाद अपने को एक चर्च के सामने पाया—चर्च की इमारत कोई पचहत्तर या अस्सी साल पुरानी गच पलस्तर की हुई, उतनी पुरानी या वैसी प्रभोवात्पादक नहीं, जैसे कि कनाडा के उस हिस्से के चर्च थे जहाँ जूलियट पली-बढ़ी थी। उसके सामने एक हाल ही में बनी इमारत थी, जिसकी छत ढलुई थी और सामने ढेर सारी खिड़कियाँ थीं, एक कामचलाऊ मंच और बैठने के लिए कुछ बेंचें और वॉलीबाल का मैदान जिसका नेट ढीला होकर झूल रहा था। सब कुछ बड़ा मलिन था और कभी झाड़-झंखाड़ साफ़ की गई ज़मीन पर धूप-चन्दन और पहाड़ी पीपल के वृक्ष पुन: उग रहे थे।

कुछ लोग—वह कह नहीं सकती थी कि वे मर्द थे या औरतें—मंच पर बढ़ई का काम कर रहे थे और दूसरे लोग बेंचों पर छोटे-छोटे समूहों में बैठे थे। सभी के कपड़े मामूली थे, उन्होंने पीले या धार्मिक क़िस्म के वस्त्र नहीं पहन रखे थे। कुछ क्षणों तक जूलियट की गाड़ी की तरफ़ ध्यान नहीं दिया गया। फिर बेंच पर बैठे लोगों में से एक आदमी उठा और धीरे-धीरे उसकी ओर बढ़ा। छोटे कद का अधेड़ आदमी चश्मा लगाए हुए।

वह गाड़ी से बाहर निकली, अभिवादन किया और पेनेलपी के बारे में पूछा। वह कुछ बोला नहीं—सम्भवत: चुप रहने का नियम था—सिर्फ़ सिर हिलाया, पलटा

और चर्च के भीतर चला गया। थोड़ी देर के बाद वहाँ से प्रकट हुई, पेनेलपी नहीं, एक भारी-भरकम धीरे-धीरे चलती हुई महिला, जिसके बाल सफ़ेद थे, जो जीन्स और ढीला-ढाला स्वेटर पहने हुए थी।

"ज़हे-क़िस्मत, आपसे मुलाकात हुई।" उस महिला ने कहा, "भीतर आइए! मैंने डोनी से चाय बनाने के लिए कह दिया है।"

उसका चेहरा चौड़ा और युवा लगता था, मुस्कान नटखट और मृदु दोनों। और आँखें, जूलियट ने सोचा, झिलमिलाती हुई कही जा सकती हैं। "मेरा नाम जोन[1] है।" जूलियट को उम्मीद थी कि उसका कोई 'प्रशान्ति' जैसा या भारतीय संस्कृति से प्रभावित उपनाम होगा, एक सीधा-सादा और प्रचलित जोन जैसा नाम नहीं। हालाँकि बाद में जूलियट ने उसके लिए पोप जोन[1] नाम ज़रूर सोचा था।

"हाँ, पेनेलपी से।" जोन ने नाम को लम्बा खींचकर कहा, जैसे उसे यह नाम लेने में आनन्द आ रहा था।

ऊँची खिड़कियों पर बैंगनी रंग के कपड़े डालकर चर्च का भीतरी हिस्सा अँधेरा कर दिया गया था। बैठने की बेंचों और दूसरे सामान को हटा दिया गया था और सफ़ेद पर्दों से निजी कक्षिकाएँ बना ली गई थीं, जैसे अस्पतालों में होती हैं। जिस कक्षिका में जूलियट को भेजा गया, उसमें बिस्तर नहीं था, बस एक छोटी-सी मेज़ और दो-एक प्लास्टिक की कुर्सियाँ और कुछ खुले शेल्फ़, जिनमें अस्त-व्यस्त ढंग से काग़ज़ रखे हुए थे।

"हम लोग यहाँ अभी चीज़ों को व्यवस्थित करने में लगे हैं।" जोन ने कहा, "जूलियट। मैं तूम्हें जूलियट बुला सकती हूँ न!"

"हाँ, क्यों नहीं।"

"मुझे मशहूर हस्तियों से बात करने की आदत नहीं है।" जोन ने अपने दोनों हाथों को ठुड्डी के नीचे प्रार्थना की मुद्रा में जोड़कर रखा था, "मालूम नहीं कि मुझे अनौपचारिक ढंग से बात करनी चाहिए कि नहीं?"

"मैं कोई मशहूर हस्ती नहीं हूँ।"

"ओह, आप हैं। अब ऐसी बात न कहिए। मैं अपने दिल की बात पहले कह दूँ कि जो काम आप करती हैं उसके लिए मैं आपकी कितनी प्रशंसा करती हूँ। वह अँधेरे में प्रकाश की किरण की तरह है। टेलीविज़न का एकमात्र देखने योग्य कार्यक्रम।"

1. ग्यारहवीं शताब्दी की जोन नाम की महिला जो पुरुष रूप में वेश परिवर्तन कर कई वर्ष तक ईसाई धर्मगुरु पोप बनी रही थी।

"धन्यवाद।" जूलियट ने कहा, "पेनेलपी ने मुझे खत लिखा था—"

"मैं जानती हूँ। लेकिन मुझे अफ़सोस है यह बताने में जूलियट, मुझे बहुत अफ़सोस है और आपको निराश नहीं करना चाहती—पेनेलपी यहाँ नहीं है।"

वह औरत उन शब्दों को—पेनेलपी यहाँ नहीं है—जितना हो सकता है, उतनी सहजता से कहती है। आपको लग सकता है कि पेनेलपी की अनुपस्थिति को मज़ाक़ के रूप में लिया जा सकता है, उन दोनों के आपसी विनोद के लिए भी।

जूलियट को गहरी साँस लेनी पड़ती है। एक क्षण तक वह बोल नहीं पाती। उसका दिल बैठ जाता है। पूर्वज्ञान। फिर कुछ सँभलकर इस तथ्य पर तर्कसंगत विचार करती है। वह अपने बटुए में कुछ टटोलती है।

"उसने कहा था उसे उम्मीद थी...।"

"मैं जानती हूँ। मैं जानती हूँ।" जोन कहती है, "उसकी मंशा यहाँ होने की थी, किन्तु सच्ची बात है कि वह यहाँ नहीं है—।"

"वह कहाँ है? वह कहाँ गई है?"

"मैं आपको नहीं बता सकती।"

"आपका मतलब है आप बता नहीं सकतीं, या बताएँगी नहीं।"

"मैं बता नहीं सकती। मुझे पता नहीं। लेकिन आपको शान्ति देने के लिये एक बात बता सकती हूँ। वह जहाँ कहीं भी गई है, उसने जो भी निर्णय लिया है, वही उसके लिए उचित है। यही उसके लिए आध्यात्मिक रूप से उचित होगा और उसके विकास के लिए भी।"

जूलियट ने इसे जाने देना ही ठीक समझा। उसे आध्यात्मिकता नाम से उबकाई-सी आने लगती है और जैसा वह अक्सर कहती है, यह शब्द प्रार्थना चक्र घुमाने से लेकर गिरजे में तामझाम से की गई पूजा तक को एक में समाहित कर देता है। उसे बिलकुल उम्मीद नहीं थी कि इतनी अक़्लमन्द होने के बावजूद पेनेलपी इस तरह के किसी झंझट में फँस जाएगी।

"मैंने सिर्फ़ इतना सोचा कि मुझे पता होना चाहिए।" जूलियट कहती है, "यदि वह अपने सामान में से कुछ घर भेजना चाहती थी।"

"उसका सामान?" जोन मुँह को मुस्कान में फैलने से रोकने में असफल रहती है, हालाँकि वह उसे तुरन्त ही एक कोमलता की अभिव्यक्ति के साथ सन्तुलित कर लेती है, "पेनेलपी इस समय अपने सामान के प्रति बहुत चिन्तित नहीं है।"

कभी-कभी जूलियट ने टेलीविज़न पर किये साक्षात्कारों के बीच में अनुभव किया है कि सामने बैठे व्यक्ति में विद्वेष की भावना है, जिसे कैमरा चालू किए जाने से पहले भाँप नहीं सकी थी। वह व्यक्ति जिसे जूलियट ने कमतर करके आँका है, जिसे उसने कुछ मूर्ख समझा है, उसमें भी वह बूता हो सकता है। विनोदप्रियता के मुखौटे के पीछे द्वेष की भावना। तब यही करना होता है कि उसे ऐसा न लगे कि आप चकरा गए हैं, उसके उत्तर में कोई प्रतिकूलता नहीं जाहिर करनी है।

"विकास से मेरा मतलब आन्तरिक विकास से ही है।" जोन कहती है।

"मैं समझ रही हूँ।" उसकी आँखों में देखते हुए जूलियट कहती है।

"पेनेलपी के जीवन में इतना अच्छा मौक़ा है दिलचस्प लोगों से मिलने का—पर रुकिए, उसे दिलचस्प लोगों से मिलने की ज़रूरत ही क्या है, वह तो एक दिलचस्प व्यक्ति के साथ बड़ी हुई है। आप उसकी माँ हैं—लेकिन कभी-कभी आप जानती हैं किसी के व्यक्तित्व के कुछ आयाम विकसित नहीं हो पाते, बड़े होने पर बच्चों को लगता है कि वे किसी चीज़ से वंचित रहे हैं—।"

"अरे हाँ।" जूलियट कहती है, "मैं जानती हूँ कि बड़े होकर बच्चों को ढेर सारी शिकायतें होती हैं।"

जोन ने तय कर लिया है कि वह कुछ कड़ाई से पेश आएगी।

"आध्यात्मिक आयाम—मैं यही कहूँगी—कि कमी क्या पेनेलपी के जीवन में नहीं थी? मुझे लगता है कि उसका पालन-पोषण किसी धार्मिक विश्वास वाले परिवार में नहीं हुआ।"

"धर्म कोई वर्जित विषय नहीं था। हम इस पर बात करते थे।"

"शायद आपका बात करने का ढंग ग़लत था। आपका बौद्धिक ढंग? आप समझीं मैं क्या कह रही हूँ। आप ख़ुद इतनी ज़हीन हैं।" उसने उदारतापूर्वक जोड़ा।

"ऐसा आपका कहना है।"

जूलियट को इस बात का बोध है कि इस साक्षात्कार पर और अपने पर भी उसका नियंत्रण कम हो रहा है और शायद समाप्त हो जाएगा।

"ऐसा मैं नहीं कहती हूँ, जूलियट! ऐसा पेनेलपी कहती है। पेनेलपी बड़ी प्यारी लड़की है, लेकिन वह हमारे पास एक बड़ी भूख मिटाने आई है। उन चीज़ों की भूख जो उसे घर में उपलब्ध नहीं थी। वहाँ आप थीं और आपका इतना सफल पर व्यस्त जीवन—लेकिन जूलियट, मैं आपको बताती हूँ कि आपकी बेटी ने अकेलेपन को जाना है। विषाद को जाना है।"

"क्या सभी लोग किसी-न-किसी समय ऐसा महसूस नहीं करते? अकेलापन और विषाद?"

"यह मेरे कहने की बात नहीं है। ओह, जूलियट! आपकी पहुँच बहुत गहरी है। मैंने आपको अक्सर टेलीविज़न पर देखा है और सोचा है कि आप कैसे बातों की तह तक पहुँच जाती हैं। और फिर भी हर समय सबसे आपका व्यवहार विनम्र और ख़ुशमिज़ाज रहता है। मैंने कभी नहीं सोचा था कि कभी आपसे आमने-सामने बैठकर बात करूँगी। और तो और, हालात ऐसे होंगे कि आपकी सहायता कर पाऊँगी—।"

"मुझे लगता है कि आपको इस बारे में कुछ ग़लतफ़हमी है।"

"आपको बुरा लग रहा है। स्वाभाविक है कि आपको बुरा लगे।"

"यह मेरा निजी मामला है।"

"तो ठीक। शायद वह आपसे सम्पर्क करे, आख़िरकार।"

पेनेलपी ने जूलियट से कुछ सप्ताह बाद सम्पर्क किया। एक जन्मदिन का कार्ड आया—पेनेलपी के जन्म दिन का—उन्नीस जून। उसका इक्कीसवाँ जन्मदिन। यह कुछ उसी प्रकार का कार्ड था जो पाने वाले की अभिरुचि का अन्दाज़ा न लगा पाने पर भेजा जाता है। कोई भद्दे मज़ाक़ वाला कार्ड नहीं, बौद्धिक उक्तियों वाला कार्ड नहीं, भावुकतापूर्ण सन्देशों का कार्ड नहीं। उसके आमुख पर पैंज़ी का एक छोटा-सा गुलदस्ता बैंगनी फीते से बँधा था, जिसके एक सिरे से 'शुभ जन्मदिन' विन्यस्त हुआ था। इन्हीं शब्दों को भीतर भी दुहराया गया था, ऊपर सुनहरे अक्षरों में 'आपको मुबारक हो' जोड़ते हुए।

और उस पर कोई हस्ताक्षर नहीं था। जूलियट को पहले लगा कि किसी ने यह कार्ड पेनेलपी को भेजा था और हस्ताक्षर करना भूल गया था और उसने यानी जूलियट ने उसे ग़लती से खोल लिया था। कोई ऐसा व्यक्ति था जिसने पेनेलपी का जन्मदिन और पता अपनी फ़ाइल में लिख रखा था। उसका दंत चिकित्सक, या हो सकता है उसका ड्राइविंग प्रशिक्षक। लेकिन जब उसने लिफ़ाफ़े पर लेखन का पुनरावलोकन किया तो पाया कि कोई ग़लती नहीं हुई है—उसका अपना ही नाम लिखा था, और वास्तव में, पेनेलपी की ही हस्तलिपि में।

पोस्ट ऑफ़िस की मुहर से अब कुछ भी सुराग नहीं मिलता था। सभी में बस 'कनाडा पोस्ट' छपा होता था। जूलियट का विचार था कि कम-से-कम किस

प्रान्त से यह पत्र आया था, यह जानने का कोई-न-कोई रास्ता ज़रूर होगा, लेकिन उसके लिए पोस्ट ऑफ़िस से बात करनी होगी, पत्र लेकर वहाँ जाना होगा और अपनी माँग के लिए सबूत देने पड़ेंगे। और सूचना पाने के अधिकार को सिद्ध करना होगा। और वहाँ ज़रूर ही कोई उसे पहचान लेगा।

वह अपनी पुरानी दोस्त क्रिस्टा से मिलने गई जो कभी व्हेल खाड़ी में रहती थी, जब वह ख़ुद पेनेलपी के जन्म के पहले वहाँ रहती थी। क्रिस्टा कित्सीलानो नाम की रिहाइश में थी जहाँ परिचारिकों की सहायता से रहा जा सकता था। उसे मल्टीपल स्कलेरोसिस हो गया था। उसका कमरा नीचे की मंज़िल पर था और उसके साथ छोटा-सा निजी बरामदा था। जूलियट उसके साथ वहीं बैठी, धूप पसरे लान को देखते हुए और पूरी बहार पर आई विस्टेरिया को, जिसने बाड़े पर छाकर पीछे रखी कचरे की टोकरियों को छुपा लिया था।

जूलियट ने क्रिस्टा को देनमान द्वीप की यात्रा की पूरी कहानी बताई। उसने किसी और को नहीं बताया था और उसे आशा थी कि किसी और को बताना भी नहीं पड़ेगा। प्रतिदिन काम से लौटते समय रास्ते में ख़याल आता कि शायद घर पर पेनेलपी इन्तज़ार करती मिले। कम-से-कम कोई पत्र तो आया ही होगा। और तब वह आया था—वह क्रूर कार्ड—जिसे उनसे अपने काँपते हाथों से फाड़कर खोला था।

"इसका ज़रूर कोई मतलब है।" क्रिस्टा ने कहा, "यह बताता है कि पेनेलपी ठीक-ठाक है। इसके बाद कुछ और होगा। ज़रूर होगा। धैर्य रखो।"

जूलियट ने कुछ देर तक मदर शिपटन[1] पर अपना गुस्सा उतारा।

उसने जोन के लिए पोप जोन नाम से कुछ दिन बाद असन्तुष्ट होकर उसे यह नया नाम दे दिया था। कैसा खुल्लमखुल्ला छल-कपट, उसने कहा, धर्म के भोले मुखौटे के पीछे कैसी चालबाजी और मक्कारी।

यह कल्पना करना असम्भव था कि पेनेलपी उसकी बातों में आ गई थी।

क्रिस्टा ने सुझाया कि पेनेलपी शायद उस जगह इसलिए गई थी कि वह उसके बारे में कुछ लिखना चाहती थी। घटनास्थल पर जाँच-पड़ताल कर अपने अनुभवों के बारे में लेख। कुछ ऊबाऊ क़िस्म का अनुभवजन्य लेखन जो आजकल प्रचलित था।

---

1. सोलहवीं शताब्दी की अंग्रेज महिला उर्सुला साउथिल का नाम जो एक भविष्यवक्ता नबी के रूप में जानी जाती थी और अपनी कुछ भविष्यवाणियों के कारण कुख्यात हुई थी।

"छह महीने तक जाँच-पड़ताल?" जूलियट ने कहा, "मदर शिपटन को तो पेनेलपी दस मिनट में ही समझ-बूझ लेती।"

"है तो कुछ अजीब बात।" क्रिस्टा ने स्वीकार किया।

"जितना मुझे बता रही हो, तुम उससे अधिक तो नहीं जानती।" जूलियट ने कहा, "मुझे ऐसी बात पूछते कितना बुरा लग रहा है। समझ नहीं आता कि क्या करूँ? मैं ख़ुद अपने को बेवक़ूफ़ लग रही हूँ। और हाँ, वह औरत चाहती थी कि मैं अपने को बेवक़ूफ़ महसूस करूँ। किसी नाटक में उस महिला की तरह जो कुछ कह देती है तो दूसरे मुँह फेर लेते हैं क्योंकि वे कुछ जानते हैं जो वह नहीं जानती—"

"अब इस तरह के नाटक नहीं होते।" क्रिस्टा ने कहा, "अब कोई कुछ नहीं जानता। नहीं—पेनेलपी ने मुझे भी विश्वास में नहीं लिया, जैसे तुम्हें। वह क्यों लेती? वह जानती थी कि मैं अन्तत: तुम्हें बता दूँगी।"

जूलियट एक मिनट तक ख़ामोश रही, फिर कुछ कुढ़कर बुदबुदाई, "ऐसी बातें थीं जो तुमने मुझे नहीं बताईं।"

"मेरे भगवान।" क्रिस्टा ने कहा, किन्तु बुरा माने बिना, "फिर वही बात नहीं।"

"फिर नहीं।" जूलियट ने स्वीकार किया, "बस मेरा मूड ख़राब है।"

"थोड़ा रुको। बच्चे माँ-बाप के लिए ऐसे क्लेश पैदा कर देते हैं। पेनेलपी ने तुम्हें कोई ख़ास तंग नहीं किया, जो भी हो। साल भर के भीतर यह बात पुरानी हो जाएगी।"

जूलियट उसे बता नहीं पाई कि जोन से उसका अन्तिम व्यवहार बहुत गरिमामय नहीं था। चलते समय वह पीछे मुड़कर याचना-सी करती चीख़ पड़ी थी।

"उसने तुमसे कुछ कहा था?"

और ज़रूर शिपटन उसे देखते हुए खड़ी रही कि जैसे उसे इसी की उम्मीद थी। जब उसने अपना सिर नहीं में हिलाया तो एक करुणाभरी मुस्कान उसके बन्द ओठों पर फैल गई थी।

अगले वर्ष जूलियट को पेनेलपी को जानने वाले लोगों के फ़ोन अब-तब आते रहे थे। उनकी पूछ-ताछ का उत्तर वह हमेशा वही देती। पेनेलपी ने एक वर्ष के लिए सब चीज़ों से छुट्टी ले ली थी। वह यात्राएँ कर रही थी। उसकी यात्राओं

का कार्यक्रम बहुत तय नहीं रहता था और जूलियट के पास उससे सम्पर्क करने का कोई तरीका नहीं था, न ही देने के लिए उसका कोई पता था।

पेनेलपी के नज़दीकी दोस्तों ने जूलियट से कभी सम्पर्क नहीं किया। इसका मतलब यह भी हो सकता था कि जो लोग पेनेलपी के क़रीबी थे, वे जानते थे कि वह कहाँ है। यह भी हो सकता था कि वे भी विदेश यात्राओं पर थे, या दूसरे प्रान्तों में रोजगार पा गए थे, नया जीवन शुरू कर चुके थे जो इतना व्यस्त या अनिश्चित था कि पुराने दोस्तों के बारे में जानने का मौक़ा ही नहीं था।

(जीवन के इस पड़ाव पर पुराने दोस्त का मतलब होता है वह व्यक्ति जिससे आप पिछले आधे वर्ष में न मिले हों।)

जूलियट अब भी घर लौटती थी तो सबसे पहले टेलीफ़ोन का उत्तर देने वाली मशीन की जलती-बुझती रोशनी की ओर नज़र डालती थी—जिसे वह दरअसल पहले प्राय: नज़रन्दाज़ करती थी, यह सोचकर कि कोई उसकी टेलीविज़न पर कही बातों के सम्बन्ध में फ़ोन कर रहा होगा। उसने कुछ टोटके आजमाए, फ़ोन उठाने के लिए कितने कदम चलेगी, फ़ोन किस ढंग से उठाएगी, कैसे साँस लेगी। *काश यह फ़ोन पेनेलपी का हो।*

कुछ भी काम नहीं आया। कुछ समय के बाद संसार उन लोगों से ख़ाली लगने लगा था, जिन्हें पेनेलपी जानती थी, जिन बॉयफ्रेंडों को वह छोड़ चुकी थी, या जो उसे छोड़ चुके थे, वे सहेलियाँ जिनसे वह खुलकर बातें करती थी और जिन्हें उसने अपने रहस्य बताए थे। किसी साधारण स्कूल में जाने की जगह वह एक प्राइवेट बोर्डिंग स्कूल में पढ़ी थी—टोरेंस हाउस—जिसका मतलब था कि उसके पुराने मित्र—वे भी जो कॉलेज में भी उसके मित्र थे—नगर के बाहर से आए थे। कुछ अलास्का से, या प्रिंस जार्ज या पेरू से।

क्रिसमस पर भी कोई सन्देश नहीं मिला। लेकिन जून में एक कार्ड मिला, पिछले ही कार्ड की तरह भीतर कुछ भी नहीं लिखा हुआ। लिफ़ाफ़ा खोलने से पहले जूलियट ने थोड़ी वाइन पी, फिर खोलते ही परे फेंक दिया। उसे रुलाई के झोंके आए, कभी-कभी कँपकँपी उठती जिसे वह वश में न कर पाती, किन्तु इसके बाद आते क्रोध के दौरे जब वह हथेली पर मुक्के मारती घर भर में घूमती-फिरती। उसका रोष मदर शिपटन के प्रति था, किन्तु उस औरत की छवि धुँधली पड़ गई थी, और अन्तत: जूलियट को मानना पड़ा था कि वह औरत सिर्फ़ एक बहाना थी।

पेनेलपी की सभी तसवीरें, व्हेल खाड़ी से जाने से पहले उसके बनाए चित्र और रेखाचित्र, पुस्तकें, एक प्याली कॉफ़ी बनाने वाली यूरोपियन मशीन जो उसने गर्मियों की छुट्टी में काम करने पर मैक्डोनाल्ड से पहली तनख़्वाह मिलने पर जूलियट के लिए उपहारस्वरूप ख़रीदी थी, सभी कुछ पेनेलपी के कमरे में डाल दिया गया था। उन उपहारों को भी जो अपार्टमेंट के लिए तफरीहन ख़रीदे गए थे, जैसे रेफ़्रीजरेटर पर चिपकाया जाने वाला छोटा-सा प्लास्टिक का पंखा, एक चाभी से चलनेवाला ट्रैक्टर, स्नानघर की खिड़की पर लगाए जानेवाला एक शीशे के मनकों का पर्दा। उस कमरे का दरवाज़ा बन्द कर दिया गया और आने वाले समय में बन्द ही रहा था।

इस अपार्टमेंट को छोड़ने के बारे में जूलियट ने बहुत सोचा था कि नई जगह और नए माहौल का लाभ उठा सके। लेकिन उसने क्रिस्टा से कहा कि वह ऐसा नहीं कर सकती क्योंकि पेनेलपी के पास इसी जगह का पता था, डाक सिर्फ़ तीन महीने तक नए पते पर पुनप्रेषित की जा सकती थी, इसलिए उसकी बेटी उसे कहीं और नहीं खोज पाएगी।

"तुम जहाँ काम करती हो वहाँ कभी भी खोज सकती है।" क्रिस्टा ने कहा।

"कौन जानता है वहाँ मैं कब तक रहूँगी?" जूलियट ने कहा, "वह शायद किसी कम्यून में रहती है जहाँ लोग बाहर से सम्पर्क नहीं कर सकते। किसी गुरु के साथ जो सभी औरतों के साथ सोता है और उन्हें भीख माँगने के लिए बाज़ारों में भेज देता है। यदि मैंने उसे संडे स्कूल में भेजा होता और प्रार्थना करना सिखाया होता तो सम्भवत: यह नहीं हुआ होता। मुझे वैसा करना चाहिए था। मुझे ज़रूर करना चाहिए था। यह एक तरह से उसे दीक्षा देने जैसा होता। मैंने उसकी आध्यात्मिकता की उपेक्षा की। मदर शिपटन ने भी यही कहा था।"

पेनेलपी जब मुश्किल से तेरह वर्ष की थी तब वह टोरेंस हाउस की एक दोस्त और उसके परिवार के साथ कैम्पिंग करने ब्रिटिश कोलम्बिया के कूटने पहाड़ी पर गई थी। उसके लिए जूलियट की सहमति थी। तब तक पेनेलपी टोरेंस हाउस में सिर्फ़ एक साल रही थी (चूँकि उसकी माँ ने वहाँ पढ़ाया था, इसलिए उससे

कम फ़ीस ली गई थी) और जूलियट इस बात से ख़ुश थी कि पेनेलपी ने किसी से इतनी गहरी दोस्ती कर ली है, कि दोस्त के परिवार ने उसे भी स्वीकार कर लिया है। यह भी कि वह कैम्पिंग करने जा रही है—जो बच्चे अक्सर करते हैं, लेकिन जूलियट को बचपन में इसका मौक़ा नहीं मिला था। वह पढ़ने में इतनी जुटी रहती थी कि इन सब बातों के बारे में सोच ही न पाती थी। लेकिन उसे यह बात अच्छी लगी थी कि पेनेलपी एक सामान्य लड़की की तरह बड़ी हो रही थी जिसका मौक़ा स्वयं जूलियट को नहीं मिला था।

एरिक इस बात को लेकर पसोपेश में था। उसको लगता था कि पेनेलपी अभी बहुत छोटी है। वह उसे ऐसे लोगों के साथ छुट्टी पर नहीं जाने देना चाहता था जिन्हें वह नहीं के बराबर जानता था। और अब जब कि वह एक बोर्डिंग स्कूल में रह रही थी, उसके साथ बिताने को समय बहुत कम मिलता था—तब उस समय को और कम क्यों किया जाए।

जूलियट का कारण दूसरा था—गर्मियों की छुट्टी के आरम्भ में वह पेनेलपी को कुछ दिनों के लिए घर से बाहर रहने देना चाहती थी क्योंकि एरिक और उसके बीच मामला कुछ खटाई में था। वह समस्या को निबटा लेना चाहती थी, लेकिन निबटा नहीं पा रही थी। वह बच्ची की वजह से इस बात का नाटक नहीं करना चाहती थी कि उनके बीच सब कुछ ठीक था।

दूसरी तरफ़ एरिक उस समस्या को अनदेखा कर, उसे छुपाकर समस्या का निदान करना चाहता था। उसकी सोच में सौजन्य उनके बीच सौहार्द फिर ले आता, दिखावे के प्रेम से तब तक काम चलता जब तक प्रेम का पुर्नजागरण न हो जाता। और यदि केवल दिखावा ही करना पड़े—वह भी ठीक था। एरिक उसी से काम चला लेता।

वह वास्तव में चला लेता, जूलियट ने कुछ निराशा से सोचा।

पेनेलपी के घर रहने पर वे ठीक से व्यवहार करते थे। उसके हिसाब से जूलियट ठीक से व्यवहार करती थी क्योंकि एरिक की निगाह में जूलियट का व्यवहार सब समस्याओं की जड़ थी। और इस कारण पेनेलपी की उपस्थिति एरिक को रास आती थी।

जूलियट ने एरिक को यह बात बताई और इस तरह से कड़वाहट और दोषारोपण की एक और जड़ पैदा की, क्योंकि पेनेलपी का न होना एरिक को बहुत अखरता था।

उनके झगड़े का कारण एक पुरानी सामान्य-सी बात थी। बसन्त में किसी और छोटी-सी बात का खुलासा होने पर जूलियट जान गई कि एरिक का क्रिस्टा से फिर शारीरिक सम्बन्ध हुआ था। यह खुलासा उनकी पुरानी पड़ोसी आईलो ने किया था—दिल खोलने की इच्छा के कारण या वैमनस्य के कारण।

आइलो के मन में एरिक की मृत पत्नी के प्रति थोड़ी वफादारी थी और जूलियट के प्रति थोड़ी दुर्भावना। क्रिस्टा बहुत दिनों से उसकी गहरी दोस्त थी, लेकिन उससे पहले वह एरिक की गर्लफ्रेंड भी थी—उसकी रखैल (हालाँकि अब कोई यह शब्द नहीं कहता था)। एरिक ने क्रिस्टा को तब छोड़ दिया था जब जूलियट को अपने साथ रहने के लिए कहा था। तब जूलियट ने क्रिस्टा के बारे में सब कुछ जान लिया था और एरिक के साथ रहने से पहले जो कुंछ भी हुआ था, उस पर वह कैसे आपत्ति कर सकती थी। उसने नहीं की थी। उसको जिस पर आपत्ति थी, जिससे उसका दिल टूट गया था, वह उसके बाद घटा था। (पर काफ़ी समय पहले—एरिक ने कहा था।) यह तब हुआ था जब पेनेलपी एक साल की थी और जूलियट उसे लेकर अपने माँ-बाप से मिलने ओंटेरिओ गई थी। अपनी मरणासन्न माँ से मिलने—जैसाकि वह कहा करती थी। जब वह एरिक से दूर थी और उसकी याद में तड़प रही थी और अपने पोर-पोर में उसकी अनुपस्थिति महसूस कर रही थी (जैसा अब उसका विश्वास था), वह अपनी पुरानी आदतों पर लौट आया था।

पहले एरिक ने यह एक बार होना स्वीकार किया था (जब वह पीकर टुन्न था), पर बार-बार कुरेदने पर और दूसरे अवसरों पर पीये रहने पर उसने कहा था कि यह सम्भवत: कई बार हुआ था।

सम्भवत:? उसे याद नहीं? इतनी बार कि उसे याद नहीं?

एरिक को सब याद था।

क्रिस्टा, जूलियट से मिलने आई थी, आश्वस्त करने के लिए कि यह कोई गम्भीर बात नहीं थी (यही एरिक भी कहता था)। जूलियट ने उसे चले जाने को कहा और भविष्य में कभी न आने के लिए बरज दिया। क्रिस्टा ने तय किया कि यह सही समय था कैलीफ़ोर्निया जाकर अपने भाई से मिलने का।

वास्तव में क्रिस्टा पर जूलियट का क्रोध बहुत कुछ दिखावटी था। वह ख़ूब समझती थी कि एक पुरानी गर्लफ्रेंड से कुछेक बार चलते-चलते सम्भोग कर लेना

(एरिक के शब्दों में, जब उसने इस घटना को तूल न देने का असफल प्रयत्न किया था) उतना ख़तरनाक नहीं था, जितना किसी नई औरत के साथ गरमागरम आलिंगन। फिर एरिक पर उसका क्रोध इतना प्रचंड और अदम्य था कि किसी दूसरे पर दोषारोपण के लिए जगह ही नहीं बचती थी।

उसका कहना था कि एरिक न उससे प्यार करता था, न उसने कभी किया था। उसकी पीठ-पीछे क्रिस्टा के साथ उसका मज़ाक़ बनाया था। एरिक ने आइलो, जो उससे घृणा करती थी, के सामने उसकी हँसी उड़ाई थी। उसके प्यार की अवमानना की थी। उसके साथ एक झूठ जिया था। सेक्स का उसके लिए कोई मतलब नहीं था। वह मतलब तो नहीं ही था जो जूलियट के लिए था, वह किसी भी ऐरे-ग़ैरे, नत्थू-ख़ैरे के साथ सम्भोग कर सकता था।

सिर्फ़ इस आख़िरी आरोप में ही कुछ दम था, और उन क्षणों में जब उसका मस्तिष्क शान्त रहता था, वह इसे स्वीकार भी करती थी। लेकिन यह थोड़ी-सी सच्चाई भी उसके इर्द-गिर्द की चीज़ों पर अवसाद की छाया डालने के लिए पर्याप्त थी। यह होना नहीं चाहिए था, पर होता था। एरिक समझ नहीं पाता था—पूरी ईमानदारी से समझ नहीं पाता था—कि ऐसा क्यों था। उसे इस बात पर आश्चर्य नहीं होता कि वह आपत्ति करेगी, हंगामा करेगी, यहाँ तक कि रोएगी-धोएगी (गोकि क्रिस्टा जैसी औरत ने ऐसा कभी नहीं किया होता)। लेकिन जूलियट का दिल इतना दु:ख जाएगा, वह उन सबसे इतना वंचित महसूस करेगी जो उसके सम्बल थे—और वह भी उस बात से जो कोई बारह वर्ष पहले हुई थी—यह वह नहीं समझ पाता था।

कभी-कभी एरिक को लगता कि वह ढोंग कर रही है, जितना ज़्यादा कर सके उतना, और कभी उसे वाकई दु:ख होता कि उसने जूलियट के दिल को चोट पहुँचाई थी। इसका मलाल उन्हें कामोत्तेजित कर देता और वे उन्मत्तता-से सम्भोग करते। एरिक को हर बार लगता कि इसके बाद उनकी समस्या का अन्त हो जाएगा, उनके दु:ख दूर हो जाएँगे। हर बार वह धोखा खा जाता।

बिस्तर में जूलियट इन्हीं परिस्थितियों में कामोत्तेजित मिस्टर पीप्स[1] और मिसेज पीप्स के बारे में हँस-हँसाकर बताती थी। (यूनानी साहित्य की पढ़ाई छोड़ने के बाद भी वह बहुत कुछ पढ़ रही थी और जो कुछ भी पढ़ रही थी,

1. अठारहवीं शताब्दी का अंग्रेज लेखक सैमुअल पीप्स जो अपनी डायरी में किए गए खुलासों के कारण जाना जाता है।

लगता था उसका सम्बन्ध विवाहेतर सेक्स से ही था)। इतनी बार कभी पहले नहीं और इतना उन्मुक्त होकर तो कभी नहीं—पीप्स ने लिखा था—पर उसने यह भी लिखा था कि उसकी पत्नी ने उसे सोते में कत्ल कर डालने की भी सोची थी।

जूलियट इन बातों पर ख़ूब हँसती, लेकिन आधे घंटे बाद जब वह झींगों को पकड़ने के जाल का निरीक्षण करने के लिए नाव पर जाने से पहले 'गुड बाई' कहने जाता तो जूलियट का चेहरा पत्थर बन जाता और उसका चुम्बन अति ठंडा होता, कि जैसे वह बीच समुद्र में किसी प्रेमिका से मिलने जा रहा हो, वह भी बरस रहे आसमान के नीचे।

बारिश से बढ़कर भी कुछ था। जब एरिक नाव पर गया तो लहरें इतनी ऊँची नहीं थीं, लेकिन अपराह्न में अचानक दक्षिण पूर्व से आँधी आई और डिज़ोलेशन साउंड और मलस्पीना स्ट्रेट के जल को मथ दिया। लगभग अँधेरा होते वक़्त तक यही हाल रहा—और वास्तव में अँधेरा जून के इस अन्तिम सप्ताह में 11 बजे से पहले नहीं होता। तब तक कैंपबेल नदी में एक पाल वाली नाव के डूबने की सूचना आ चुकी थी, जिसमें दो वयस्क और तीन बच्चे थे। दो मछली पकड़ने वाली नौकाओं की भी—एक में दो आदमी थे, दूसरे में अकेला एक आदमी—एरिक।

दूसरे दिन सुबह शान्त और धूप भरी थी—पर्वत, समुद्र, तट सभी कुछ साफ़-सुथरा और चमचमाता।

यह ज़रूर सम्भव था कि इन लोगों में कोई भी न मरा हो, कि उन्हें कहीं शरण मिल गई हो और उन्होंने उस क्षेत्र की किसी छोटी खाड़ी में कहीं रात गुजारी हो। यह मछुआरों के बारे में और भी सम्भाव्य था, उस पाल वाली नाव में परिवार की तुलना में जो वहाँ के निवासी न थे बल्कि सीएटल से छुट्टी बिताने आए थे। सुबह होते ही मुख्य भूभाग, समुद्र और द्वीप के किनारों में खोजने के लिए नावें धड़ाधड़ भेजी गईं।

सबसे पहले डूबे बच्चे मिले। लाइफ़ जैकेट पहने। दिन बीतते-बीतते उनके माँ-बाप के शव भी मिल गए। उनके साथ गए उनके पितामह का शव दूसरे दिन मिला। जो दो आदमी साथ-साथ मछली पकड़ने गए थे उनकी लाश नहीं मिली, हालाँकि उनकी नाव का मलबा रिफ़्यूज कोव के पास उतराता मिला।

एरिक का शव तीसरे दिन मिला। जूलियट को उसे देखने नहीं दिया गया। कहा गया कि उसके शव के किनारे लगने के बाद उसे किसी (अर्थात् किसी जानवर) ने क्षति पहुँचाई थी।

शायद इस कारण—इसलिए भी कि उसके अंतिम संस्कार का प्रबन्ध करने की ज़रूरत नहीं थी—एरिक के पुराने मित्रों और साथी मछुआरों में यह विचार घर कर गया कि उसे तट पर ही जला देना चाहिए। जूलियट ने इस पर आपत्ति नहीं की। मृत्यु की एक सनद बननी थी, इसलिए एक डॉक्टर को पावेल रिवर में उसके दफ़्तर में फ़ोन किया गया जो सप्ताह में एक बार व्हेल खाड़ी आता था। उसने आइलो को यह काम करने का अधिकार दे दिया जो सप्ताह के उस दिन उसकी सहायक के रूप में काम करती थी और एक पंजीकृत नर्स थी।

तट पर बहकर आने वाले काफ़ी लट्ठे और टूटे पेड़ थे, जिनकी समुद्री नमक सोखी हुई छालें ख़ूब जलती हैं। कुछ ही घंटे में सब तैयार हो गया। ख़बर फैल गई थी—और इतने कम समय की सूचना पर भी औरतें खाना लेकर पहुँचने लगी थीं। पर आइलो ने सब कुछ अपने हाथ में ले लिया—उसका स्कैंडिनेवियन रक्त, सीधे ढाँचे और लम्बे, सफ़ेद बालों से लगता था कि वह 'विडो ऑफ़ द सी' की नायिका की भूमिका के लिए सर्वथा उपयुक्त थी। लट्ठों के आस-पास दौड़ रहे बच्चों को चिता से दूर रखा जा रहा था जिस पर कफ़न में लिपटी एक छोटी-सी गटरी—एरिक—रखी थी।

इस ग़ैर-ईसाई कर्मकांड के लिए वहाँ के चर्चों में से किसी एक की सदस्य औरत ने कॉफ़ी बनाने का सामान मुहैया करा दिया था। और बीयर के बक्से, हर तरह के पेय की बोतलें गाड़ियों और पिकअप ट्रकों में कुछ समय के लिए छिपाकर रख दी गई थीं।

प्रश्न उठ खड़ा हुआ था कि अन्त्येष्टि के पूर्व कुछ शब्द कौन कहेगा और कौन चिता को आग लगाएगा। उन्होंने जूलियट से पूछा, क्या वह करना चाहेगी? और जूलियट—टूटी-सी पर व्यस्त, कॉफ़ी के प्यालों को लोगों को थमाती हुई—ने कहा कि वे ग़लती पर थे, उसे तो एक विधवा के रूप में लपटों में कूद जाना चाहिए। यह कहते समय वह वाकई हँस पड़ी थी और जिन्होंने प्रस्ताव रखा था, वे यह सोचकर पीछे हट गए कि उस पर हिस्टीरिया का दौरा पड़ रहा था। जो आदमी अक्सर एरिक की नाव में उसके साथ जाता था, आग लगाने को राज़ी हो गया, पर उसने कहा कि वह अच्छा वक्ता नहीं था। कुछ लोगों को लगा कि वह

इस काम के लिए उपयुक्त भी नहीं था क्योंकि उसकी बीवी इवेजेंलिकल एंग्लिकन सम्प्रदाय की थी, और वह ऐसी बातें कह सकता था जिससे एरिक को—यदि वह सुन सकता—दु:ख पहुँच सकता था। तब आइलो का पति आगे आया—वह एक नाटा-सा आदमी था। वर्षों पहले एक नाव में आग लगने की दुर्घटना में उसे चोट लग गई थी। वह कुछ चिड़चिड़े स्वभाव का सोशलिस्ट था और नास्तिक भी। अपने सम्बोधन में वह एरिक के बारे में कुछ कहना भी भूल गया था, सिवाय इसके कि वह 'युद्ध में साथी' की तरह था। वह देर तक बोलता रहा, जिससे लोगों को विस्मय हुआ, और जिसका कारण लोगों ने बताया कि यह आइलो की तानाशाही में आक्रान्त होकर रहने के कारण था। उसकी शिकायतों का पुलिन्दा समाप्त होने से पहले भीड़ में शायद कुछ असन्तोष फैलना शुरू हो गया था कि यह आयोजन उतना प्रभावशाली या गम्भीर या फिर उतना हृदय-विदारक नहीं बन पा रहा था जितनी उम्मीद थी। लेकिन जब चिता जलने लगी तो यह भावना ग़ायब हो गई, लोगों में बड़ी एकाग्रता आ गई, विशेषत: बच्चों में और तब तक बनी रही, जब तक कि कोई मर्द चिल्लाकर यह न बोला, "बच्चों को यहाँ से हटाओ।" यह तब हुआ जब लपटें शव तक पहुँचने लगीं। और इस बात का ध्यान आया, भले ही थोड़ी देर से कि चर्बी, हृदय, यकृत और कलेजे के जलने पर धमाके या फिर चरचराहट की आवाज़ हो सकती है जिसे सुनना अप्रिय होगा। सो काफ़ी संख्या में माँएँ अपने बच्चों को वहाँ से लेकर चली गईं—कुछ इच्छापूर्वक, कुछ अनिच्छापूर्वक। इसलिए कर्मकांड का अन्तिम परिच्छेद बस मर्दों का कर्म बनकर रह गया, बिलकुल ग़ैर-क़ानूनी आचरण तो नहीं, पर थोड़ा अशोभनीय।

जूलियट वहाँ बनी रही, फटी आँखों से देखती, कूल्हों पर बैठी शरीर को डुलाती, चेहरे को ताप की तरफ़ किए। वह पूरी तरह से वहाँ नहीं थी। सोच रही थी कि उसका क्या नाम था—ट्रेलोनी? जिसने लपटों से शेली का दिल बाहर खींच लिया था? हृदय—जिसका कोई ख़ास चीज़ होने का एक लम्बा इतिहास था। यह सोचना कितना अजीब लगता है कि ज़्यादा दिन पहले नहीं, उस समय भी एक मांस के अवयव को इतना मूल्यवान, प्रेम और साहस का मर्मस्थल समझा गया। अब सिर्फ़ जलता हुआ मांस का लोथड़ा था। एरिक से उसका कोई सम्बन्ध नहीं।

पेनेलपी को कुछ पता नहीं था कि क्या हो रहा था। वैंकूवर के अख़बार में एक छोटी-सी ख़बर छपी थी—समुद्र तट पर चिता जलाए जाने के बारे में नहीं, सिर्फ़ लोगों के डूब जाने के बारे में—लेकिन कूटने पहाड़ियों में न तो अख़बार पहुँचता था, न रेडियो समाचार। जब वह वैंकूवर वापस आई तो अपनी मित्र हेदर के यहाँ से घर फ़ोन किया। क्रिस्टा ने जवाब दिया—वह अन्त्येष्टि में देर से पहुँची थी, लेकिन अब जूलियट के घर में रह रही थी और जितना हो सकता था, मदद कर रही थी। क्रिस्टा ने बताया कि जूलियट वहाँ नहीं थी—यह झूठ था—और हेदर की माँ से बात कराने को कहा। उसने माँ को बताया कि क्या हो गया था और कहा कि जूलियट को लेकर वह गाड़ी से वैंकूवर आ रही थी, वे तुरन्त निकल रहे थे और वहाँ पहुँचने पर जूलियट स्वयं बताएगी कि क्या हुआ था।

क्रिस्टा ने जूलियट को उस घर पर उतार दिया जहाँ पेनेलपी रह रही थी और जूलियट अकेले भीतर गई। हेदर की माँ उसे सूर्यकक्ष में ले गई जहाँ पेनेलपी प्रतीक्षा कर रही थी। पेनेलपी ने ख़बर को भय की अभिव्यक्ति से सुना, फिर—जब जूलियट ने उसे कुछ औपचारिकता से बाँहों में लिया—कुछ संकोच दिखाया। सम्भवत: हेदर के घर के सफ़ेद, हरे और नारंगी सूर्यकक्ष में, जब हेदर के भाई लोग पिछवाड़े बास्केटबाल खेल रहे थे, इतनी संगीन ख़बर मुश्किल से प्रभाव डाल सकती थी। चिता में जलाने की बात नहीं बताई गई—इस घर में और पास-पड़ोस में यह बात बड़ी ही जंगली और भोंड़ी समझी जाती। यह भी कि इस घर में जूलियट का व्यवहार उसके इरादे से अधिक ज़िन्दादिली का था—जो हो गया सो हो गया जैसा।

हेदर की माँ हलके से खटखटाकर भीतर आई—बरफ पड़ी चाय लेकर। पेनेलपी अपनी चाय गड़पकर हेदर के पास चली गई जो बाहर गलियारे में मंडरा रही थी।

हेदर की माँ ने तब जूलियट से बात की। उसने इस शोक समय में व्यावहारिक बातें करने के लिए क्षमा माँगी, पर कहा कि समय बहुत कम था। वह और हेदर के पिता कुछ ही दिनों में सम्बन्धियों से मिलने पूर्व की तरफ़ जा रहे थे। वे कोई एक माह के लिए जाएँगे और हेदर भी साथ जाएगी। (लड़के कैम्प में रहने जा रहे थे।) लेकिन अब हेदर ने तय किया था कि वह नहीं जाएगी, उसने यहाँ घर में पेनेलपी के साथ रहने की विनती की थी। एक चौदह और दूसरी तेरह वर्ष की लड़कियों को किसी हालत में अकेले नहीं छोड़ा जा सकता था। और ख़याल आया था कि जूलियट शायद कुछ समय के लिए थोड़े परिवर्तन के लिए अपने

घर से दूर रहना चाहेगी। उसके साथ जो हो गया है, उसके बाद। एरिक की मृत्यु की त्रासदी झेलने के बाद।

सो जूलियट ने अपने को एक दूसरी दुनिया में रहते हुए पाया, एक बड़े से साफ़-सुथरे ध्यानपूर्वक ख़ुशनुमा रंगों में सजाए हुए मकान में, जिसमें हर तरफ़ सभी सुविधाएँ थीं—लेकिन जूलियट के लिए तो वे विलास की चीज़ें थीं। यह मकान एक घूमकर जाती सड़क पर था, जहाँ—सावधानी से छाँटी हुई झाड़ियों की बाड़ों और रंग-बिरंगे फूलों की नुमाईशी क्यारियों के पीछे—ऐसे ही दूसरे मकान थे।

यहाँ तक कि उस मास मौसम में भी कोई कमी न थी—सुहावना, बहती बयार, खुला आसमान। हेदर और पेनेलपी तैरने जाती थीं। पिछवाड़े बैडमिंटन खेलती थीं, सिनेमा जाती थीं, मिठाइयाँ बनाती थीं। ख़ूब खाती थीं, वजन कम करने की कोशिश करती थीं, धूप में लेटती थीं। संगीत से घर भर देती थीं, जिसके बोल जूलियट को अतिशय भावुक लगते थे और कुढ़न देते थे, कभी-कभी अपनी सहेलियों को घर बुलाती थीं, लड़कों को नहीं निमंत्रित करती थीं, लेकिन जो घर के सामने से गुजर रहे हों या पड़ोस में इकट्ठे हों, उनसे लम्बी, उद्देश्यहीन, ताने-भरी बातें करती थीं। संयोगवश जूलियट ने पेनेलपी को घर आने वाली लड़कियों में से किसी से कहते सुना, "भई, मैं असल में उसे बहुत कम जानती थी।"

वह अपने पिता के बारे में कह रही थी।

कितनी अजीब बात।

समुद्र अशान्त होने पर भी वह कभी नाव में जाने से नहीं डरती थी, जबकि जूलियट ड़रती थी। वह एरिक से साथ ले चलने के लिए ज़िद करती थी और अक्सर सफ़ल हो जाती थी। अपना नारंगी रंग का लाइफ़ जैकेट पहने, जिस सामान को वह उठा सकती थी उसको लिए, एरिक के पीछे-पीछे जाती तो उसके चेहरे पर गम्भीरता और लगन दिखाई देती। उसने जाल लगाना सीख लिया और झींगों को फटाफट, बेझिझक और दक्षता से साफ़ करके झोलों में भरने में माहिर हो गई। अपने बचपन के एक विशेष चरण में—आठ से ग्यारह वर्ष के बीच—वह हमेशा कहती थी कि वह बड़ी होकर मछली पकड़ने का काम करेगी। और एरिक ने कहा था कि यह काम अब बहुत-सी लड़कियाँ करने लगी थीं। जूलियट ने सोचा था कि यह सम्भव हो सकता था क्योंकि पेनेलपी ज़हीन तो थी पर उसे किताबों से ज़्यादा लेना-देना न था, वह प्रचुर साहसी थी और उसे शारीरिक कामों में रुचि थी।

लेकिन, जब पेनेलपी न सुन सके तब, एरिक कहता था कि उसका यह फितूर धीरे-धीरे ख़तम हो जाएगा, और वैसे वह ख़ुद किसी को मछुआरे का जीवन अपनाने की सलाह नहीं देना चाहता। अपने पेशे की कठिनाई और अनिश्चितता के बारे में वह हमेशा इसी तरह बात करता था, लेकिन जूलियट का ख़याल था कि उसे उन्हीं कामों में गर्व भी होता था।

और अब वह भुला दिया गया था। उस पेनेलपी द्वारा जिसने हाल ही में पैर के नाख़ूनों को बैंगनी रँग लिया था और पेट को नक़ली गोदने से सजा लिया था। वह जिसका पेनेलपी के जीवन के हर पहलू पर इतना प्रभाव था। पेनेलपी ने उसी को खारिज कर दिया था।

पर जूलियट को लगा कि वह भी यही कर रही थी। निश्चय ही वह एक नौकरी और रहने की एक जगह खोजने में व्यस्त थी। उसने व्हेल बे वाले मकान को पहले ही बेचने के लिए चढ़ा दिया था—वह वहाँ रहने का सोच भी नहीं सकती थी। उसने पिकअप गाड़ी को बेच दिया था और एरिक के औजारों को बाँट दिया था, उन जालों को जो काम लायक थे और नाव भी। सस्काचेवान से एरिक का जवान बेटा आया था और कुत्ते को साथ ले गया था।

उसने विश्वविद्यालय के पुस्तकालय के रेफ़रेंस विभाग में काम के लिए आवेदन दे दिया था, सार्वजनिक पुस्तकालय में भी और उसे लगता था कि दोनों में से कोई एक काम उसे ज़रूर मिल जाएगा। वह कित्सीलानो या डनबर या प्वांइट ग्रे मोहल्लों में एपार्टमेंट ढूँढ़ रही थी। शहरी जीवन की स्वच्छता, सुव्यवस्था और आसानियाँ अब उसे समझ आने लगी थीं। जहाँ लोग खुले में या बियाबान में काम नहीं करते थे और जहाँ उनके पेशे के कार्यकलापों का संयोजन घर के भीतर नहीं होता था, वहाँ सामान्य जन ऐसे ही रहते थे। और जहाँ मौसम आपकी मन:स्थिति का एक कारक तो हो सकता था पर जीवन का नहीं, जहाँ झींगों और दूसरी मछलियों की उपलब्धता और उनसे सम्बन्धित बातें या तो यूँ ही की जाती थीं, या फिर उन पर ध्यान ही नहीं दिया जाता था। व्हेल खाड़ी में अभी कुछ दिन पहले तक वह जो जीवन जी रही थी, वह यहाँ की तुलना में अव्यवस्थित, दौड़-धूप भरा और थकानेवाला लगता था। और वह स्वयं पिछले दिनों की मन:स्थिति से मुक्त होकर सचेतन और व्यवहार-कुशल हो गई थी, पहले से आकर्षक दिखने लगी थी।

एरिक को उसे अब देखना चाहिए।

वह एरिक के बारे में इसी तरह हर समय सोचती रहती थी। यह नहीं था कि वह एरिक की मृत्यु की बात स्वीकार नहीं कर पा रही थी—ऐसा तो एक क्षण के लिए भी नहीं हुआ। इसके बावजूद वह लगतार उससे दिल-ही-दिल में बात करती रहती थी, जैसे अभी भी वही एक व्यक्ति था जिसके लिए उसका जीना-मरना मायने रखता था। जैसे वही अभी भी कोई था जिसकी नज़रों में वह कुछ कर दिखाना चाहती थी। वही जिससे वह बहस करती, उसे नई बातें और अपने अनुभव बताती। उसका यह व्यवहार ऐसी आदत बन गया था कि लगता नहीं था कि एरिक की मृत्यु का तथ्य ऐसा करने में कोई बाधा डाल रहा था।

न ही उनकी अन्तिम तकरार वह पूरी तरह भुला पाई थी। वह अब भी एरिक के विश्वासघात के लिए उसे ज़िम्मेदार ठहराती थी। उसके अन्दाज़ में आ गई इठलाहट किसी सीमा तक इसी की प्रतिक्रिया थी।

समुद्र में तूफ़ान, लाश का मिलना, तट पर चिता जलाया जाना—सब कुछ उस तमाशे की तरह था, जिसे देखने के लिए और उस पर विश्वास करने के लिए उसे बाध्य किया गया था, जिसका उससे और एरिक से कुछ भी लेना-देना नहीं था।

***

उसे पुस्तकालय के रेफ़रेंस विभाग में काम मिल गया, वह दो कमरे का एपार्टमेंट भी पा गई, जिसका ख़र्चा वह उठा सकती थी और पेनेलपी टोरेंस हाउस में रोजाना पढ़ने जाने लगी। व्हेल खाड़ी में उनका घरबार समेट लिया गया, वहाँ से उनका सम्बन्ध समाप्त हो गया। यहाँ तक कि क्रिस्टा भी वह जगह छोड़कर बसन्त में वैंकूवर में रहने आ रही थी।

उससे कुछ दिन पहले फ़रवरी में काम समाप्त हो जाने के बाद अपराह्न में जूलियट विश्वविद्यालय परिसर में बने बस स्टैंड की छतरी में खड़ी थी। उस दिन की बारिश बन्द हो गई थी। पश्चिम की ओर, जहाँ जार्जिया के जलडमरूमध्य के ऊपर सूरज डूब रहा था, खुले आसमान की एक पट्टी लाल हो रही थी। लम्बे होते दिनों के इस संकेत, मौसम में आशान्वित बदलाव का उसके ऊपर अप्रत्याशित और आमूल परिवर्तन कर देने वाला प्रभाव पड़ा था।

उसे एहसास हुआ कि एरिक मर गया था।

जैसे कि इस पूरे समय, जबकि वह वैंकूवर में थी, वह कहीं उसकी प्रतीक्षा में था, उसकी प्रतीक्षा कर रहा था कि क्या वह उसके साथ अपना जीवन पुन: आरम्भ करेगी। जैसे कि उसके साथ होने का विचार एक विकल्प के रूप में खुला था। वह जब से यहाँ आई थी, एरिक की स्मृति की पृष्ठभूमि में ही जीवन-यापन कर रही थी, बिना पूरी तरह से आत्मसात किये कि एरिक अब नहीं रहा था। उसका कोई अस्तित्व कहीं नहीं बचा था। नित्यप्रति के और सामान्य जगत में उसकी दख़ल कम होती जा रही थी।

तो गम इसी को कहते हैं। उसे लगता है कि उसके अन्दर एक बोरी सीमेंट उड़ेल दी गई है जो फ़ौरन सख़्त हो गई है। वह हिल-डुल नहीं सकती। बस में चढ़ना, उससे उतरना और अपने घर तक कुछ सौ कदम चलना (वह वहाँ क्यों रहती है?) जैसे कहीं चढ़ाई पर चढ़ना हो। और इस बात को उसे पेनेलपी से छिपाकर रखना है।

डिनर करते वक़्त वह काँपने लगी, लेकिन उंगलियों को इतना ढीला नहीं कर पाई कि काँटा व छुरी रख सके। पेनेलपी मेज़ की दूसरी तरफ़ आई और उँगलियाँ खींचकर उसके हाथ को खोला। पेनेलपी ने कहा, "यह पिता के कारण है कि नहीं?"

जूलियट ने बाद में कई लोगों—जैसे क्रिस्टा—से कहा कि ये उसे सबसे मुक्तिदायी, सबसे अधिक सांत्वना देते शब्द लगे जो उसे किसी ने कभी कहे हों।

पेनेलपी ने अपने ठंडे हाथ जूलियट की बाँहों की अन्दर की तरफ़ ऊपर-नीचे फेरे। दूसरे दिन यह बताने के लिए लाइब्रेरी फ़ोन किया कि उसकी माँ अस्वस्थ थी। उसने कुछ दिनों तक स्कूल न जाकर माँ की देख-रेख की, जब तक माँ ठीक न हो गई। या कम-से-कम तब तक, जब तक कि हालात बेहतर न हो गए।

उन दिनों जूलियट ने पेनेलपी को सब कुछ बता दिया। क्रिस्टा के बारे में, झगड़ों के बारे में, समुद्र तट पर हुए चितादाह के बारे में जिसे अब तक पेनेलपी से छिपाए रखना चमत्कार जैसा था। सब कुछ।

"मुझे यह बोझ तुम पर नहीं डालना चाहिए।"

पेनेलपी ने कहा, "हाँ, शायद नहीं।" लेकिन फिर अनुग्रह से कहा, "चलो तुम्हें माफ किया। मेरा ख़याल है मैं अब बच्ची नहीं हूँ।"

जूलियट पुन: असली दुनिया में वापस आ गई। बस स्टैंड जैसा दौरा उसे फिर-फिर पड़ा किन्तु उतने ज़ोर से नहीं। पुस्तकालय में काम के दौरान उसकी

प्रॉविंशियल टेलीविज़न चैनल के कुछ लोगों से भेंट हुई और उनके नौकरी देने के प्रस्ताव को उसने स्वीकार कर लिया।

एक साल तक वहाँ काम करने के बाद वह लोगों का साक्षात्कार लेने लगी। उसने वर्षों तक जो भी आलतू-फ़ालतू पढ़ा था (जिसे व्हेल खाड़ी में गुजारे दिनों में आइलो इतनी हिकारत से देखती थी), यहाँ-वहाँ से उसने जो भी सीखा था, उसकी बहुत विषयों में रुचि और त्वरित आत्मसात योग्यता अब सभी उपयोगी सिद्ध हो रहे थे। उसने अपने को नाचीज़ दिखाता, कुछ शरारती-सा अन्दाज़ अपना लिया था जो पसन्द किया जाता था। कैमरे पर अब उसे कोई घबराहट नहीं होती थी। दरअसल घर जाकर वह कैमरे पर हो गई किसी भूल या चूक, विशेषकर किसी ग़लत उच्चारण को याद कर अपने को कोसती या रिरियाती इधर-उधर चहलकदमी करने लगती थी।

पाँच वर्षों के बाद जन्मदिन का कार्ड आना बन्द हो गया।

"इसका कोई ख़ास मतलब नहीं।" क्रिस्टा ने कहा, "कार्डों का प्रयोजन केवल बता देना था कि वह कहीं ज़िन्दा है। अब वह समझ गई कि तुम्हें यह सन्देश मिल गया है। उसे विश्वास है कि तुम उसे खोज करने किसी को नहीं भेजोगी। बस।"

"क्या मैंने उस पर बहुत बोझ डाल दिया था?"

"ओह, जूल!"

"मेरा मतलब सिर्फ़ एरिक की मृत्यु से नहीं है। बाद में दूसरे मर्द भी थे। मैंने उसे बहुत दुःख झेलने दिया। अपना क्लेश उस पर लादकर।"

जूलियट ने, पेनेलपी के चौदह से इक्कीस साल का होने के दौरान, दो बार पुरुषों से सम्बन्ध बनाए थे और दोनों ही बार बुरी तरह प्रेमासक्त हो गई थी। यह सोचकर उसे बहुत शर्म आती थी। एक तो उससे उम्र में काफ़ी बड़ा था और उसकी शादी की ज़मीन बड़ी ठोस थी। दूसरा उससे काफ़ी छोटा था और उसके संवेगों की प्रबलता से संत्रस्त हो जाता था। बाद में वह अपने व्यवहार पर स्वयं आश्चर्य करती थी और कहती थी कि दूसरे की उसने कभी ख़ास परवाह नहीं की थी।

"मेरा नहीं ख़याल की होगी।" क्रिस्टा ने कहा जो कुछ थकी-सी थी, "मेरे लिए कहना मुश्किल है।"

"हे भगवान, मैं कितनी गधी थी! अब मर्दों के लिए वैसे नहीं तड़पती। नहीं न?"

क्रिस्टा ने नहीं कहा कि यह इसलिए हो सकता है कि कोई तुम्हें मिलता नहीं।

"नहीं जूल, नहीं।"

"वास्तव में मैंने कोई इतनी बुरी बात नहीं की थी।" जूलियट ने कहा। फिर उसके चेहरे पर रौनक आ गई, "मैं क्यों बिसूरती फिरूँ कि यह मेरी ग़लती थी? मेरे लिए पेनेलपी बस एक पहेली है। मुझे यह मान लेना चाहिए।"

"पहेली और भावनाहीन।" उसने फिर अपने विश्लेषण के विद्रूप में कहा।

"नहीं।" क्रिस्टा ने कहा।

"नहीं।" जूलियट ने कहा, "नहीं—यह सच नहीं है।"

जब दूसरे साल का जून बिना किसी समाचार के बीत गया तो जूलियट ने घर बदलने का फैसला किया। उसने क्रिस्टा से कहा कि पहले पाँच वर्षों तक उसने जून की यह सोचकर प्रतीक्षा की थी कि पता नहीं क्या होगा। जैसी स्थिति इस समय थी, वह हर रोज़ यही सोचेगी और हर दिन उसे निराश होना पड़ेगा।

उसने वेस्ट एंड की एक ऊँची इमारत में अपार्टमेंट ले लिया। उसका इरादा पेनेलपी के कमरे में जमा सामान को फेंक देने का था किन्तु अन्त में वह सब कुछ कूड़ा भरनेवाले थैलों में डालकर अपने साथ ले गई। नए अपार्टमेंट में सिर्फ़ एक सोने का कमरा था, लेकिन बेसमेंट में सामान रखने की जगह थी।

वह स्टैनली पार्क में दौड़ने के लिए जाने लगी। अब वह पेनेलपी के बारे में बात नहीं करती थी, क्रिस्टा से भी नहीं। उसका एक बॉयफ्रेंड बन गया था—आजकल उन्हें यही कहते हैं—जिसे उसकी बेटी के बारे में एक शब्द भी नहीं पता था।

क्रिस्टा दुबली हो गई थी और उसकी मनोदशा का कुछ पता न चलता था। जनवरी में एक दिन अचानक उसकी मृत्यु हो गई।

आप टेलीविज़न पर प्रोग्राम देने का काम हमेशा के लिए नहीं कर सकते। दर्शक कितना भी आपके चेहरे को पसन्द करें, एक समय ऐसा आता है जब वे नया चेहरा देखना चाहते हैं। जूलियट को दूसरे काम दिए जाने की बात उठी—शोध करना, प्रकृति सम्बन्धी कार्यक्रमों के लिए पार्श्व स्वर देना—लेकिन उसने उन्हें ख़ुशी से अस्वीकार कर दिया, यह कहते हुए कि वह पूरी तरह से बदलाव चाहती

थी। उसने प्राचीन यूनानी साहित्य का अध्ययन पुन: आरम्भ कर दिया—वह विभाग पहले की तुलना में और छोटा हो गया था—उसकी मंशा पीएच.डी. के लिए शोधग्रंथ लिखने की थी। वह उस ऊँची इमारत से निकलकर एक सस्ते फ़्लैट में चली गई, पैसा बचाने के लिये।

उसका बॉयफ्रेंड चीन में पढ़ाने का काम पा गया था।

उसका फ़्लैट एक घर के बेसमेंट में था, लेकिन पीछे के सरकने वाले दरवाज़े ज़मीन की सतह पर खुलते थे। वहाँ ईंटों से मढ़ा एक छोटा-सा चबूतरा था, जाफरी पर स्वीट पीस और क्लेमेटिस थीं, गमले में फूल और बूटियाँ। अपने जीवन में पहली बार, एक छोटे पैमाने पर वह माली बन गई थी, जैसे उसके पिता थे।

कभी-कभी लोग उससे कहते थे—दुकानों में या परिसर की बस में—''माफ कीजिये, आपका चेहरा बहुत जाना-पहचाना है।" या "कहीं आप वही महिला तो नहीं हैं जो टेलीविज़न पर आती थीं?" लेकिन एक वर्ष बीतते-बीतते यह होना बन्द हो गया। वह प्राय: रेस्तराँ के बाहर फ़ुटपाथ पर रखी मेज़ों पर बैठी पढ़ती रहती थी, कॉफ़ी पीती थी, किन्तु कोई उस पर ध्यान नहीं देता था। उसने अपने बाल बढ़ने दिए। बालों को लाल रँगा जाने से उन्होंने अपनी स्वाभाविक भूरेपन की आभा खो दी थी—अब वे हलके, लहरिया और रजत भूरे हो गए थे। उनसे उसे अपनी माँ सारा की याद आती थी। सारा के कोमल, सुनहरे, उड़ते बाल पहले खिचड़ी हुए फिर सफ़ेद।

अब उसके पास लोगों को खाने पर बुलाने के लिए जगह नहीं थी और उसकी तरह-तरह के भोजन बनाने में रुचि नहीं रही थी। वह खाना तो स्वास्थ्यकर खाती थी लेकिन एकरस। ऐसा इरादा न होने पर भी अपने तमाम दोस्तों से सम्बन्ध छूट गया था।

यह कोई ताज्जुब की बात नहीं थी। जहाँ तक सम्भव था, वह अपने पहले के, उस सार्वजनिक, जीवन्त, चिन्ताशील और अति बहुश्रुत औरत के जीवन से भिन्न जीवन जी रही थी। वह किताबों से घिरी रहती थी, जागते रहने के घंटों के दौरान पढ़ती रहती थी, जिन मान्यताओं को लेकर पढ़ना शुरू करती थी, उनमें गहरे पैठती थी, उनमें सुधार करती थी। कभी-कभी तो पूरे सप्ताह संसार की ख़बरों से बेख़बर रहती थी।

उसने अपना शोध ग्रन्थ लिखना छोड़ दिया था और उन लेखकों में रुचि लेने लगी थी, वे यूनानी उपन्यासकार जिनकी रचनाएँ यूनानी साहित्य के इतिहास में

बहुत बाद में आईं (बी.सी.ई.—जैसाकि उसने अब कहना सीख लिया था—की पहली शताब्दी में शुरू होकर आरम्भिक मध्य युग तक।)

एरिस्टीडीस, हेलियोडोरस, लोंगस, एकीलीस टेटियस। इनका बहुत-सा साहित्य नष्ट हो गया है या अंशों में ही मिलता है और अश्लील माना जाता है। लेकिन हेलियोडोरस का लिखा एक रोमांस है, जिसे एथियोपिका कहते हैं (पहले किसी के निजी पुस्तकालय में था और बूडा नगर पर विजय के बाद प्राप्त हुआ था), जिसे 1534 में यूरोप के बाल नगर में प्रकाशन के बाद से जाना जाता था।

इस कहानी में इथियोपिया की रानी एक गोरे बच्चे को जन्म देती है, और उसे डर है कि उस पर जारकर्म का इलजाम लगाया जाएगा। इसलिए वह उस बच्चे को—लड़की को—देखरेख करने के लिए नागा साधुओं—नंगे रहने वाले एकांतवासी रहस्यवादी दार्शनिकों को दे देती है। उस लड़की को, जिसका नाम कैरिक्लेइया है, अन्ततः डेल्फ़ी ले जाया जाता है, जहाँ वह आर्टेमिस की पुजारिनों में एक बन जाती है। वहाँ उसकी मुलाकात एक थेसोलियन सामन्त से होती है, जिसका नाम थियाजिनीस है, जो उसके प्यार में डूब जाता है और उसे एक चतुर मिस्रवासी की मदद से भगा ले जाता है। फिर पता चलता है कि इथियोपिया की रानी अपनी बेटी को भूल नहीं पाई है और उसने इसी मिस्रवासी को उसकी खोज में लगा रखा है। दुर्भाग्य और जीवट के उतार-चढ़ाव आते हैं। अन्त में सभी मुख्य पात्र मेरो में मिल जाते हैं, कैरिक्लेइया मुक्त हो जाती है, ठीक उसी समय जब उसके अपने ही पिता उसकी बलि चढ़ाने वाले हैं।

कहानी में लच्छेदार कथानकों की भरमार थी जो जूलियट को पूरी तरह से बाँधकर रखे हुए थी। विशेषकर नागा संन्यासियों वाला प्रसंग। उसने इन लोगों के बारे में, जिन्हें हिन्दू दार्शनिक कहा जाता था, जितना हो सका जानने की कोशिश की। तो क्या तब भारत को इथियोपिया से जुड़ा माना जाता था? नहीं—हेलियोडोरस उस वक़्त के भूगोल को ठीक से जानता था। ये नागा संन्यासी घुमक्कड़ होते होंगे, दूर-दूर तक फैले हुए। जीवन और विचारों की पवित्रता के प्रति अपने लौह-आचरण के कारण तथा सांसारिक वस्तुओं, यहाँ तक कि कपड़ों और भोजन के प्रति पूर्ण विराग के कारण, अपने आस-पास के लोगों को आकर्षित और विकर्षित भी कर देते होंगे। उनके बीच पली-बढ़ी एक सुन्दर कन्या भी भक्ति के उन्माद में डूब, निर्वस्त्र जीवन के लिए कुछ विकृत ललक रखती होगी।

जूलियट ने लैरी नाम का एक नया दोस्त बनाया था। वह यूनानी भाषा का शिक्षक था और उसने जूलियट के सामान भरे थैलों को अपने घर के बेसमेंट में रखने की अनुमति दे दी थी। वह एथियोपिका की नौटंकी बनाने की बात सोचा करता था। इस फंतासी में जूलियट का भी कुछ हाथ था, यहाँ तक कि वह इसके लिए हास्यास्पद गीतों और ऊटपटाँग मंच-सज्जा के सुझाव भी देती थी। लेकिन वह इसका अन्त गुपचुप ढंग से दूसरी तरह करना चाहती थी, जिसमें संसार विरक्त लड़की को अतीतावलोकन से पता चले कि मुख्यत: उसे धोखेबाज, कपटी और ढोंगी मिले थे, जिनकी तलाश में वह थी उनके घटिया नमूने। फिर आख़िरकार गुमराह और पश्चातापी पर मूलत: विशालहृदय, इथियोपिया की रानी के साथ पुनर्मिलन।

जूलियट को लगभग पूरा विश्वास था कि उसने मदर शिपटन को यहाँ वैंकूवर में देखा था। वह कुछ पुराने कपड़े (वह अब अधिकतर व्यावहारिक कपड़े ही पहनती थी) साल्वेशन आर्मी की इस्तेमाल किए गए सामान की दुकान में दान देने गई थी। वहाँ थैलों में भरे कपड़े देते समय उसने एक मोटी बूढ़ी औरत को पैंटों पर दामों की पर्ची लगाते देखा था। औरत दूसरे कर्मचारियों से बात कर रही थी। अपने हँसमुख पर चौकस अन्दाज़ के कारण वह दुकान की निरीक्षक जैसी या फिर उस किसी जैसी लग रही थी जिसने स्वयं यह दायित्व ले लिया हो—चाहे उसे यह सौंपा गया हो या नहीं।

यदि वह वास्तव में मदर शिपटन थी तो उसकी औकात कुछ कम हो गई लगती थी। लेकिन ज़्यादा नहीं। क्योंकि यदि वह शिपटन ही थी तो क्या वह अपने अन्दर संचित दर्प और आत्म-अनुमोदन के कारण ऐसा पतन न होने देने का कोई उपाय न कर लेती?

अपने अन्दर चुटीले उपदेशों के संचयन के कारण भी।

वह हमारे पास एक बहुत बड़ी भूख मिटाने आई है।

जूलियट ने लैरी को पेनेलपी के बारे में बता दिया था। कोई तो ऐसा होना ही चाहिए था जिसे सब पता हो, "क्या मुझे पेनेलपी से जीवन में नैतिकता की आवश्यकता के बारे में बात करनी चाहिए थी।" जूलियट ने कहा, "बलिदान के महत्व के बारे

में? अपना जीवन दूसरों के लिए उत्सर्ग करने के बारे में? मैंने इस बारे में कभी नहीं सोचा। मेरा व्यवहार ऐसा रहा होगा कि यही काफ़ी होगा यदि वह मेरी तरह बन जाए। क्या उसे इससे वितृष्णा हुई होगी?"

लैरी ऐसा नहीं था जो जूलियट से मित्रता और हँसी-मज़ाक़ के अलावा कुछ और चाहे। वह कुछ उस प्रकार का था जिसे पुराने क़िस्म का छड़ा कहा जाता है—जहाँ तक वह कह सकती थी सेक्स से निरपेक्ष (लेकिन फिर भी वह पूरी तरह से नहीं कह सकती थी), व्यक्तिगत बातें करने का अनिच्छुक लेकिन हमेशा चुहल करने को तैयार।

दो और पुरुष उससे मित्रता करना चाहते थे। उनमें से एक आकर फ़ुटपाथ पर रखी उसकी मेज़ पर बैठ गया था। वह हाल ही में विधुर हुआ था। जूलियट को वह पसन्द आया था, लेकिन उसके घोर अकेलेपन और उसके हाथ धोकर पीछे पड़ जाने से जूलियट को परेशानी होने लगी थी।

दूसरा क्रिस्टा का भाई था, जिससे वह क्रिस्टा के जीवित रहते कई बार मिल चुकी थी। उसकी संगति उसे भाती थी। कई बातों में वह क्रिस्टा जैसा ही था। उसका विवाह कई वर्ष पहले टूट चुका था, लेकिन वह हताश नहीं हुआ था—जूलियट को क्रिस्टा से पता चल गया था कि वह शादी के लिए फाँसने वाली औरतों से बचता था। लेकिन वह कुछ ज़्यादा ही विवेकी था। लगता था उसने जूलियट को बहुत नाप-तोलकर पसन्द किया था। जूलियट को इसमें अपनी फ़ज़ीहत महसूस होती थी।

लेकिन फ़ज़ीहत क्यों महसूस हो? ऐसा तो नहीं था कि वह उससे प्रेम करती थी।

क्रिस्टा के भाई का नाम गैरी लैम था। जिन दिनों उसकी गैरी से मित्रता थी, उसकी वैंकूवर के एक बाज़ार में हेदर से भेंट हो गई थी।

जूलियट और गैरी संध्या समय एक फ़िल्म देखकर हॉल से बाहर निकले थे। और बात कर रहे थे कि भोजन के लिए कहाँ जाया जाए। गर्मियों के दिनों की उस सुहावनी संध्या आसमान से रोशनी अभी पूरी तरह गई नहीं थी।

फ़ुटपाथ पर खड़े एक समूह से निकलकर एक औरत सीधे जूलियट के पास आई। दुबली-पतली, आयु शायद तीसरे दशक के अन्त के वर्षों में। फ़ैशनेबल और काले बालों में हलकी भूरी रेखाएँ।

"मिसेज पोर्टियस, मिसेज पोर्टियस।"

जूलियट आवाज़ को पहचान गई जबकि चेहरे को कभी नहीं पहचान पाती। हेदर।

"विश्वास नहीं होता।" हेदर ने कहा, "मैं यहाँ तीन दिनों से हूँ और कल वापिस जा रही हूँ। मेरे पति एक कॉन्फ्रेंस में आए हैं। मैं सोच रही थी कि यहाँ किसी को नहीं जानती और तभी मैंने इधर देखा और आप थीं।"

जूलियट ने पूछा कि वह कहाँ रह रही थी और उसने कहा, कनेटिकट।

"कोई तीन सप्ताह हुए मैं जौश से मिलने गई थी—आपको मेरा भाई जौश याद है?—मैं जौश और उसके परिवार से मिलने एडमंटन गई थी और वहाँ पेनेलपी से भेंट हो गई। इसी तरह सड़क पर। नहीं, वास्तव में वह मुलाकात शॉपिंग मॉल में हुई थी, उस विशालकाय मॉल में उसके साथ उसके दो बच्चे थे, जिन्हें वह स्कूल की यूनिफ़ार्म ख़रीदवाने के लिए साथ लाई थी। दोनों लड़के। हम दोनों बिलकुल दंग रह गए। मैं उसको पहले पहचान नहीं पाई, लेकिन वह मुझे फ़ौरन पहचान गई। वह उत्तर में उसी जगह से हवाई जहाज़ से आई थी। लेकिन वह कहती है कि वह काफ़ी कायदे की जगह है, वाकई। और उसने बताया था कि आप अभी भी यहाँ रह रही हैं। लेकिन मैं इन लोगों के साथ हूँ—ये मेरे पति के मित्र लोग हैं—और मुझे वास्तव में समय नहीं मिल पाया कि मैं आपको फ़ोन करूँ—।"

जूलियट ने कुछ कहा जिसका आशय था कि हाँ, समय नहीं मिला होगा और उसे उम्मीद भी नहीं थी कि कोई फ़ोन करेगा।

उसने हेदर से पूछा कि उसके कितने बच्चे थे?

"तीन। बड़े शैतान हैं। उम्मीद है वे जल्दी ही बड़े हो जाएँगे। लेकिन मेरा जीवन पेनेलपी की तुलना में पिकनिक जैसा है। उसके पाँच हैं।"

"हाँ!"

"मुझे जाना पड़ेगा, हम लोग एक फ़िल्म देखने जा रहे हैं। मैं उसके बारे में कुछ जानती भी नहीं। मुझे फ्रांसीसी फ़िल्में पसन्द भी नहीं हैं। लेकिन आपसे इस तरह मिलकर बहुत आनन्द आया। मेरी माँ और पिता व्हॉइट रॉक चले गए हैं। वे आपको हमेशा टी.वी. पर देखते थे। वे अपने दोस्तों से हाँकते थे कि आप उनके घर में रह चुकी हैं। वे कहते हैं कि आप अब टी.वी. पर नहीं आतीं, तंग आ गई थीं क्या?"

"कुछ वैसा ही।"

"मैं आ रही हूँ, मैं आ रही हूँ।" उसने जूलियट का आलिंगन किया, चुम्बन लिया, जिस तरह से आजकल सभी लोग करते हैं, और अपने साथियों में सम्मिलित होने दौड़ गई।

तो पेनेलपी एडमंटन में नहीं रहती थी—हवाई जहाज़ से एडमंटन आई थी, उत्तर से आई थी। इसका मतलब था कि वह व्हॉइट हार्स में रहती थी या फिर येलोनाइफ में। और ऐसी कौन दूसरी जगह थी, जिसे वह काफ़ी कायदे की कहेगी? हो सकता है कि उसने व्यंजना से कहा हो, हेदर की टाँग खींच रही हो।

उसके पाँच बच्चे थे, उनमें कम-से-कम दो लड़के थे। उनके लिए स्कूल की यूनिफ़ार्म ख़रीदी जा रही थी। इसका मतलब था प्राइवेट स्कूल। इसका मतलब था समृद्धि।

हेदर पहले पहचान नहीं पाई थी। क्या इसका मतलब यह है कि वह बुढ़ागई थी? कि पाँच बार गर्भवती होने के बाद वह बेडौल हो गई थी, कि उसने अपना ध्यान नहीं रखा था? जैसा कि हेदर ने रखा था। जैसा कि जूलियट ने रखा था किसी हद तक। कि वह उन औरतों में से एक थी, जिसे इस तरह के झंझट करने का विचार ही हास्यास्पद लगता था, अपनी क्षमता में अविश्वास की स्वीकारोक्ति? या उसके पास यह सब करने का समय नहीं था—इसके बारे में सोचने का समय भी न था।

जूलियट ने सोचा था कि पेनेलपी अध्यात्मवादियों के साथ थी, रहस्यवादी बन गई थी, ध्यान-चिन्तन का जीवन बिता रही थी। या फिर इसके विपरीत लेकिन मूलत: उतना ही सादा तथा आडम्बरहीन जीवन—सम्भवत: अपने पति के साथ, शायद अपने छोटे-छोटे परन्तु गठीले बच्चों के साथ, ब्रिटिश कोलम्बिया के तट के पास इनसाईड पैसेज के बर्फ़ानी जल में मछलियों के शिकार के कठिन तथा जोखिम भरे काम से रोजी-रोटी कमा रही थी।

हरगिज नहीं। वह एक अच्छे खाते-पीते घर-परिवार की व्यवहारकुशल मालकिन का जीवन बिता रही है। हो सकता है कि उसका विवाह एक डॉक्टर से हुआ हो, या उन सरकारी अफ़सरों में से किसी एक से, जो देश के उत्तरी हिस्से पर प्रशासन करते हैं, जहाँ उन प्रदेशों के टुकड़ों का सरकारी नियंत्रण क्रमश: लेकिन कुछ धूमधाम से आदिवासियों को हस्तान्तरित किया जा रहा हो। यदि वह

पेनेलपी से कभी मिली तो वह (जूलियट) कितनी ग़लत थी इस बात पर वे ख़ूब हँसेगी। वे जब हेदर के साथ अपनी अलग-अलग मुलाकातों के बारे में बताएँगी, तो फिर और हँसेंगी।

नहीं, नहीं। सच्ची बात यह थी कि वह और पेनेलपी बहुत चीज़ों पर हँस चुकी थीं। बहुत-सी चीज़ें मज़ाक़ बन गई थीं। वैसे ही बहुत-सी चीज़ें—व्यक्तिगत मामले, प्रेम-सम्बन्ध जो सम्भवत: केवल आसक्ति थे—दु:खान्त घटनाओं में बदल गई थीं। उसमें मातृसुलभ निषेधों की मर्यादा की, आत्मनियंत्रण की कमी थी।

पेनेलपी ने हेदर को बताया था कि वह, जूलियट, अभी भी वैंकूवर में रह रही थी। उसने हेदर को माँ से सम्बन्ध विच्छेद के बारे में कुछ नहीं बताया था! निश्चय ही नहीं। यदि बताया गया होता तो हेदर ने इतनी बेतकुल्लफ़ी से बात न की होती।

यदि पेनेलपी ने टेलीफ़ोन डायरेक्टरी में उसका नाम नहीं ढूँढ़ा था तो उसे कैसे पता चला था कि जूलियट अभी वैंकूवर में ही रहती थी?

और यदि ढूँढ़ा था तो इसका क्या अर्थ था?

कुछ नहीं। इसका कुछ अर्थ न निकालो।

वह कुछ दूर खड़े गैरी के पास चली गई, जो सौजन्यपूर्वक इस पुनर्मिलन के स्थल से हट गया था।

व्हॉइट हॉर्स, येलोनाइफ़। उन जगहों के नामों को सुनना ही कष्टदायी था—वे नगर जहाँ वह हवाई जहाज़ से जा सकती थी। स्थान जहाँ वह सड़क पर टहलते समय किसी की झलक पाने की तरकीबें सोच सकती थी।

लेकिन वह इतनी पागल नहीं थी। उसे इतना पागल बनना भी नहीं था।

भोजन करते समय उसने सोचा कि अभी-अभी सुनी ख़बर ने उसके गैरी से शादी कर लेने के लिए बेहतर हालात पैदा कर दिए हैं या उसके साथ रहने के लिए—वह जो भी चाहे। अब पेनेलपी की बात सोचकर या उसकी प्रतीक्षा में अपने पर लगाम लगाने का कोई कारण न था। पेनेलपी कहीं उसकी कल्पना में नहीं थी, वह कहीं सुरक्षित थी जितना कोई हो सकता था, और सम्भवत: वह उतना ही ख़ुश जितना कोई भी हो सकता था। उसने जूलियट से, और बहुत सम्भव था उसकी स्मृति से भी, अपने को अलग कर लिया था। और बदले में जूलियट भी अलग हो जाने से बेहतर और कुछ नहीं कर सकती थी।

लेकिन उसने हेदर से कहा था कि जूलियट वैंकूवर में रहती थी। क्या उसने जूलियट कहा होगा? कि माँ, मेरी माँ?

जूलियट ने गैरी को बताया कि हेदर पुराने दोस्तों की बेटी थी। उसने गैरी से कभी पेनलपी के बारे में बात नहीं की थी, और गैरी ने भी पेनेलपी के अस्तित्व के सम्बन्ध में कोई ज्ञान होने का संकेत नहीं दिया था। हो सकता था कि क्रिस्टा ने उसे बताया हो, और वह इसलिए ख़ामोश रहा था कि उसको इस सबसे कुछ लेना-देना नहीं था या क्रिस्टा ने उसे बताया हो और वह भूल गया था। या क्रिस्टा ने पेनेलपी की कभी चर्चा न की हो, नाम तक न लिया हो।

यदि जूलियट उसके साथ रहने लगी तो पेनेलपी का तथ्य कभी नहीं उभरेगा, पेनेलपी का अस्तित्व ही नहीं रहेगा।

न ही पेनेलपी का अब कोई अस्तित्व था, जिस पेनेलपी की जूलियट को तलाश थी वह अब नहीं रही थी। जिस औरत को हेदर ने एडमंटन में देखा था, जो माँ अपने बच्चों को स्कूल की यूनिफ़ॉर्म के लिए एडमंटन लाई थी, जिसका चेहरा और शरीर इतना बदल गया था कि हेदर उसे पहचान न सकी थी, उसे जूलियट नहीं जानती थी।

क्या जूलियट को इस पर विश्वास है?

ग़ैरी जब उसे क्षुब्ध देखता था तो ऐसे बनता कि जैसे उसने देखा ही नहीं था। लेकिन सम्भवत: इस शाम दोनों समझ गए थे कि वे दोनों कभी भी साथ नहीं रह पायेंगे। यदि उनका साथ रहना सम्भव होता तो उसने गैरी से कहा होता : मेरी बेटी बिना मुझे अलविदा कहे ही चली गई थी और सम्भवत: वह स्वयं नहीं जानती थी कि वह जा रही थी, उसे नहीं पता था कि यह सदा के लिए था। मुझे विश्वास है कि उसे धीरे-धीरे आभास हुआ था कि वह कितना मुझसे दूर रहना चाहती थी। उसे अपना जीवन जीने का यही रास्ता समझ आया था।

"हो सकता है वह मुझे सफ़ाई देने से घबराती हो। या वाकई समय न मिला हो। आप जानते हैं, हमारे विचार में कभी यह कारण होता है, कभी वह कारण होता है और हम कारण खोजते रह जाते हैं। और मैं बहुत कुछ बता सकती हूँ कि मैंने क्या-क्या ग़लतियाँ की हैं। लेकिन मेरे ख़याल में कारण को खोज पाना इतना आसान नहीं होगा। जैसे उसके स्वभाव की निष्कपटता। हाँ। उसमें निहित उत्कृष्टता और दृढ़ता और निष्कपटता और कुछ चट्टान की तरह सख़्त ईमानदारी। मेरे पिता जिसे पसन्द नहीं करते थे उसके बारे में कहते थे कि वह मेरे काम

का नहीं है। क्या शब्दों का अर्थ बस वह नहीं हो सकता जो शब्द कहते हैं? मैं पेनेलपी के काम की नहीं हूँ।

हो सकता है वह मुझे बरदाश्त न कर पाती हो। यह सम्भव है।

जूलियट के मित्र हैं। पहले जितने तो नहीं, लेकिन हैं। लैरी बीच-बीच में मिलने और हँसी-मज़ाक़ करने आ जाता है। जूलियट ने अपना अध्ययन जारी रखा है। जो वह करती है, उसके लिए अध्ययन से पूरी बात साफ़ नहीं होती—गवेषण ज़्यादा सही रहेगा।

हाथ तंग रहने के कारण वह सप्ताह में कुछ घंटे उसी कॉफ़ीखाने में काम करती है जिसके सामने फ़ुटपाथ पर रखी मेज़ों पर बैठ वह कभी इतना समय बिता देती थी। यह काम प्राचीन यूनानी साहित्य में उसकी रुचि को सन्तुलित करता है—इतना कि उसका ख़याल है कि आर्थिक आवश्यकता न होने पर भी वह इसे नहीं छोड़ेगी।

पेनेलपी का कोई सन्देश आने की आशा वह करती है, किन्तु बहुत व्यग्रता से नहीं। बिनमाँगी मुरादें मिलने की, स्वैच्छिक क्षमादान की उसकी आशाएँ किसी ग़लतफ़हमी के बिना होती हैं।

❂❂❂